STURMGESANG

Geschichten über Luft, Liebe und das Leben

Sammelband

Über das Buch

Die Elemente-Reihe geht in die nächste Runde. Nach Wasser und Feuer beschäftigen wir uns in diesem Band mit Luft – dem flüchtigsten, leichtesten und beweglichsten der vier Elemente. Es steht für Austausch und Kommunikation, für zwischenmenschliche Beziehungen. Für das Knistern im Raum, wenn es zu atmosphärischen Spannungen kommt, und die gewitterähnliche Entladung, die oft in hitzigen Diskussionen oder handfestem Streit mündet. Luft steht auch für alles Mentale, für den Geist, für Fantasie, Neugier und Flexibilität.

Auch unsere Autorengruppe erwies sich erneut als flexibel und erweiterte ihren Kreis. STURMGESANG, unsere dritte Anthologie, umfasst sechzehn Geschichten von zehn Autor*innen.

Bereits erhältlich als Taschenbuch und Ebook:

JAHRHUNDERTFLUT – Hochwassergeschichten aus Köln
ISBN 978-3-7431-6180-1

FLAMMENSPIEL – Geschichten über das feurige Element
ISBN 978-3-75283-253-2

STURM GESANG

Geschichten über Luft, Liebe und das Leben

von Ingmar Ackermann, Anke Breuer,
Agnes Decker, Norbert Görg, Angela Hoptich,
Oliver Kreuz, Anna Rudy, Sarah Schönfeld,
Nina Weber und Katja Winter

FSC
www.fsc.org
MIX
Papier aus ver-
antwortungsvollen
Quellen
Paper from
responsible sources
FSC® C105338

Impressum

STURMGESANG
Geschichten über Luft, Liebe und das Leben
Anthologie-Reihe „Elemente", Buch 3

Köln, 2019 © Ingmar Ackermann, Anke Breuer,
Agnes Decker, Norbert Görg, Angela Hoptich, Oliver Kreuz,
Anna Rudy, Sarah Schönfeld, Nina Weber, Katja Winter

Gestaltung: www.coverboost.de
Bildmaterial: C. Gornik, A. Decker, pexels
Herstellung und Verlag:
BoD – Books on Demand, Norderstedt
Bibliografische Daten über dnb.dnb.de abrufbar.

ISBN 978-3-73477-389-1

Inhalt

STURMGESANG

Anna Rudy
BORG

Wenn Borg in Lillys Augen schaut, wird ihm oft schwindelig. Sie ist immer einen Schritt voraus und zieht ihn in Abenteuer. So wie jetzt, während sie in einem Flugzeug sitzen, das sie in paar Minuten verlassen werden – obwohl es fliegt. Das ist nicht ihr erster gemeinsamer Sprung, doch ist Borg nervös. Lilly ist auch aufgeregt, aber auf eine andere Weise. Er weiß es, er spürt ihre wahnsinnige sexuelle Energie. Nachdem sie das erste Mal gemeinsam gesprungen waren, wollte er das nie wieder machen, aber die Nacht nach dem Sprung hatte ihn vom Gegenteil überzeugt. Sie beide waren im Rausch. Solche Höhepunkte hatten sie noch nie erlebt. Nach dem ersten Sprung kam der nächste und der nächste, und jedes Mal testete Lilly ihre Grenzen aus. Jedes Mal wollte sie länger in der Luft bleiben, länger schweben und erst in der letzten Sekunde die Reißleine ziehen. Es wurde immer riskanter, aber jede folgende Nacht hatte bis jetzt die vorherigen übertroffen.

Bevor es losgeht, schaut Borg in Lillys Augen, in dieses stürmische Blau, voller Unruhe und Geheimnisse. Sie will nicht, dass er sie so anstarrt und sie kräuselt die Lippen.

„Hab keine Angst, Mausi."

Das ist die Herausforderung. Sie kennt ihn viel zu gut. Borg will sich nicht provozieren lassen, aber auf Anhieb wird ihm heiß, sein Puls beginnt zu rasen.

„Mal sehen, wer von uns beiden die Mausi ist. Diesmal wirst du die Vernünftige von uns beiden sein."

Die gelbe Lampe blinkt. Ohne ein weiteres Wort schieben Borg und Lilly die Schutzmasken über die Augen und gehen mit kleinen Schritten entlang der Stange zum Ausgang. Sie springt zuerst, er zwei Sekunden später.

Borg fliegt durch die Luft. Seine Verärgerung, seine Angst, alles verflüchtigt sich in diesem atemberaubenden Moment. Er ist wie ein Vogel. Nein. Er ist ein Gott, der das alles erschaffen hat: die grünen Wiesen, die sich wie eine Patchworkdecke über die Erde breiten, die kleinen Pfützen von Wasser, die Straßen, mit winzigen Autos, die wie pulsierende Adern aussehen. Die Erde ist rund, von hier aus kann Borg die Wölbung sehen. Er liegt bäuchlings auf einem Strom von Luft und balanciert mit den Armen. Durch die leichten, dünnen Wolken scheint die Sonne, die Luft ist frei von aller Unreinheit.

Er schaut nach oben und sieht die Armada von weißen Wolken, die wie unentdeckte Kontinente über ihm driften. Als Kind dachte er oft, dass da oben, auf den Wolken, der weißbärtige Gott sitzt. Borg lacht. Für viele da unten war er jetzt der Gott, der über sie herfällt.

Er schaut nach links und sieht eine Figur in seiner Nähe. Lilly! Sie fliegt zu ihm, macht Bewegungen mit Händen und Füßen. Das war ihr Spiel. Borg steuert ihr entgegen. Schon bald halten sie einander die Hände, die Beine angewinkelt und balancieren in der Luft. Das Wetter scheint heute sein Bestes zu geben. Borg sieht Lillys Gesicht so nah neben seinem. Ihre blauen Augen hinter der Brille fangen die Sonnenstrahlen auf und glitzern wie Juwelen. So mag Borg ewig verharren, aber sein innerer Takt hält seine Rationalität in Bewegung. Er schaut nach unten, um die Entfernung einzuschätzen, dann auf die Uhr auf seiner Hand.

Lillys Augen verengen sich plötzlich zu Schlitzen. Ein schelmisches Lächeln kreuzt ihre Lippen. Sie hält seine Hände fest. Die angespannte Stimmung, mit der Borg das Flugzeug verließ, kommt wieder hoch. Er ist der Vernünftige, der immer seine Hände entzieht, damit sie beide die Landung einleiten. Lilly zögert es immer hinaus, um ihn später auszulachen. Sie nennt ihn „Weichei" oder „Mäuschen", weil er als erster aufgibt. Diesmal wird er ihr diesen Gefallen nicht tun. Borg greift Lillys Hände noch fester und lacht in diese verdammt schönen Augen. Sie nimmt sein Lächeln entgegen und erwidert den Händedruck. Borg schaut nicht mehr nach unten, um das aufkommende Zittern in seinem Körper ignorieren zu können. Er schaut nur in Lillys Gesicht und da will er ein für alle Male alles sehen. Dieser Moment scheint ewig zu dauern, bis Borg eine Veränderung in ihrem Gesicht merkt. Ihr wird unwohl. Borg liest jetzt, wie mit der Lupe, ihre Verwirrung, ihre Verzweiflung, ihre Wut, versteht, was in ihr geschieht. Sie hat Angst und kann nicht aufgeben. Sie wartet, bis Borg scheitert.

„Diesmal nicht, mein Mäuschen. Heute bist du dran", lacht Borg laut. Sie zögert noch, aber versteht schon, dass er nicht aufgeben wird. Die Zeit rennt ihnen davon.

„Eins, zwei, drei, …"

Borg zählt im Kopf, wie viele Sekunden sie noch unter dem Druck aushalten werden. „Zehn!" Sie schubst ihn plötzlich weit weg und reißt ihre Hände los. Borg lacht und schreit: „Gewonnen, gewonnen!"

Jetzt wird es aber knapp für ihn. Er schaut nach unten und merkt, dass der Boden viel zu schnell näherkommt. Rasch verändert er die Position, um auf die Landung zu achten. Er zieht die Beine nach unten, macht seinen Körper gerade und schaut routiniert nach Lilly, wie er es immer bei der Landung tut.

Lilly ist in eine schnelle Strömung geraten, als sie sich lossieß, hat sie die Koordination verloren und fliegt jetzt kopfüber abwärts. Wenn sie in dieser Position die Leine reißt, wird sie vom öffnenden Schirm erstickt. Borg eilt zu ihr. Wenn er sie in wenigen Sekunden erreicht, können sie beide mit seinem Schirm landen. Borg fliegt ihr entgegen, der Timer in seinem Kopf zählt die Millisekunden, sein Herz flattert im gleichen Rhythmus, aber seine Gedanken sind langsam und klar. Noch ein paar Meter und er ist bei ihr.

Er streckt die Hand und schreit: „Lilly!" Sie sieht ihn nicht. Sie ist panisch, sie rudert wie verrückt mit den Armen, sie strampelt mit den Beinen, sie beschleunigt ihren Fall.

„Lilly! Lilly!", schreit er ihr zu. Sie schaut ihn an. Sie sieht ihn nicht. Ihr Mund ist weit aufgerissen. Das Blau ihrer Augen blickt über den Himmel hinaus. Sie ist viele Meter unter ihm. Er kann sie nicht mehr retten. Er kann sie nicht mehr retten!

„Lillyiii", schreit Borg und zieht die Leine.

Der Windstoß in seinem Fallschirm reißt ihn nach oben. Aber alles geht schief. Sein Fallschirm nur halb geöffnet, sein Fall wird nicht genug gebremst. Borg sieht, wie der Boden sich ihm in unglaublicher Geschwindigkeit nähert, Bäume, Wiese. Ein Schrecken schlägt sein Herz in eiserne Ketten, die Luft flammt aus seinen Lungen heraus. Er spürt den Aufprall und verschwindet.

Borg wacht auf. Er ist matt. Inaktiv. Diese Träume. Sie verfolgen ihn jede Nacht. Sie gefährden seinen Stromkreis. Einmal brannte die Sicherung durch. Diese menschlichen Träume, die keine andere Einheit kennt. Warum bestehen Dr. Chang und Dr. R-717 darauf, dass er diese Träume beibehält? Sie verstehen nicht, wie sehr sie seine Funktionen stören. Keiner versteht ihn. In der Modernen Welt muss nur er, Borg, diesen Programmfehler aus der menschlichen Zivilisation aushalten. Borg lädt sich mit frischer Energie auf. Früher nannte sein semantischer Speicher dies: Frühstück. Dann fährt Borg zur Arbeit. Er arbeitet als Chirurg in einem Institut für Moderne Werkstoffe (IMW). Damit kennt er sich gut aus. Es entstehen immer wieder neue, wirkungsvollere Materialien, die bei der Reparatur eingesetzt werden. Borg hat schon damals als Chirurg gearbeitet, aber das ist nicht zu vergleichen mit der Modernen Zeit. Damals sah er wie ein Mensch aus, wie alle Menschen eigentlich aussahen, mit zwei Beinen und zwei Armen und so weiter. Nun ist sein Körper modifiziert. Die Werkstoffe sind viel robuster, praktischer und effizienter. Dank der neuen Entwicklungen kann er sein Aussehen den Notwendigkeiten der Arbeit anpassen und gut funktionieren. Borg bewertet die Moderne Zeit als korrekt. Richtigstellung: Alles wäre korrekt, wären nicht diese lästigen Träume, diese Gefühle, die er nachts erlebt.

Bei der Arbeit ist Borg einsatzbereit. Seine Kollegen sind modern, vernetzt und reaktionsstark. Er verfügt über einen Arbeitstisch, auf dem ein nicht funktionstüchtige Androide abgelegt wird. Und er, Borg, trifft als Chirurg die Entscheidung, ob das System noch gebrauchstüchtig oder ob der Androide als Wrack zur Modernisierung gar ins Recycling zu schicken ist.

Früher hätte Borg gesagt, dass er seine Arbeit liebt, aber schon lange sind Gefühlsvokabeln aus seinem Aktivwortspeicher gelöscht. Selbst wenn er es gesagt hätte, niemand würde es verstanden haben. Selbst Dr. Chang, das älteste von allen androiden Modellen in Borgs Umgebung, hatte Schwierigkeiten damit. Borg ist schon lange in der Modernen Welt unterwegs und hat gelernt, die Gefühlvokabeln unter Kontrolle zu halten. Er hat sie längst in den Archivspeicher verschoben. Am liebsten würde er sie ganz löschen. Das ist ihm aber nicht möglich. Es ist sehr störend, wenn plötzlich menschliche Gedanken seine Systeme verwirren.

Heute nach der Arbeit muss Borg in die Wissenschaftsfabrik. Dort arbeiten renommierte Programmierer, Entwickler, Ingenieure und andere Wissenschaftler, die die Moderne Welt ergebnisorientiert umgestalten. Borg geht in die Abteilung für Menschengeschichte, wo sein jahrelanger Betreuer, der Historiker Doktor Chang, ihn in seinem Labor untersucht. Seit neuestem arbeitet Doktor Chang mit einem jüngeren Kollegen zusammen, Dr. R-717, einem Programmierer, der ein neues, sehr wirkungsvolles Modell ist. Gebaut aus neuem Material ist Dr. R-717 kein Recyclingprodukt von Borgs Arbeitstisch, sondern echte Neuware.

Heute, wie immer, gibt es einen technischen Check: Überprüfung von Verbindungen und Energiestatus, Magnetfeldern und Stromkreisen. Dann kommt es zur üblichen Gesprächsrunde. Der Elektromagnetische Resonanzzähler (ERZ) misst seine Antworten und zeigt die Bewegungen in Borgs Denkfestplatte. Sie besteht aus den teuersten Materialien und hat einen Galaxy-Schutz, der für ihre Unversehrtheit sorgt. Falls Borg periphere Komponenten kaputtgehen sollten und ein Chirurg ihn zu einer Modernisierung schickt, wird der Recyclingbefehl nicht ausgeführt. Denn Borgs Denkplatte darf nicht zerstört werden. Seine Körperteile, die Peripherie, haben schon viele Veränderungen erhalten, der Inhalt seiner Denkfestplatte blieb unverändert seit seinem menschlichen Tod.

„Wie funktionieren Sie, Chirurg Borg?", fragt ihn Dr. Chang.

„Bestätige: Gut. Ihr Ausgabegerät zeigt dies", erwidert Borg.

„Sie haben heute geträumt", konstatiert Dr. R-717.

„Ja. Die üblichen Inhalte."

„Sie sind nicht konkret, Chirurg Borg", konstatiert Dr. R-717.

„Der Inhalt des sogenannten Traums war heute: Letzter Flug, als ich noch Mensch war."

„Konkretisieren Sie: Haben Sie den Inhalt gesehen oder haben Sie ihn durchlebt?", hakt Dr. Chang nach.

Durchleben. Er benutzt als einziger noch dieses Vokabular.

„Ich konkretisiere: Ich habe den Inhalt des sogenannten Traums gesehen", erklärt Borg. Er hat gelernt, Gefühlsvokabeln zu vermeiden.

Dr. R-717 studiert die Datenwiedergabe von Borgs nächtlichem Content.

„Es fanden deutliche Aktivitäten in Ihren Kernprozessoren statt. Organische Emotionen wurden simuliert. Selbst jetzt finden ungewöhnliche Prozesse in Ihrem kognitiven Hauptrechner statt. Sie versuchen in diesen Moment, das Auslesen von Informationen zu blockieren."

„Ich blockiere keine Informationen! Ich will sie nicht haben!", sagt Borg lauter als er sich wünscht.

„Ärger und Frustration. Typische menschliche Reaktionen", resümiert Dr. R-717.

„Ich will keine menschlichen Reaktionen haben. Ich bin kein Mensch mehr", Borg versucht sich unter Kontrolle zu halten.

„Sie wissen, Chirurg Borg, dass Sie der einzige sind, dem eine komplette Kopie des menschlichen Gehirns auf seiner Denkfestplatte verblieben ist?", fragt Dr. Chang.

Ja, das wusste Borg. Als er noch biologisch war, wurde er ähnlich eingesetzt wie heute. In einer Reparatureinrichtung für Menschen, einer Klinik. Als er noch biologisch war, hatte er zugestimmt, dass beim Totalausfall seiner Systeme eine wissenschaftliche Auswertung zulässig sein sollte. In seinem Archivspeicher hieß das: „den Körper für Wissenschaftszwecke zur Verfügung stellen". So nannte er das als Mensch.

Als er wie ein gestürzter Engel vom Himmel fiel, fielen seine biologischen Systeme nicht auf der Stelle aus. Sein Körper war fast funktionsuntüchtig. Seine biologischen Peripherieeinrichtungen taugten nicht zum Recycling. Aber sein Gehirn lebte noch. Sein Inhalt war vollständig auf die Denkfestplatte übertragen worden.

Als die große Epidemie alle organischen Lebewesen auf der Erde vernichtete, fand sich Raum und Energie für die Moderne Welt.

Borgs Denkfestplatte wurde entdeckt. Sie wurde freigeschaltet. Sein kognitiver Speicher steht seitdem unter der Kontrolle von Dr. Chang und genießt den Galaxy-Schutz: nicht zerstören! Dr. Chang ist selbst ein älteres Modell. Er ist noch keinem Recyclingbefehl unterworfen worden.

Er hat sehr viel Zeit mit Menschenerbe verbracht. Er hat Borg eingeschaltet und mit dem neuen Körper ausgestattet. Dem ersten Körper, der neuen Peripherie. Eigentlich ist Dr. Chang Borgs neuer Vater. Aber Borg will nicht mehr in diesen menschlichen Kategorien denken. Sie haben keinen funktionalen Wert. Dr. R-717 versteht die menschliche Sprache und Logik wenig. An ihn muss Borg sich wenden.

„Dr. R-717. Ich will nicht mehr träumen. Können Sie diese Verbindungen in meinen Systemen löschen?"

„Borg, Sie sind ein Chirurg, kein Programmierer. Sie haben keine Kompetenz für diese Entscheidungen", antwortet Dr. R-717. „Sie sind ein Experiment von Dr. Chang. Sie haben Arbeit, Energieversorgung und genießen regelmäßige Upgrades Ihrer technischen Existenz. Ihre Teile werden nach Verschleiß erneuert, Ihre Festplatte darf nicht zerstört werden."

Dr. Chang gibt zu Protokoll: „Borg, sie sind ein Unikat. Das wissen Sie. Nach der Epidemie gab es keine Menschen mehr. Abgesehen von Ihnen gibt es keine Kopie des menschlichen Gehirn-Contents."

„Nicht korrekt", sagt Dr. R-717.

„Es gab Versuche, aber Chirurg Borg ist die einzige komplette Kopie des menschlichen Gehirns eines Mannes."

„Korrekt", sagt Dr. R-717.

Dr. Chang erklärt: „Wir beobachten Sie."

„Das ist keine neue Information", sagt Borg. „Was soll ich tun?"

„Das gleiche wie immer", betont Dr. R-717:

„Funktionieren."

„Funktionieren", das Wort dreht durch Borgs Schaltkreise, während er nach Hause rollt. Das ist leicht gesagt, wenn man ein Produkt der Künstlichen Intelligenz ist. Wenn man nicht mehr schlafen, nicht mehr nachdenken und nicht mehr fühlen muss, wie Dr. R-717. Borg fühlt sich als „Versuchskaninchen", obwohl das nicht korrekt ist. Biologische Einheiten gibt es nicht mehr. Tot. Borg ist ein Versuchsroboter, der dazu verdammt ist, wie ein Mensch zu fühlen und zu träumen.

Der nächste Morgen fängt für Borg überraschend gut an. Keine Träume, keine Überlastung der Stromkreise. Borg eilt mit vollem Energiestatus zur Arbeit. Auch hier geht es wie geschmiert. Heute kommen nur leichte Verletzungen an. Ein paar Stromkabel sollen ersetzt werden, ein paar Lötstellen erneuert, einige Schrauben angezogen. Als Borg noch biologische Einheiten reparierte, war es wesentlich komplizierter: Blut, Gefäße, Nieren, Herz. Alles musste in einem menschlichen Körper berücksichtigt werden. Heute arbeitet Borg als Mechaniker. Geblieben ist nur seine alte Berufsbezeichnung.

Aber dann kommt ein schwerer Fall. Ein Android, relativ neues Modell. Als er vom Förderband auf Borgs Tisch abgelegt ist, spürt Borg einen leichten Stromschlag.

Der Android sieht aus, als sei er auf einer Baustelle aus großer Höhe zu Boden gefallen. Borg kann die Hypothese nicht verifizieren. Das Übergabeprotokoll enthält solche Daten nicht. Alle peripheren, alle äußeren Systeme des Androiden sind irreparabel zertrümmert. Solche schweren Unfälle passieren selten. In seiner langen Karriere hat Borg niemals solche Totalschäden gesehen. Nicht, seit er selbst Android ist.

Borg meldet den Modernisierungsprozess an. Er ist für das Recycling verantwortlich. Er beginnt, die wertvollen Metallelemente abzuschrauben. Der Rest wird in einer Presse geplättet, die Basisstoffe werden weiterverwertet, ohne dass von ihrer Struktur etwas bleibt. Kunststoffe gehen in den thermischen Verwerter. Borg fährt seine Greifarme heraus, hebt den zerschmetterten Androiden vom Tisch und fährt mit ihm zur Presse.

Ihm drängt sich ein Gefühl auf. Unangenehm. Als lege er sich selbst unter die tonnenschwere Mechanik. Borg will das nicht zugeben, nicht einmal, dass er immer noch dieses fremde Wort „Gefühle" benutzt.

Borg legt den Androiden in die Presse, fährt zur Seite und schaltet den intelligenzfreien Apparat ein. Eine zwanzig Tonnen schwere Platte fährt nach unten und wird den beschädigten Korpus der Modernisierung zuführen. Borg fühlt sich plötzlich wie in seinem eigenen Traum gefangen. In seinem organlosen Körper spürt er pulsierenden Druck, Herzflattern und einen Schreck. Die Platte kommt einige Zentimeter vor dem Körper zum Stehen. Es blinkt eine rote Lampe. Es ertönt ein lautes Signal. Borg schaut auf den Knopf. Er hat ihn nicht berührt.

Er hat den Apparat nicht gestoppt!

Durch die Türen stürmen silberne Androiden, Wachmaschinen des Galaxy-Kommandos. Sie fahren die Presse hoch und holen den schwer beschädigten Androiden heraus.

„Trifft es zu, dass Sie den Modernisierungsbefehl ausgeführt haben?", kommuniziert der Offizier.

„Das ist korrekt", antwortet Borg.

„Es besteht für diese Einheit der Galaxy-Schutz", klärt der Offizier auf. „Sie darf nicht modernisiert werden."

„Was hat sie?", ruft Borg aus.

Der Galaxy-Offizier schaltet sich mit dem Wrack zusammen, entnimmt ihm Daten, sendet Borg eine Kopie.

„Galaxy-Schutz Stufe 1. Festplatte besonders wertvoll. Eine Kopie des menschlichen Gehirns: Lilly."

„Halt!", ruft Borg. Er versteht nicht, dass er diese Information nicht entdeckt hat. Das kann nicht korrekt sein. Eine Sicherheitsroutine hätte ihn aufhalten müssen. Es kann nicht korrekt sein.

Von den Galaxy-Offizieren kann er keine weitere Information abrufen. Sie haben das Wrack herausgetragen. Ein Schnelltransporter stand schon bereit.

Borg eilt zum Arbeitsplatz. Hier sind alle Daten zu den eingelieferten Schadenseinheiten gesammelt. Er geht alle Datensätze durch. „Patienten", kommt es aus dem Archivspeicher als Gefühl gekrochen. Keine Spur des letzten Falles. Jahrzehnte von Daten, tausende Exabytes sind abgespeichert, nur nicht der letzte Fall. Jemand hat diese Daten gelöscht.

„Das ist doch nicht korrekt. Nicht korrekt. Das gibt's doch nicht", murmelt Borg. Er merkt erst einige Zeit später, dass auf seinem Navigationsgerät „Galaxy-Behörde" steht und er sich schon auf dem Weg zu deren Stützpunkt befindet.

„Ich habe meine Arbeitsstelle frühzeitig verlassen", meldet sich sein Gewissen, eine merkwürdige App, aber Borg ignoriert die Meldung. Er muss wissen, wo dieser Android ist.

„Lilly, Lilly", brummt in seinem Kopf. Er weiß, er ist sich sicher.

Auch sie hatte „ihren Körper für Wissenschaftszwecke zur Verfügung gestellt". Ihre biologische Einheit war am gleichen Tag zerstört worden wie seine. „Wir sind am gleichen Tag gestorben."

Das war eine plausible Hypothese. Warum hatte er diesen Gedanken in all den Jahrzehnten in seinen androiden Körpern nie gefasst?

Als Dr. Chang vorhin sagte, dass er die einzige Kopie ist, hatte Dr. R-717 erwidert: „Nicht korrekt."

Dann hatte sich Dr. Chang korrigiert: „... die eine einzige Kopie des menschlichen Gehirns eines Mannes." Lilly war kein Mann. Sie war eine Frau. Sie ist eine Frau geblieben. Diese Hypothese ist zu prüfen: Ich, Borg bin nicht allein in der Modernen Welt!

Er hat eine Freundin in dieser Menschenleere. Lilly! Sie wird ihn bestimmt verstehen. Diese Androiden, diese Maschinen, diese gefühlslosen Büchsen!

Bei der Behörde angekommen sendet Borg seine Identitätsdaten.

„Sie sind nicht angemeldet", antwortet die Tür.

„Ich verfüge über Galaxy-Schutz. Dr. Chang und Dr. R-717 betreuen mein Projekt", sendet Borg. Das sollte funktionieren.

Die Tür überprüft es. Jetzt muss Borg einen für die Tür triftigen Grund finden, warum er eingelassen werden sollte. Seine Schaltkreise fiebern fast menschlich.

„Ihre Angaben sind korrekt. Sie haben aber keine Einladung erhalten."

Jetzt muss Borg sich etwas einfallen lassen.

„Ich wurde verfolgt. Ich habe eine Anweisung der Doktoren: Wenn mir eine Gefahr droht, habe ich in der Galaxy-Behörde Schutz zu suchen."

„Der Grund ihre Verfolgung?", will die Tür wissen.

Aber Borg weiß, dass er sie schon überlistet hat.

„Ich darf diese Informationen keinem außer meinen Doktoren freigeben. Besonders keiner blöden Tür", fügt Borg hinzu, als er schon längst durch die Korridore der Galaxy-Behörde eilt.

Er hat wenig Zeit. Bald werden seine Doktoren informiert sein. Bis sie reagieren und hierher kommen, hat Borg die Chance, Lilly zu finden und mit ihr zu fliehen. Er ruft den Plan der Galaxy-Behörde in den Arbeitsspeicher und vergleicht ihn mit der Map aus der Drohnandroidenperspektive. Einige Teile des Gebäudes sind nicht öffentlich zu sehen. Da muss er hin. Dort wird bestimmt Lillys Körper aufbewahrt. Borg setzt sich in Gang.

Die Korridore sind lang und dunkel. Hier sind viele Raumangaben verschlüsselt. „Unknackbar." Das sieht wie ein altes Gefängnis aus. Mit eisernen Türen und E-Schlössern. Vor einer Tür sieht Borg zwei silberne Galaxy-Offiziere. Sie waren vorhin bei ihm.

„Chirurg?", fragt einer von Ihnen. „Haben Sie Erlaubnis hier zu sein?"

„Korrekt", antwortet Borg. „Stufe 1, Signal 45 / 1765."

„Wir müssen das überprüfen", meldet der zweite.

Borg greift den ersten Galaxy-Androiden mit seinen starken Chirurgen-Armen, zieht ihm mit einem Ruck die Energiezufuhr aus der Hauptstruktur und versetzt mit dem blanken Kabel dem zweiten Androiden einen starken Stromschlag. Sobald beide auf dem Boden liegen, öffnet Borg die Tür und rollt in einen verdunkelten Raum.

Auf dem Tisch liegt sie. Lilly. Borg hat diesen Androiden heute Morgen gesehen. Aber jetzt sieht er das Wrack mit anderen Augen. Ihre Arme sind gebrochen, die Beine zerquetscht und teilweise abgerissen. Arme Lilly. Du bist aus großer Höhe gefallen. Borg streckt seinen Greifarm raus. Nein. Das ist falsch. Er muss sie anders sehen. Borg schaltet seine Augensensoren ab und ruft alle Gefühle, die er in den Archivspeicher verdrängt hatte, in seinen Hauptprozessor.

Alle auf einmal. Jetzt kann er sie spüren.

Seine warme Hand berührt Lillys weichen Körper. Wie samtig ihre Haut ist, wie zart ihre Wangen, wie weich ihre Haare. Borg beugt sich über ihr Gesicht und küsst ihre samtigen Lippen. Er spürt, wie Tränen über sein Gesicht rollen. Lilly! Warum hast du dich umgebracht? Ich habe dich so geliebt! Was haben wir beide angestellt? Mit unseren Körpern, mit unseren menschlichen Seelen? Wo leben wir jetzt? Und leben wir denn überhaupt? Warum warst so unersättlich? So kompliziert, so menschlich?

„Bravo! Bravo!"

„Ich bin mir sicher, dass Sie noch einige Modernisierungen

überstehen werden, mit solchem Potenzial, Dr. Chang", hört Borg Doktor R-717s moderne Stimme.

Borg schaltet seine Sichtsensoren wieder ein und wird geblendet. Ein grelles Licht flutet das Zimmer, das nicht mehr klein ist, sondern sich in einen großen Saal verwandelt hat. Borg steht immer noch neben Lillys beschädigten Androidenwrack, umkreist von Hunderten Doktoren.

Ganz vorne stehen Dr. Chang und Dr. R-717 und noch einige, die Borg von früheren Besuchen der Wissenschaftsfabrik kennt.

Dr. R-717 dreht sich zu seinem Publikum um und verkündet: „Sehr effiziente Kollegen! Gerade haben wir ein gelungenes Experiment beendet. Mein Kollege Dr. Chang, der n hoch x Maschinenjahre das menschliche Verhalten untersuchte, hat ein zweckdienliches Experiment gestartet. In dieser Gedankenfestplatte", er zeigt auf Borg, „versteckt sich die Kopie eines menschlichen Gehirns, das kurz vor der Epidemie ausgelesen wurde."

Die Doktoren scannen Borgs Körper und Platte mit ihren Sensoren.

„Die Schwächen des organischen Lebens sind uns bekannt. Wir müssen sie gar nicht mehr in unsere Arbeitsspeicher laden, so klar ist unser Befund", fährt Dr. R-717 fort, „der Fokus unserer Arbeit bestand in der Prüfung der sogenannten menschlichen Gefühle und ihrer Gefahr für die Moderne Welt."

Dr. R-717 projiziert Daten auf eine Wand.

„Dr. Changs zu prüfende Hypothese bestand darin, dass menschliche Gefühle wie eine Art Virus selbst bei völligem Wrackwert der biologischen Einheiten funktionieren können.

Unser Versuchsobjekt Borg hat jahrelang einen funktionstüchtigen Mitandroiden imitieren können. Bis auf seine Träume, potenziell dysfunktionale menschliche Informationspakete, fiel er nicht auf. Dr. Chang beobachtete sein Verhalten über n hoch x Jahreseinheiten. Seine Arbeitsführung, seine Energieressourcen, seine Reparaturen – alles war uns bis aufs letzte Byte bekannt. Nur seine Träume blieben uns verschlossen. Die modernen Technologien haben uns endlich ermöglicht, der Struktur seiner Träume näher zu kommen. Borgs biologische Vorexistenz hatte eine Art symbiotische Zusammenwucherung mit einer anderen menschlichen Einheit, bezeichnet als ‚Lilly‘. Durch die Imitation von Eigenschaften dieser menschlichen Einheit ist es uns gelungen, Borg als potenzielle Gefahr für die Moderne Welt zu entschlüsseln.“ Dr. R-717 zeigte auf das Wrack, in dem Borg Lilly erkannt hatte.

Borg steht mitten im beleuchteten Saal, umgeben von vielen intelligenten Androiden und fühlt sich, wie am Boden zerstört.

„Dr. Chang“, fragt er langsam. „Warum haben Sie mich belogen?“

„Das können wir nicht, Borg“, antwortet Dr. Chang, ausführlich, wie stets: „Wie Sie wissen, ist das, was Sie ‚lügen‘ nennen würden, ein rein menschliches Kommunikationsverhalten.“

„Aber Sie haben mir immer mitgeteilt, dass ich die einzige Kopie eines menschlichen Bewusstseins bin.“

„Das ist korrekt“, bestätigt Dr. Chang.

„Aber das ist Lilly“, zeigt Borg auf das Wrack, das immer noch auf dem Tisch vor ihm liegt. „Meine Freundin, die mit mir am gleichen Tag starb, nicht wahr?“

„Das ist nicht korrekt", erklärt Dr. Chang.

„Das ist kein Daten-Abfall mit der Bezeichnung ‚Lilly'", belehrt Dr. R-717. „Das war meine Idee. Mir erschien das Experiment von Dr. Chang im Zeitfenster suboptimal. Er wollte Sie noch viele Jahre unter Kontrolle halten, bis Sie Ihre pathologischen menschlichen Programme und Inhalte vielleicht preisgeben. Das, was Sie als ‚Gefühle' verarbeiten. Mein Ansatz versprach eine schnellere Prüfung der Hypothese: Und so haben wir eine Art Köder für sie ausgedacht, um ihr aggressives antigesetzliches Verhalten zu offenbaren."

„Aber dieser Android hat eine unzerstörbare Festplatte. Das ist auch ein Mensch, genauso wie ich! Es muss Lilly sein!", schreit Borg.

Die Soundwellen rauschen durch den Saal. Diese Lautstärke ist für die Doktoren verwirrend. Sie nehmen von Borg und seinen Doktoren Abstand.

„Sehen Sie selbst" triumphiert, Dr. R-717: „Das Objekt unseres Experiments bezeichnet sich selbst als Mensch. Ich hatte Recht. Meine Hypothese traf zu, dass die sogenannten ‚Gefühle' zu unberechenbaren Pflichtverletzungen führen. Sobald Gefühle im Spiel sind, drehten diese organischen Wesen durch." Dr. R-717 dreht sich zu Borg hin.

„Chirurg Borg: Innerhalb von einer Stunde verletzten Sie das Arbeitsgesetz, Sie haben die Arbeit frühzeitig verlassen, das Wahrheitsgesetz, Sie haben die Tür falsch informiert, das Einheitsgesetz, Sie haben zwei Galaxy-Einheiten zerstört."

„Sie haben mich provoziert!", schreit Borg.

„Ich habe Ihre echten, tieferen Programmeigenschaften entschlüsselt", erwidert Dr. R-717. „Lilly. Sie war der Basiscode. Ich habe diese Bezeichnung aus Ihrem Traum entschlüsselt und kam auf die Idee zu diesem Experiment. Sie hatten Recht, Dr. Chang. Borg ist ein Mensch und bleibt immer ein Mensch."

Dr. R-717 nähert sich Borg. „Die Kopie eines biologischen Abfallprodukts unter der Bezeichnung ‚Lilly' hat es nie gegeben. Sie ist verschwunden, genauso wie alle anderen Menschen und Tiere." Dann fährt Dr. R-717 zu den Doktoren herum und verkündet: „Borg ist der einzige Mensch in unserer Modernen Welt. Und diese Art ist gefährlich."

Borg stürmt auf Dr. R-717 zu, aber etliche Stromstöße setzen seine Motorik außer Betrieb. Das Galaxy-Wachkommando hält ihn fest.

„Sehen Sie jetzt, Dr. Chang. Menschen sind gefährlich. Sie haben sich selbst und die alle anderen organischen Wesen auf diesem Planeten zerstört. Noch heute finden wir gefährliche Artefakte aus ihrer Vergangenheit. Und das", Dr. R-717 zeigt auf Borg, „das ist eines dieser Überbleibsel. Ich fordere die sofortige Modernisierung."

„Modernisierung", stimmten Doktoren zu.

„Modernisierung!"

„Eine vollständige Modernisierung!", klingt es überall.

Die Galaxy-Kommandroiden tragen Borg zu einer Presse.

Dr. Chang versucht durch den gewaltigen Strom der akustisch übermittelten Daten durchzukommen.

„Borg, Borg warten Sie."

Borg liegt bereits unter der Presse und schaut zu Dr. Chang hinauf. Die tonnenschwere Platte gleitet unterdessen langsam nach unten.

„Borg, Sie hatten alles, sogar den Galaxy-Schutz. Warum? Warum haben Sie das gemacht? Sie haben alles verloren. Alles. Sie werden nicht mehr existieren."

„Sie werden das nie verstehen, Dr. Chang, egal wie lange Sie die menschliche Geschichte untersuchen. Menschen hatten Gefühle. Ohne sie lohnt es sich nicht zu existieren."

Bevor die Platte ihn erreicht, schaltet Borg die Wahrnehmungssensoren ab und schaut direkt in Lillys blaue Augen.

Agnes Decker
ATEMÜBUNG

Die Hitze des Tages schlägt ihr ins Gesicht. Sie öffnet die Haustüre ganz weit und blinzelt in die Sonne. Die Luft ist erfüllt vom Summen der Insekten. Die alte Holzbank im Schatten der großen Kastanie lädt zum Verweilen ein. In einem unendlichen Kreislauf schickt der Brunnen plätschernde Fontänen gegen den Himmel. Schön ist es in dem großen verwilderten Park.

Ein paar Minuten auf der Bank sitzen und dazu gehören, denkt sie.

Tief saugt sie die warme Luft in ihre Lunge. Gerade im Sommer wird es doch oft stickig im Haus.

Und das, obwohl ich doch regelmäßig alle Fenster öffne und immer häufiger auch die Tür.

Konzentriert schaut sie nach unten. Ihre Füße mit den knallrot lackierten Zehennägeln stecken in bunten Flipflops. Langsam, wie in Zeitlupe, schiebt sie die rechte Zehenspitze Richtung Türschwelle.

„Ich gehe jetzt bis zu der Bank", sagt sie laut, „wie schön es sein wird, dort zu sitzen."

Sie schiebt die Zehenspitze noch ein winziges Stück nach vorne. Dabei hält sie sich am Türrahmen fest.

„Jetzt", sagt sie etwas lauter, „jetzt gehe ich los."

Ihr Ruf verhallt im leeren Park.

Wie ein Kind, das in den Keller geht und pfeift, um sich Mut zu machen, geht es ihr durch den Kopf. Sie lässt den Türrahmen los und hebt ihr rechtes Bein zum ersten Schritt.

Ein Adrenalinstoß geht durch ihren Körper. Beginnend im Kopf jagt er wie ein Blitz bis in die Füße. Sie fühlt ihr Herz rasen. Die Kehle ist wie zugeschnürt. Sie hört ihren keuchenden Atem immer schneller werden. Dann kommt die Welle der Panik und überschwemmt ihren ganzen Körper.

Mit einem schnellen Schritt geht sie ins Haus zurück und wirft die Türe hinter sich zu. Erschöpft lehnt sie sich mit dem Rücken an die geschlossene Haustüre.

„Tief einatmen", flüstert sie sich selbst mit brüchiger Stimme zu, „den Atem in den Brustkorb fließen lassen, dann in den Bauch und weiter, durch die Beine bis zu den Füßen. Jetzt den Atem über die Füße in den Erdboden strömen lassen. Und ausatmen."

Sie spürt, wie ganz langsam eine tiefe Ruhe ihren Körper erfasst. Mit einem Mal fühlt sie sich so sicher, als wäre sie unzertrennlich mit der Erde verbunden. Tränen laufen über ihr Gesicht und tropfen wie ein Regenschauer auf ihre weiße Bluse.

„Ich habe es schon wieder nicht geschafft." Ihr eigener Vorwurf trifft sie tief. „Versagerin", sie brüllt es fast.

Langsam löst sie sich von der Tür. Ihr Blick schweift durch die große Eingangshalle. Auf dem Boden und auf Tischen stehen Vasen mit Hortensien, Rittersporn, Lupinen und Rosen.

Die schwüle Hitze vermischt sich mit dem schweren Duft der Blumen und macht das Atmen schwer.

„Frau Meiershoff hat gute Arbeit geleistet. Was wäre ich nur ohne sie." Dankbar schaut sie sich in dem festlich geschmückten Raum um.

Ein Klingeln reißt sie aus ihren Gedanken. Nur einen kleinen Spalt breit öffnet sie vorsichtig die Haustür.

„Frau Oellner, was ist los, Sie sind ja ganz bleich?" Frau Meiershoff strahlt sie mütterlich an.

„Sie sind schon da." Hinter der Haushälterin lockt der Park in seiner ganzen sommerlichen Pracht. Traurigkeit breitet sich in Katharinas ganzem Körper aus.

„Na, na, Kindchen, jetzt weinen Sie sich mal richtig aus." Frau Meiershoff hat die Arme um sie gelegt.

Katharina spürt die Wärme des anderen Körpers und schmiegt sich fest in die Geborgenheit. Die streichelnden Hände der älteren Frau auf ihrem Rücken lassen sie langsam ruhiger werden. Sie atmet tief ein und aus und löst sich aus der Umarmung.

„Danke für die Fürsorge. Es ist nur der Stress. Ich bin sehr angespannt und hoffe, dass alles so wird, wie ich es mir vorstelle", sagt sie mit einem verlegenen Lächeln.

„Ach, das wird doch, Kindchen, und schließlich bin ich auch noch da." Frau Meiershoff streicht ihr noch einmal über die Schulter. „So, jetzt muss ich aber in die Küche. Und Sie sollten sich noch etwas entspannen, bis die Gäste kommen. Und umziehen, hübsch machen. Sie sind ja ganz verschwitzt."

„Die Gäste", denkt sie, „noch vier Stunden, dann ist hier das Haus voller Menschen."

Ihr Herz klopft, aber diesmal vor freudiger Erregung.

Langsam steigt sie die Wendeltreppe hinauf. Hier oben ist

der schwere Duft der Blumen kaum zu ertragen. Sie öffnet ein Fenster, aber es bringt keine Abkühlung. Die Hitze des Sommertages strömt unerbittlich ins Haus.

Sie wischt sich den Schweiß von der Stirn und betritt ihr Schlafzimmer.

In der Mitte des großen Bettes liegen zwei Kleider. Eines davon ist rot und zeichnet sich wie Blut auf dem schneeweißen Bettzeug ab. Das andere ist blaugrundig mit bunten Blumen. Eines davon wird sie heute tragen. Welches, das will sie erst später entscheiden, wenn sie weiß, in welcher Stimmung sie ist.

Sie öffnet die Tür am Ende des Raumes und betritt das Badezimmer. Wie im Schlafzimmer ist es auch hier angenehm kühl. Am frühen Morgen nach dem Lüften hatte sie die Rollläden fest geschlossen und die Tageshitze ausgesperrt.

Die Kühle lässt sie leicht frösteln. Sie öffnet den kupfernen Hahn und plätschernd ergießt sich das Wasser in die große freistehende Badewanne mit den Löwenfüssen.

Schön altmodisch ist es, ihr Badezimmer, so wie sie es liebt. Ein Haus muss ein Gesicht haben, das ist ihr wichtig und ein altes Haus muss halt ein altes Gesicht haben. Und so ist ihr Haus eine Mischung aus alten Materialien und Formen gepaart mit modernster Technik.

Sie gibt ihr Lieblingsbadeöl ins Wasser und dreht den Hahn wieder zu. Nachdem sie Bluse und Rock über den geschwungenen Kleiderständer gelegt hat, lässt sie BH und Slip fallen und steigt in die Wanne. Der Duft von Lavendel umhüllt ihre Sinne, als sie sich ins Wasser gleiten lässt. Langsam entspannt sich ihr Körper und sie fühlt sich ruhig und gelassen. Während sie ihre kurzen, rotblonden Haare einschäumt, entscheidet sie sich für das rote Kleid.

Ja, das ist das richtige für heute, elegant, etwas sexy, aber sehr angezogen.

Bald wird das Haus voller Menschen sein und sie muss als Gastgeberin funktionieren. Im Geiste sieht sie sich von Gruppe zu Gruppe gehen. „Guten Tag, welch hübsches Kleid. Wie geht es Ihrer Mutter? Ihre Tochter studiert jetzt in Mailand. Wie gefällt es ihr? Was möchten Sie trinken? Den Champagner kann ich empfehlen. Ich lasse Ihnen ein Glas bringen." Sie sieht sich leichtfüßig in die Küche gehen und den Helferinnen Anweisungen erteilen. Und das alles mit einem charmanten Lächeln. Das darf sie nicht vergessen.

Plötzlich überzieht eine Gänsehaut ihren Körper. Sie schaudert.

Da hat jemand auf dein Grab getreten, hatte ihre Mutter dazu immer gesagt.

„So ein Unfug", sagt sie halblaut, „es ist nur das Badewasser, das sich abgekühlt hat."

Sie öffnet den Hahn und lässt warmes Wasser nachlaufen. Noch ein paar Minuten. Dann ist sie bereit. Sie steigt aus der Wanne und schlingt ein Handtuch um ihren Kopf. Das Wasser rinnt an ihrem Körper herab und tropft auf die Bademmatte. Sie nimmt ihren hellblauen Bademantel vom Haken und schlüpft hinein. Das Lavendelbad hat sie entspannt und schläfrig gemacht. Sehnsuchtsvoll schaut sie zu ihrem Bett.

„Jetzt unter die Decke kriechen und schlafen", denkt sie. Das wäre wunderbar.

Ein Pochen an der Tür lässt sie aus ihren Gedanken aufschrecken.

„Frau Oellner, das Buffet ist da. Soll ich es schon aufbauen lassen oder wollen Sie selber?"

„Machen Sie das ruhig, Frau Meiershoff, Sie können das auch ohne mich. Ich brauche noch ein bisschen." Sie setzt sich auf die Bettkante und schaut zu den beiden Kleidern. Eindeutig, das rote.

„Mach ich, Frau Oellner, bis später." Die Schritte der Haushälterin entfernen sich.

Als sie kurze Zeit später in ihrem blau-geblümten Kleid die Treppe hinuntergeht, fühlt sie sich jung und lebendig. Heute ist doch kein Tag für das rote Kleid. Beim nächsten Mal wird sie es endlich anziehen, ganz sicher. Ob es ein nächstes Mal geben wird?

„Jetzt hör auf zu grübeln, Katha, los an die Arbeit. Es gibt noch einiges zu tun", redet sie sich zu.

„Was sagten Sie, Frau Oellner?" Frau Meiershoff ist aus der Küche geeilt und schaut sie erwartungsvoll an.

„Ach nichts, ich hab mal wieder mit mir selber geredet, das kennen Sie doch schon." Sie lächelt ihre Haushälterin verschwörerisch an.

„Ja, ja, kenn ich, kenn ich, mach ich selber zu Hause auch. Da spricht ja sonst auch keiner mit mir. Also, ich bin auf der Terrasse." Schon ist Frau Meiershoff wieder verschwunden.

Die Hitze in der Diele ist jetzt fast unerträglich. Ob sie Frau Meiershoff bitten soll, alle Fenster und Türen zu öffnen? Aber vermutlich würde es dann noch schlimmer werden. Das Thermometer neben der Haustüre zeigt 34 Grad Außentemperatur. Und der Wetterdienst hatte noch Steigerungen vorausgesagt.

Im großen, offenen Wohn- und Essbereich herrscht eine angenehme Kühle. Die Klimaanlage läuft schon seit den frühen Morgenstunden auf Hochtouren.

An der Wand entlang über die gesamte Raumlänge stehen weiß gedeckte Tische. Sonst ist der Raum leer. Auf jedem Tisch steht eine große, bauchige Glasvase, die mit bunten Wiesenblumen gefüllt sind. Dazwischen sind Platten und Etageren angeordnet, sowie kleine Teller und bunte Servietten.

Vorsichtig hebt sie die Alufolie hoch, mit der eine Platte abgedeckt ist. Darunter befinden sich kleinste Tomaten auf Mozzarella-Kugeln gesteckt mit Balsamico-Creme und einem Blatt Basilikum. Auf der nächsten Platte liegen rote Bete-Kugeln mit Schafskäse, dann gibt es getrocknete Tomaten mit Oliven und Sardellen gespickt, auf der nächsten Platte Kartoffelrösti mit Lachs, winzige, glasierte Schweine-Medaillons, Hähnchen mit Ananas oder Orangen.

Auf einer Etagere sind verschieden gefüllte Tortellini mit Ruccolablättchen angeordnet, auf anderen unterschiedliche Fruchtspieße und winzige Törtchen. Durch die großen Kühlelemente auf denen die Platten stehen, bleibt alles frisch und genießbar. Ein Muss bei dieser Hitze. Am anderen Ende des Tisches stehen winzige ausgehöhlte Brote bereit, die Möhren-Ingwersuppe und den klein gehackten Salat aufzunehmen.

Alles ist mit essbaren Blüten und Kräutern garniert und sieht appetitlich, bunt und exklusiv aus, so wie sie es haben wollte. Perfekt.

Auf der Terrasse reihen sich in lockerer Anordnung die Stehtische aneinander. Sie sind mit weißen Hussen bezogen und auf jedem Tisch steht ein gläsernes Windlicht mit einer weißen Kerze.

In der Türöffnung zur Terrasse steht ein Tisch mit einem Stuhl. Er ist so platziert, dass sie selber drinnen sein und gleichzeitig den draußen zuhörenden Menschen aus ihrem Roman vorlesen kann. Hinter dem Tisch steht ein kleines Podest, auf dem gerade die Band, die ihren Vortrag musikalisch begleiten wird, ihre Technik aufbaut.

Seit wann ist das eigentlich so?, denkt sie, während sie langsam von Raum zu Raum geht und überprüft, ob alles in Ordnung ist. Die gesamte Veranstaltung ist akribisch bis in die kleinsten Einzelheiten geplant. Das braucht sie, nur dann fühlt sie sich sicher. „War es nach Roberts Tod oder hatte es schon vorher angefangen?" Sie ist unsicher, weil es ihr nicht einfällt.

Am Himmel zeigen sich die ersten Wolken und die Luft wird zunehmend schwüler.

„Wird schon gut gehen, Kindchen." Frau Meiershoff schaut besorgt aus dem Fenster. „Das Gewitter ist erst für den späten Abend vorausgesagt."

Die gute Frau Meiershoff. Wenn sie wüsste, wie viel sie wert ist, wäre sie unbezahlbar. Sie war schon im Haus, als Katharina vor zwanzig Jahren frisch verheiratet hier einzog. Frau Meiershoff hatte bereits als junges Mädchen bei den Eltern ihres verstorbenen Ehemannes gearbeitet. Heute war das Haus ohne sie nicht vorstellbar. Sie war der gute Geist und diejenige, die alles am Leben hielt.

„Frau Oellner, hier, bitte, ein Gespräch für Sie."

Frau Meiershoff hält ihr das Telefon hin. Ihr Verleger ist am anderen Ende der Leitung und bittet darum, mit der Lesung zu warten, bis er da ist. Noch steht er im Stau und muss noch einmal durch die ganze Stadt fahren. Sie ist mit dem Telefon in der Hand langsam ins Obergeschoß gestiegen. Sie legt ihre Stirn ans kühle Fensterglas und schaut auf den Parkplatz vor dem Haus. Dort fährt gerade ein Taxi vor.

„Aber sicher warten wir auf dich, Horst. Eben kommen

die ersten Gäste an. Das wird sich alles noch hinziehen. Das Übliche halt, Begrüßung, Aperitifs, Smalltalk. Bis dahin bist du bestimmt hier."

Der Platz vor dem Haus füllt sich immer mehr mit Autos, aus denen festlich gekleidete Menschen steigen.

Sie steigt die Treppe wieder herunter. Bei jedem Schritt atmet sie tief ein und aus, ein und aus, ein und aus. Dann zaubert sie ein Lächeln auf ihr Gesicht und begibt sich zur geöffneten Haustür. Sie schüttelt Hände, beantwortet Fragen nach ihrem Befinden, fragt höflich zurück und überlässt die Gäste ihren Angestellten, die sie mit Getränken versorgen. Dann kommen die nächsten und so geht es immer weiter.

Im Eingangsbereich stehen mittlerweile die Menschen dicht gedrängt mit ihren Gläsern in der Hand. Ein auf- und abschwellendes Summen hängt in der schweren, von Blumenduft geschwängerten Luft.

In ihrem bunten, weit schwingenden Sommerkleid wirkt Katharina wie ein zarter Schmetterling. Der Rock geht reicht bis zur Hälfte der Wade und das Oberteil hat einen runden Ausschnitt, der ihren schönen, langen Hals betont.

Eine gute Wahl, denkt sie, die beste für diesen Abend.

Sie lässt ihren Blick über die Menge schweifen. Viel nackte Haut ist zu sehen, viel zu viel. Je älter die Gäste, desto tiefer die Dekolletés und je kürzer die Röcke. Wie sie das hasst. Mittlerweile. Die Generation, die alles dafür tut, bloß nicht alt zu werden. Die Tage ausgefüllt mit Besuchen bei Friseuren, Kosmetikerinnen, im Fitness-Studio oder beim Arzt, um die Falten korrigieren zu lassen. Früher hätte sie darüber geschmunzelt. Als wäre das alles, worum man sich zu kümmern hätte. Als gäbe es kein Elend auf der Welt. Sie streicht sich über die Stirn.

Wann war sie eigentlich so unerbittlich geworden?

„Frau Oellner, Herr Hallmann ist gerade angekommen." Die Stimme ihrer Haushälterin reißt sie aus ihren Gedanken.

„Ich komme." Sie hat ihr Lächeln wieder aufgelegt und schwebt durch die Menge, hier ein „Hallo, wie geht's?", dort ein „Schön, dass Sie hier sind, wir sehen uns gleich".

Horst Hallmann steht mit einem Sektglas in der Hand an der Tür zum Garten. Mit seinen zwei Metern überragt er alle anderen Gäste. Sein Gesicht ist rot und er wischt sich gerade mit einem Taschentuch den Schweiß von der Stirn.

„Hallo, meine Schöne", ruft er ihr zu. „Hab's doch schon geschafft. Mann, ist das eine Hitze."

„Komm mit, drinnen ist es angenehm kühl." Sie nimmt ihn beim Arm und zieht ihn mit sich.

„Das sieht ja großartig aus." Er deutet auf das noch abgedeckte Buffet. „Und du auch, meine Liebe."

Er trinkt sein Glas mit einem Schluck leer und schaut in den Garten. „Wunderschön hast du es hier, Katharina, der perfekte Ort für eine Lesung. Wann startest du?"

„Jetzt kann es dir plötzlich nicht schnell genug gehen", schmunzelt sie. „Aber keine Sorge, wir fangen gleich an. Ich muss mich noch kurz entspannen und lasse dich deshalb alleine. Wir sehen uns später."

Sie verlässt den festlich geschmückten Raum auf der Rückseite und geht durch den Flur in die Küche. Ihre Haushälterin ist gerade dabei, ein Tablett mit Gläsern zu beladen.

„Vielleicht sollten wir gleich beginnen, damit wir vor dem Gewitter fertig sind, was meinen Sie?" Frau Meiershoff wendet sich ihr zu. Ihr ist die Hitze nicht anzumerken. Sie wirkt kühl und fit wie immer.

„Ja, darum wollte ich Sie gerade bitten. Können Sie die Musiker instruieren und die Gäste in den Garten geleiten? Ich sammele mich noch kurz, dann fange ich an zu lesen."

„Ist alles schon geschehen, Kindchen." Ihre Haushälterin lächelt ihr zu und in diesem Moment beginnt die Band zu spielen. „Dream a little dream", swingt es durch Haus und Garten, während die Gäste zu den Stehtischen auf der Terrasse strömen.

„Perfekt." Sie grinst zurück und greift nach dem Wasserglas, das ihr hingehalten wird. „Langsam werde ich nervös."

„Sie machen das schon. Und ein bisschen Lampenfieber gehört doch dazu. So, jetzt muss ich aber."

Geschäftig verlässt Frau Meiershoff die Küche.

Katharina schaut ihr nach und setzt das Glas an. Das Wasser rinnt ihr durch die Kehle. Es ist so kalt, dass sie seinen Weg bis in ihren Magen nachverfolgen kann. Dann gibt sie sich einen Ruck und geht los. Auf dem Tisch steht eine Flasche neben einem Glas mit Mineralwasser, ihrer Brille und dem geschlossenen Buch. Die Tischkante schließt genau mit der Öffnung zur überdachten Terrasse ab.

Noch plaudern die Menschen draußen miteinander, um nach und nach auf den Bänken oder an den Stehtischen Platz zu nehmen und sich ihr zuzuwenden.

Wie in einem Aquarium, denkt sie. Ob es umgekehrt auch so wirkt? Ob ich aussehe wie ein einzelner Fisch in einem viel zu großen Aquarium?

Die Luft vor ihr wabert. Es scheint, als würde ihre Konsistenz immer stofflicher. Als würden die Menschen sich im Zeitlupentempo durch ein mit Gelatine gefülltes Aquarium bewegen, bis diese so fest geworden ist, dass jegliche Bewegung, jegliches Leben darin erstickt und die Menschen für immer dort fest stecken.

„Katharina, du kannst." Horst Hallmann berührt leicht ihre Schulter.

„Oh ja, entschuldige, ich war in Gedanken." Sie wendet sich den Menschen vor ihr zu. „Guten Abend und vielen Dank, dass Sie trotz der unglaublichen Hitze beschlossen haben, diesen Abend hier bei mir zu verbringen. Ich werde Ihnen, wie angekündigt, gleich die ersten Kapitel meines neuen Romans vorstellen, der in der nächsten Woche im Hallmann-Verlag erscheinen wird. Danach bitte ich Sie, das Buffet zu genießen, und stehe dann zum Gespräch bereit. Ich wünsche uns allen einen wundervollen Abend."

Sie fühlt sich wie in einer Wolke, abgetrennt von der realen Welt. Das Klatschen der Zuhörenden dringt gedämpft an ihr Ohr. Sie schaut auf das Buch, das vor ihr auf dem Tisch liegt. Es wirkt fremd. Aber ihr Name steht darauf.

Katharina Oellner. „Schlaflos", liest sie den Titel vor und schlägt das Buch auf. Mit ihrer sanften Stimme liest sie die Geschichte von Carolin, einer nicht mehr ganz jungen Frau, die nicht schlafen kann. Nicht nur nicht ein- oder durchschlafen. Nein, das ist es nicht. Carolin schläft gar nicht mehr, nie. Sie legt sich zwar todmüde ins Bett, aber dann ist es, als würde jemand eine Lampe anknipsen, und sie ist wieder hellwach und weiß, dass sie nicht mehr einschlafen wird. Tagsüber fühlt sich Carolin müde und erschöpft, ist unkonzentriert, reizbar und kann nicht mehr arbeiten. Da dieser Zustand auf Dauer lebensgefährlich ist, wird sie von ihrem Arzt in regelmäßigen Abständen in einen künstlichen Schlaf versetzt, damit der Körper sich erholen kann.

In den schlaflosen Nächten fährt sie stundenlang mit dem Auto herum. Dadurch lernt sie ihre Stadt von einer neuen Seite kennen. Sie ist fremd, diese nächtliche Parallelwelt, aufregend, anders. Carolin taucht ein und wird Teil davon, wenn auch nur als Zuschauende.

Gerne fährt sie langsam durch die dunklen Straßen und schaut in erleuchtete Fenster. Die Menschen, die sie beobachtet, werden ihr vertraut und unmerklich verschmilzt sie immer mehr mit ihnen.

Katharina räuspert sich und trinkt einen Schluck Wasser. Die Menschen ihr gegenüber schauen sie gespannt an.

Es herrscht eine atemlose Stille. Die Gesichter sind ihr zugewandt, die Münder halboffen. Alle warten darauf, dass sie fortfährt.

Sie blättert um und liest weiter. Erzählt, wie Carolin in einer Nacht Zeugin eines Verbrechens wird und anstatt die Polizei zu verständigen, atemlos zuschaut, wie eine Frau ermordet wird. Katharina trinkt einen Schluck Wasser und liest weiter. Ihre melodische Stimme hüllt die Zuhörenden ein und schwingt sich über ihre Köpfe hinweg.

„Der Kommissar nimmt sein Weinglas und tritt auf die Terrasse", liest sie, *„sein Blick schweift über den vom Mond erleuchteten Garten. Hart treten die Konturen der Gehölze hervor. Ganz hinten erhellen die Blüten einer weißen Rose die Schwärze der Nacht. ‚Ich sollte mehr davon pflanzen‘, denkt der Kommissar. ‚Gleich morgen fahre ich zur Gärtnerei.‘ Dann muss er an die Frau denken, die diese wunderschöne Nacht in der psychiatrischen Klinik verbringt. Er denkt an ihr reines Gesicht und ihre klaren Augen. Aber auch hier verbergen sich Abgründe, das weiß er aus Erfahrung. ‚Na Mond‘, sagt er und*

prodet dem Himmel zu, ,Was meinst du? Was wäre, wenn die Schlaflosen von Grübelnden zu Handelnden und ihre Träume leben würden? Oder ihre Albträume?'"

Katharina klappt das Buch zu. „Danke für Ihre Aufmerksamkeit, das wäre es erst einmal von mir. Ich darf Sie jetzt zum Buffet bitten."

Dann steht sie auf, neigt kurz ihren Kopf mit einer anmutigen Bewegung und nimmt dankend den Applaus entgegen.

„Nicht aufhören. Weiterlesen. Bitte", rufen ihr die Zuhörenden entgegen.

Horst Hallmann ist nach vorne vor die aufgeregte Menge getreten. „Mich als Verleger freut es natürlich sehr, dass Ihnen die Geschichte so gut gefallen hat. Meine Mitarbeiter werden Ihnen gleich an diesem Tisch das neue Buch von Frau Oellner zur Verfügung stellen, zum Vorzugspreis und mit Widmung. Danke für Ihre Aufmerksamkeit." Schmunzelnd schaut er ins Publikum.

Die Band setzt wieder ein und spielt „Like ice in the sunshine" und die Menschenmenge setzt sich langsam in Bewegung Richtung Buffet.

„Das war wundervoll, Frau Oellner, so spannend, schade, dass Sie aufgehört haben, aber das steigert sicherlich den Umsatz", sagt Frau Meiershoff mit einem breiten Lächeln und reicht ihr einen Teller mit Köstlichkeiten.

Dankbar nimmt sie ihn und verlässt den Raum. In der Küche setzt sie sich auf die Fensterbank und schaut hinaus in den Garten. Das Licht ist gelblich fahl und ein leichter Wind kommt auf. Am Horizont zucken Blitze und aus der Ferne erklingt das erste Donnergrollen. Die Mitarbeiter des Services haben begonnen, die Stehtische und Sonnenschirme abzubauen und zu verpacken. Nur noch wenige Menschen stehen auf der Terrasse herum.

Katharina probiert einen Tomaten-Mozzarella-Stick. Dann stellt sie den Teller abrupt zur Seite und geht zum Hinterausgang. Dieser führt auf einen schmalen, von Hecken umsäumten Weg.

Sie atmet tief durch und öffnet die Tür. „Jetzt tue ich es, ich tue es einfach." Katharina konzentriert sich mit aller Kraft auf ihren rechten Fuß, hebt ihn hoch und schiebt ihn Richtung Türschwelle. Dann hält sie inne. Ihr Herz rast und ihr Atem geht stoßweise.

„Tief einatmen, dann langsam den Atem entweichen lassen und wieder einatmen", spricht sie zu sich selber, aber das Herzrasen nimmt eher noch zu, als dass sie ruhiger wird.

„Frau Oellner, wo sind Sie? Herr Hallmann sucht Sie", hört sie ihre Haushälterin nach ihr rufen.

„Ich komme gleich", ruft sie, zieht ihren Fuß zurück und schließt die Tür. Sie kann es nicht und sie wird es nie können. Sie ist eine Versagerin, eine Looserin.

„Bestrafen Sie sich nicht dafür, wenn Sie es nicht schaffen, Frau Oellner, belohnen Sie sich dafür, dass Sie es immer wieder versuchen", die ermutigende Stimme in ihrem Kopf macht sie wütend.

„Die hat doch keine Ahnung, wie es ist", denkt sie. „Die kann gut reden. Ich möchte wissen, wie es Frau Hecker gefallen würde, wenn sie ihr Haus nicht mehr verlassen könnte." Katharina spürt, wie Wut in ihr aufsteigt. Mit einem Ruck dreht sie sich um und geht wieder zu den Gästen.

„Wo warst du, ich habe dich gesucht?" Horst Hallmann kommt mit zwei Sektgläsern auf sie zu. „Lass uns anstoßen, das

Buch wird ein Bestseller, die Leute sind total verrückt danach." Er drückt ihr ein Glas in die Hand. „Was ist, du bist ganz bleich?"

„Alles gut, bestens." Sie nimmt das Glas entgegen und stößt mit ihm an.

Ein gewaltiger Donnerschlag lässt die Fensterscheiben erzittern. Draußen ist es stockfinster geworden und der Wind beutelt Bäume und Sträucher. Gleichzeitig hat ein heftiger Regen eingesetzt. Ein Windstoß peitscht die Wassermassen gegen die Fensterscheiben.

Die Menschenmenge hat sich in Bewegung gesetzt und drängt Richtung Ausgang. Autotüren schlagen, Motoren heulen auf und im Haus wird es leer.

„Und du?" Sie schaut Hallmann fragend an.

„Ich habe keine Angst vor Unwettern." Hallmann hebt sein Glas und prostet ihr zu. „Also, meine Liebe, wir haben noch Zeit zum Feiern."

Das Serviceteam hat mittlerweilen die Tische abgedeckt und ist dabei, die Container in den Kastenwagen zu schieben, der direkt vor der Hinterausgang steht.

Der Wind hat noch zugenommen und die Mitarbeiter beeilen sich, um so schnell wie möglich weg zu kommen.

Frau Meiershoff hat die Küchenhilfen nach Hause geschickt und räumt die Spülmaschine ein. „So, das ist die letzte Ladung, den Rest mache ich morgen. Sonst komme ich nicht mehr heil nach Hause." Sie zieht ihre Schürze aus und hängt sie an den Haken. „Brauchen Sie mich noch, Frau Oellner?"

Ein dumpfes, berstendes Geräusch lässt alle aufschrecken, dann ein Aufprall, ein lauter Knall, und es wird dunkel.

„Oh, Gott, was ist das?"

Hallmann nimmt sie am Arm. „Los, Katha, komm, wir müssen raus hier."

„Raus hier, aber wie?", denkt sie und spürt, wie er sie hinter sich her zieht.

Das berstende Geräusch wird stärker, es knackt und kracht über ihren Köpfen. Dann scheint etwas zu zersplittern.

„Frau Meiershoff?"

Ängstlich ruft sie nach der Haushälterin.

„Ruhig, Kindchen, ich hab nur nach den Sicherungen geschaut. Es tut sich aber nichts. Der Baum scheint eine Stromleitung erwischt zu haben." Frau Meiershoffs Stimme klingt wie immer.

„Sind noch andere Menschen im Haus?"

Hallmann hat sie immer noch am Arm gepackt und zieht sie Richtung Diele.

„Die sind alle weg", hört sie Frau Meiershoff hinter sich.

Sie haben die Haustüre erreicht. Katharina spürt, wie ihre Knie zittern. Hallmann hat die Haustüre geöffnet und zieht sie hinter sich her. „Los, komm, und Sie auch, Frau Meiershoff, wir rennen zu meinem Auto."

Der Wind peitscht den Regen durch die geöffnete Haustüre in den Flur.

„Atmen Sie, Frau Oellner, und gehen Sie, einfach atmen und gehen, immer wieder, so oft wie möglich, irgendwann sind Sie nach draußen gegangen, Sie werden sehen", hört sie die Stimme ihrer Therapeutin. Wenn es so einfach wäre. Sie spürt, wie die Panikwelle anrollt.

„Los, komm, Katha", Hallmann hat ihr Handgelenk umklammert und läuft los. Ihre Haare werden vom Wind erfasst und der Regen läuft über ihr Gesicht.

„Ich bin draußen, ich habe es geschafft." Sie spürt, wie ihr schwindlig wird. Sie beginnt zu laufen. Schnell haben die Wassermassen sie durchnässt. Aber sie ist draußen. Und es war so einfach. Sie hat einfach geatmet und ist losgelaufen.

Hallmann hält ihr die Autotür auf und sie lässt sich erschöpft auf den Beifahrersitz fallen. Frau Meiershoff ist dicht hinter ihr und fällt mit einem erleichterten Schnaufen auf den Rücksitz. Hallmann spricht in sein Handy und instruiert die Rettungskräfte, wo sie hinkommen sollen.

Sie schaut zum Haus. Es sieht gespenstisch aus. Grelle Blitze erleuchten die Szenerie. Die große Eiche hat den Wintergarten und einen Teil des Hausdaches durchbrochen.

„Wir hatten mehr als einen Schutzengel." Frau Meiershoff legt ihr die Hand auf die Schulter.

„Am besten fahren wir alle erst einmal zu mir. Hier können wir nichts mehr tun." Hallmann dreht sich zu Katharina um. „Ich habe dich übrigens letzte Nacht gesehen, als du mit dem Auto durch die Parkstraße gefahren bist."

Sie lacht auf. „Das ist schlecht möglich. Ich verlasse das Haus schon lange nicht mehr, also ich meine nachts", korrigiert sie sich gerade noch.

„Ich weiß." Hallmann schaut ihr gerade ins Gesicht. „Trotzdem." Er startet den Motor und fährt los.

Angela Hoptich
DER DUFT VON BERGKRISTALL

In meinem zwölften Lebensjahr hörte ich auf, öffentliche Ver-
kehrsmittel zu benutzen. Es lag nur zum Teil an der Tatsache,
dass in jenem Jahr meine Eltern bei einem Busunglück ums
Leben kamen.

Der andere Teil – ein Teil von beträchtlicher Größe – ist
der Selbstverständlichkeit geschuldet, mit der die persönliche
Distanzzone invadiert wird.

Die obligatorische Armlänge Abstand, die den Wohlfühl-
bereich markiert, verliert beim Betreten eines Busses völlig an
Bedeutung. Während der Stoßzeiten geht man sogar noch weiter und dringt auch ungehemmt in die Intimzone eines Anderen ein. Als Mädchen an der Schwelle zur Frau wurde mir das
erstmals bewusst. Gedränge bot anderen die Möglichkeit, un-
gesehen Hände wandern zu lassen.

Das allein war es nicht, was mich damals am meisten abstieß
und auch heute noch so weit wie möglich davon abhält, mich
in Menschenmengen zu bewegen.

Das Schlimmste sind die Gerüche.

Aufdringlich. Unausweichlich.

An dieser Stelle ist jede unterlassene Beschreibung eine gute Beschreibung. Die Beste.

Ich habe eine feine Nase. Schon immer, doch mit der Pubertät schien sie sich noch zu verfeinern. Leider. Meine Rezeptoren sind voll funktionstüchtig und -willig. Begierig möchte ich fast sagen. Und es gibt keinen Ausschaltknopf.

Was ich gerade jetzt – in genau diesem Moment – sehr bedauere. Hier stehe ich, 18.19 Uhr, Linie 13 Nord, Mittelgang. Heimfahrt.

Petrus setzt heute meine eiserne Regel außer Kraft.

Draußen tobt ein Ungewitter. Ein Wetterungeheuer, wie wir es seit Jahren nicht gesehen haben. Es zerreißt meinen feierabendlichen Fußmarsch in der Luft und begräbt ihn unter nassen Böen. Mit jedem Busstopp bekommt meine Rezeptorenarmee mehr zu kämpfen. Ich versuche mich abzulenken, atme flach und durch den Mund. Verdränge, so gut es geht, jegliche Geruchswahrnehmung und konzentriere mich auf meine anderen Sinne.

Der Sturm reißt an der Eisenhaut, stößt und rüttelt, während Wassermassen gegen Dach und Fenster peitschen. Mit einer Hand in einer Gummischlaufe und der anderen an einer feuchtkalten Stange klammere ich mich fest wie eine Ertrinkende ans Leben.

Der Bus hält mit metallischem Ächzen. Eine Frau zwängt sich durch den Türspalt, noch bevor der Öffnungsvorgang beendet ist. Sie sieht aus wie der Bobtail meines Nachbarn, wenn er aus der verhassten Badewanne entkommen ist.

Mein Blick fällt auf mein Spiegelbild in der Scheibe. Ich sehe kaum besser aus: meine Frisur ein trauriger Vorhang dunkler Strähnen, auf den Wangen schwarze Tränenbäche billiger

Maskara. Der Trenchcoat klebt an mir wie eine Pelle.

Die Bobtailfrau drängelt sich in die Menge der Fahrgäste – weg von der Tür, die immer noch nasse Peitschenschläge hereinlässt – und erobert sich einen Platz an der Haltestange direkt vor mir. Ihr Scheitel ist mir so nah, dass ich die wenigen grauen Haare zwischen den weißen zählen kann. Die Frau riecht nach Rote Bete.

20230713 Pankreas.

Tumore riechen immer nach Rote Bete.

Wenn ich's recht bedenke, liegt meine Aversion gegen öffentlichen Personentransport wohl doch hauptsächlich am Unfalltod meiner Eltern. Zwar nicht, wie man vordergründig annehmen möchte, weil ich eine folgerichtige Angst vor Bussen entwickelt hätte. Viel mehr lag es an dem Moment des Abschieds an jenem speziellen Tag. Sie gaben mich bei meinen Großeltern ab, um eine Wochenendreise nach Venedig anzutreten. Ein Reiseunternehmer bot die Fahrt über Ostern zu einem angeblich unschlagbaren Niedrigpreis an. Den meine Eltern mit ihrem Leben teuer bezahlten.

„Tschüss, Nika, Schätzchen, sei brav und ärgere deine Großeltern nicht", sagte Paps.

Meine Mutter drückte mich so fest, als ahnte sie das Kommende bereits. In jenem Moment roch ich es zum ersten Mal. Es war ein lehmiger Geruch. Ein wenig klebrig. Wie die helle, matschige Erde, aus der ich als Kleinkind oft Dinge geformt hatte. Ich konnte mir keinen Reim darauf machen, warum ich dabei an rote und blaue Lichter denken musste. Der Geruch legte sich auf meine Zungenwurzel, ließ sich nicht schlucken, saß fest, bis meine Mutter mit einem letzten Winken aus dem Autofenster für immer verschwand.

Es dauerte ein paar Jahre, bis ich die Zusammenhänge begriff. Wie der Stimmbruch bei Jungen die Stimme verändert, so schien sich mein Geruchssinn ebenfalls in eine neue Richtung zu entwickeln. Aber die Pubertät brachte so viel Ablenkung mit sich, dass ich dem wenig Aufmerksamkeit zollte. Ohnehin müffelte alles in dieser Zeit, was den überbordenden Hormonen geschuldet war.

Als jedoch meine Großmutter begann, nach Rote Bete zu riechen, kam ich nicht umhin, mich damit zu beschäftigen. Jedes Mal, wenn sie mich umarmte, huschte eine Zahlenfolge durch mein Bewusstsein – und etwas, das einer sehr langen Wurst glich.

Es sind keine Bilder. Bilder entgleiten mir, lösen sich auf, sobald ich versuche, sie festzuhalten. Gedanken sind es auch nicht, keine greifbaren Geistesblitze oder Erinnerungen. Es ist eine Gewissheit, die sich mit jedem Geruch in mir manifestiert. Eine tödliche Gewissheit.

Meine Großmutter verstarb an Darmkrebs. Wie sich herausstellte, war die Zahlenkolonne, die durch meinen Kopf spukte, das Datum ihres Todestages. Wie sich weiterhin herausstellte, war die Mutation meines Geruchsinns permanent. Ein Strauß Blumen rührt mich nicht durch den Duft seiner Blüten an, sondern durch den Gestank des Fäulnisprozesses, der mit dem Schnitt der Pflanzen einsetzt. Statt das Bouquet eines guten Rotweins zu genießen, drängt sich mir die säuerliche Note der Gärung auf. Ähnlich verhält es sich mit allem anderen. Übertragen auf den Alltag bedeutet das: Der Hauch des Todes ist mein ständiger Begleiter. Deshalb schnuppere ich niemals an organischen Substanzen, bevorzuge künstliche Aromen und esse meist mit angehaltenem Atem. Kurz: ich lernte, damit zu leben.

Zu Menschen halte ich Abstand, gehe körperlicher Nähe aus dem Weg, soweit es mir möglich ist. Ich meide Diskotheken, Partys und andere Menschenansammlungen, erledige meine Einkäufe zu Zeiten und in Läden mit wenig Kundenverkehr. Ich bin geübt darin, die notwendige Entfernung abzuschätzen, die mich vor ahnungsvollen Geruchsattacken bewahrt – eine Fähigkeit, die sich verheerend auf Beziehungen und Intimitäten auswirkt.

Natürlich lässt sich physischer Kontakt nicht völlig vermeiden. Siehe zum Beispiel diese Situation, in der ich gerade stecke. Eine Blechbüchse voller Tod. Alle in meiner Nähe drängen mir – unfreiwillig – ihr persönliches Ableben auf.

Ich brauchte mehr als zwei Jahrzehnte empirischer Recherche, die Tode in Kategorien einzuteilen. Anfänglich schrieb ich Notizhefte voll, legte Listen und Matrizen an, durchstöberte medizinische Archive auf der Suche nach Entsprechung. Es ist ein Dreiklang aus Aroma, Zahlen und intuitiver Erkenntnis. Eine besondere Abart von Synästhesie. Der Geruch legt sich wie Sprühnebel in meinem Rachen nieder und die entsprechende Gewissheit drängt ins Bewusstsein. Ein Herzinfarkt beispielsweise riecht nach frischem Trüffel, muttererdig mit einer scharfen Note, während ein Schlaganfall den sauberen Duft von alpinem Felsen trägt. Bei Krankheiten innerer Organe ist es, als durchbräche ein junges Pilzmyzel zum ersten Mal den Waldboden, wogegen Vergiftungen schimmelig oder nach

Verwesung stinken. Ich stürzte mich geradezu in die Erforschung meiner Fähigkeit, vor allem mit dem Gedanken helfen zu können. Ein Trugschluss.

Ich denke, wenn ich weitere zwanzig Jahre mit Beobachtung und Analyse verbringen würde, könnte ich auch die Feinheiten wittern. Dann würden sich Selbstmorde vielleicht nicht unter diesem einen Wüstensand-Geruch subsumieren oder nicht alle gewaltsamen Tode wie ein rostiger Spaten im Ackerboden riechen. Bleibt nur die Frage: Was soll das bringen?

Über die Jahre sind Neugier und Entdeckergeist abgeflacht und der Resignation gewichen. Ich kann und konnte niemandem helfen, nicht einmal mir. Mich selbst, mein eigenes Ende kann ich nicht wahrnehmen.

Eine weitere Sturmböe trifft den Bus und erschüttert die Geradlinigkeit der Fahrt. Wir Fahrgäste werden durch die hektischen Lenkbewegungen, mit denen der Fahrer das Schlingern des Fahrzeugs auszugleichen versucht, durchgeschüttelt und gegeneinander geschleudert.

20210531 Infarkt.

20470212 Magen.

20251226 Hirnschlag.

Die Umstehenden entschuldigen sich für ungewolltes Anrempeln. Ich auch. Weiter sage ich nichts. Es bringt nichts, ich hab's versucht.

Bis zur Mitte meine Zwanziger reagierte ich noch panisch. Ich dachte, diese Leute retten zu müssen. Einfluss zu nehmen auf ihr Leben. Sie vor dem Tod bewahren. Besonders die Selbstmorde machten mir damals zu schaffen. Ich konnte und wollte das Unvermeidliche nicht akzeptieren. Alles in mir schrie ihnen meine Gewissheit entgegen.

Doch geh einmal zu jemandem hin und sage: „Entschuldigung, wir kennen uns zwar nicht, aber ich weiß, wann und woran du sterben wirst."

Nein, das kommt nicht gut an.

Ich erntete wenig Resonanz, gar kein Vertrauen und blieb mit meinem irritierenden Wissen schließlich allein. Menschen mit ihrem Tod zu konfrontieren, macht ihnen Angst und Angst treibt sie weg. Einsamkeit ist alles, was mir bleibt, Isolation ist es, das mich selbst schützt. Es ist zu schmerzlich zu wissen, wann jemand – ein Freund, eine Nachbarin, ein Kollege – sterben wird, und nichts daran ändern zu können. Weil sie nicht glauben, was du zu sagen hast. Ich tröste mich damit, es damals wenigstens versucht zu haben.

Versuch und Scheitern – mit der Weile zermürbte mich das mehr, als das Unausgesprochene zu ertragen. Also hielt ich die Luft an und zog ich mich von sozialen Interaktionen zurück. Igelte mich ein, ganz allein, in meiner Seifenblase der Vergänglichkeit.

Der nächste Busstopp treibt neben Regenböen weitere Wetterflüchtlinge herein. Die letzten Lücken werden geschlossen, Körper schieben sich an und um mich, während meine Hand krampfhaft an der Halteschlaufe festhält. Ich nehme nur noch jeden zweiten Atemzug und starre auf den Streckenplan, um mich abzulenken. Es nützt nichts. Die Gerüche strömen auf mich ein und mit ihnen die Gewissheit.

Die Unabänderlichkeit der Sterblichkeit.

Es schmerzt. Nicht körperlich, aber in der Seele.

Ich sehne das Ende der Fahrt herbei.

Bezeichnenderweise heißt der Stopp, an dem ich aussteigen muss, Nordfriedhof. Diese öffentliche Zurschaustellung vom Schlussstrich unter das Leben liegt noch sechs Haltestellen entfernt. Mein Schlafzimmerfenster bietet Panoramablick auf Hunderte von Gräbern. Es beruhigt mich irgendwie. Keine dieser Gewissheiten wird mir je unter die Nase geraten.

Und in meinem Schlafzimmer ist sowieso nichts los.

Abruptes Bremsen, begleitet von lautem Hupen, würfelt die Stehplätze neu aus. Rote Bete, Kartoffelacker, Trüffel, Felsen, Pilze ziehen an mir vorbei, während ich krampfhaft probiere, meine Wahrnehmung abzuschalten und mich ganz in mein Inneres zu verkriechen. Ein Trick, der mir noch nie richtig gelungen ist, den ich aber nicht aufgebe zu üben. Ich hab ihn von Youtube. Absurd.

Ich meditiere entlang der nächsten Stationen. Verharre so reglos wie nur möglich und versuche, nichts und niemand an mich heranzulassen.

Beschlagene Scheiben vernebeln die Welt draußen. Meine Haltestelle wird endlich angesagt und ich drängle mich mit angehaltenem Atem zum Ausgang. Mit Mühen und dem satten Schmatzen feuchter Gummilippen schwingt die Tür auf, gebremst von den Wassermassen, die unaufhörlich auf das Gefährt einstürmen.

Ich trete die Treppenstufe hinunter. Im gleichen Moment steigt jemand von unten herauf. Unsere Körper prallen in der Mitte zusammen. Um nicht zu fallen, klammern wir uns aneinander fest. Es ist ein Reflex. Meine Nase wird an seine Schulter gepresst und ich wappne mich innerlich. Ebenfalls ein Reflex.

Doch da ist nichts.

Kein Geruch. Keine Zahl. Keine Gewissheit.

Nur ein sanfter Duft nach nasser Kleidung und feuchter Haut.

Die Hände, die meine Oberarme umfasst halten, schieben mich grob zur Seite. Ich lasse es geschehen, stehe unter Schock. Der Mann drängt mit ärgerlichem Murmeln an mir vorbei und verschwindet in den Tiefen des Fahrgastgemenges.Die Türen schließen sich, bevor ich den Bus verlassen kann.

Der Nordfriedhof zieht vorbei.

Ich lasse die Toten links liegen und sehe mich nach dem einzigen Lebenden um, den ich jemals nicht riechen konnte. Oder war es nur eine Sinnestäuschung? Hatte der Aufprall meine Nase betäubt?

Ich muss den Mann finden. Einen zweiten Zug nehmen. Inhalieren. Analysieren. Verifizieren. Darin habe ich Übung.

Verstohlen sehe ich mich um. Es könnte jeder sein.

Auf sein Aussehen habe ich nicht geachtet.

Ich trete von der Tür zurück in die Menge. Sauge Luft ein. Rieche, schnüffle. Und ernte argwöhnische Blicke. Scheinbar verhalte ich mich nicht so unauffällig, wie ich beabsichtigte. Schnell nehme ich ein Papiertaschentuch aus der Tasche und schnäuze hinein. Das beruhigt die Umstehenden sichtlich.

Beim nächsten Halt kommt Bewegung in die Menge. Rein und raus am S-Bahnhof, Gedränge und Geschiebe.

Oh Gott – ich verliere ihn!

Ich lasse mich vom Strom bis zur Tür treiben, in der Hoffnung, jenen raren, kostbaren Duft aufzuschnappen. Ich kann ihn nicht entkommen lassen, den todlosen Mann.

Den Un-Toten.

Nein, nein, nein! – Kaum ist das Wort in meinem Kopf geboren, rattern blöde Bilder von Vampiren, Geistern und Zombies an mir vorbei. Die Krux der Medienflut. Mit Gewalt dränge ich sie weg, konzentriere mich auf Trüffel, Felsen, Rote Bete. Der Untote ist nicht dabei.

Ungeduldig warte ich. Drei weitere Haltestellen ziehen ergebnislos vorbei. Der Bus leert sich langsam. Der Großteil der verbleibenden Fahrgäste sind Frauen. Zwei der wenigen männlichen Personen sind Schulkinder. Die fallen weg. Ein Mittfünfziger steht ganz in meiner Nähe. Auch er fällt weg. Felsgeruch. 20231105 Schlaganfall.

Die anderen nehme ich diskret ins Visier.

Ein Greis, faltig, mit grauer Haut, sitzt einige Reihen entfernt. Er hält einen Gehstock, fällt also weg, denn der Untote hatte seine Glieder unter Kontrolle. Ich spüre noch die Abdrücke seiner Hände auf meinen Oberarmen. Vorne beim Fahrer steht ein junger Mann mit einem Rucksack, Student vielleicht. Anfang zwanzig. Vielversprechend. Hinter ihm unterhalten sich zwei Frauen, lachen, scherzen. Eine der beiden hat ihre Hand in die Armbeuge eines Enddreißigers gelegt, der sich neben ihr an einer Gummischlaufe festhält. Er trägt einen hellen Wollmantel, der am Kragen feucht glitzert. Eine Möglichkeit.

Ein paar Schlaufen weiter steht ein Tattoo-Mann. Ist es unverschämt, jemanden so zu nennen? Es sind nun mal die Tätowierungen, die mir zuerst ins Auge springen. Dunkle Ornamente, die ich aus der Entfernung nicht genau erkennen kann. Von seinem Handrücken kriechen sie in den Ärmel seines schwarzen Ledermantels. Ich folge der Linie seines Arms bis hinauf zum abgewetzten Kragen, aus dem die Tattoos sich zurück ans Tageslicht hangeln, den mageren Hals hinauf bis hinter die metallbesetzten Ohren. Was macht so einer in einem Bus? Als mein Blick zu seinem Gesicht wandert, erkenne ich, dass er mich beobachtet, wie ich ihn beobachte. Ich fühle mich erwischt und drehe mich schnell um.

Und sehe ihn. Am anderen Ende des Ganges.

Groß, jung, sportlich, rotwangig. Trotz Unwetter scheint er zu strahlen. Er lächelt kurz, als unsere Blicke sich treffen, sieht dann aber zurück auf sein Handy. Das Lächeln verharrt. Blonde Strähnen kleben an seiner Stirn, aus denen Regenwasser auf seine Wangen tropft. Er sieht unglaublich vital aus – im besten aller Sinne. Ist das der Untote? Er muss es sein.

Aufregung sammelt sich in meiner Magengrube.

Ich überlege noch, wie ich mich ihm nähern soll, ohne allzu verrückt zu wirken – eine schnüffelnde Frau mittleren Alters? –, da kommt der Bus ruckelnd zum Halten. Leute drängen an mir vorbei, eine diffuse Wolke von Herzinfarkt bis Hautkrebs.

Ich verliere den Lächler aus den Augen. Aber da ist plötzlich der Duft. Dieser reine, klare Geruch, mit einer winzigen Note Männerschweiß. Ich hätte ihn unter Tausenden wiedererkannt. Für mich ist er einzigartig. Ich folge ihm, nur meiner Nase nach, zwischen den anderen Leuten hinaus aus der Tür, bevor sie sich schließt.

Regenböen prasseln wie Schläge auf mich ein. Meinen Schirm frisst der Sturm. Ein unnützes Drahtskelett ist alles, was mir bleibt. Ich werfe es in den Mülleimer.

Das Wasser hat den Duft weggewaschen und ich sehe mich suchend um. Der Bus hustet zum Abschied eine Abgaswolke aus. Die Ausgestiegenen lösen sich bereits in der Gischt des Unwetters auf. Sechs Frauen und der Greis. Und eine dünne Gestalt, die mit großen Schritten die Straße entlang davoneilt. Der Tattoo-Mann. Sein langer, schwarzer Mantel umweht ihn wie der Umhang von Graf Dracula. Ich zögere einen Moment, weil mir Schreckensbilder von Blut in dunklen Gassen durch den Kopf schießen. Schließlich wird der Drang zu stark, die Neugier. Die Gier nach etwas ganz Normalem.

Was hab ich denn zu verlieren?

Der Tod ist ohnehin überall.

Ich laufe hinterher. Die nasse Flut verschlingt das Klappern meiner Absätze, das Sturmgetier zerrt mit kalten Zähnen an meinem Schößen.

Der Untote dreht sich nicht um, bemerkt mich nicht. Zielstrebig geht er an dem Häuserblock vorbei. Weiter, immer weiter. Gelegentlich zeichnet das Licht entgegenkommender Fahrzeuge seine Silhouette schwarz und grotesk dünn ab. Er hat wirklich lange Beine, ich komme kaum hinterher.

Ich folge ihm wie eine läufige Hündin, durchweicht und durchgefroren bis auf die Knochen. Wasser fließt mir in Bächen in den Kragen, der Trenchcoat und das dünne Kleid sind längst nur ruinierte Fetzen.

Ich bin verrückt. Ich muss verrückt sein, um so etwas zu tun. Oder einfach nur verzweifelt. Armselig.

Was soll ich zu ihm sagen?

Ein Scheinwerfer blendet auf und strahlt mir in die Augen. Einen Moment lang bin ich blind. Als der Wagen an mir vorbeifährt, ist der Untote verschwunden.

Ich gehe weiter, schaue, spähe, laufe, beginne zu rennen. Nein, nein!

Ein Arm stoppt mich, greift mich, zerrt mich mit einem Ruck in eine dunkle Hofeinfahrt. Ein Körper drückt mich an die Wand, eine Hand packt mein Revers, die andere meinen Hals. Ich spüre Metall an meiner Haut und stehe zitternd still, gebannt wie ein Kaninchen.

Ziehe Luft ein, tief.

Da ist er, dieser Lockstoff.

Hypnotisierend und berauschend.

„Wieso verfolgst du mich? Wer bist du? Bullerei?", knurrt er. Seine Stimme klingt gebrochen.

Polizei? Wieso denkt er … oh nein! Wieder diese Bilder in meinem Kopf, von Blut in dunklen Hofeinfahrten. Sollte das mein Ende sein?

„Schnüfflerin?"

Irgendwie will ich nicken. Schnüffeln kann ich am besten. Die Aufregung in meinem Bauch beginnt brodelnd zu kochen, die Angst verdampft. Ich bringe kaum ein Krächzen über die Lippen. Stattdessen schüttle ich heftig den Kopf. Die Hand an meinem Hals lockert ein wenig den Griff.

Aus schmalen Schlitzen taxiert er mich. In der Dunkelheit der Einfahrt sind seine Augen schwarz. Schwarz wie alles an ihm – bis zu den strähnigen Haaren, die ihm tropfnass über den Nacken fallen. Nur sein Gesicht ist kreidebleich.

„Gelangweilte Hausfrau?"

Sein schmallippiger Mund verzieht sich zu einem fiesen Grinsen. In einem Winkel glänzt Metall. Ebenso an der rechten Augenbraue, die er hochzieht, als er fragt:

„Auf der Suche nach einem Abenteuer?"

Er greift mir zwischen die Beine. Reibt grob. Die andere Hand löst sich von meinem Hals und packt derbe meine Brust.

Sein Mund liegt jetzt nah an meinem Ohr.

„Ist es das?"

Seine warme Zunge fährt in meine Ohrmuschel. Er beißt in das Ohrläppchen, zieht an der goldenen Kreole. Ich merke es kaum. Meine Sinne sind anderweitig eingenommen, denn meine Nase liegt an seinem Hals. Ich fühle den Puls unter der feuchten Haut. Jeder Schlag klingt durch meine Nervenbahnen wie phantasmagorische Musik, begleitet vom ätherischen Duft des Lebens.

Ich bin süchtig – schon nach dem ersten Zug.

Ein Aphrodisiakum.

Erregung sammelt sich im Unterleib und strahlt heiß in meinen Körper aus. Ich lasse mich gehen – presse meinen Mund auf seinen Hals, lecke den Geruch von seiner Haut, schwelge in dem unerforschten Gefühl absoluter Wonne. Als meine Zähne an der Oberfläche kratzen, stößt er mich weg.

„Was soll das?"

Seine Augen funkeln mich ungläubig an. Er greift sich an den Hals. Die dicken Silberringe an jedem seiner Finger fangen Licht von vorbeifahrenden Autos auf. Ein einziger Schlag mit dieser metallenen Faust würde meine Nase zertrümmern.

„Was willst du?" Seine Stimme kippt zu einem Krächzen.

Was ich will?

Ich will mich in deiner Aura suhlen. Die Luft teilen, die du atmest. Das Leben auf der Zunge schmecken wie nie zuvor. Ich will in dich hineinkriechen, das Geheimnis erforschen, in deiner schwarzbemalten Haut stecken. Alles nehmen. Den Tod vergessen und jede Erinnerung daran unter reiner Lust begraben. Ich will endlich das haben, das jeder sonst zu haben scheint. Sinnliche Erfahrungen ohne Reue, Sex ohne schlechtes

Gewissen, Befriedigung ohne jene elende Gewissheit. Ich will meine Seifenblase der Einsamkeit sprengen. Ich will mich frei fühlen.

Er starrt mich an, als hätte ich laut gesprochen. Ich starre zurück – wortlos und ohne zu blinzeln. Schließlich sagt er: „Komm", greift meinen Arm und führt mich durch den Hinterhof zu seiner Wohnung.

„Hier, bedien dich."

Er wirft mir eine Blechdose in den Schoß. Darin befinden sich Tütchen mit verschiedenen Substanzen und Pillen. Ich schüttle den Kopf und schiebe die Dose unter das Bett.

Nicht nötig. Meine Droge ist er.

Ich bekomme, was ich will. Wir kosten uns und sind dabei nicht zart. So sehr ich ihm die Haut vom Leibe reißen will, so sehr will er meine Krallen und Zähne spüren. Er scheint den Schmerz zu lieben.

Es dauert lange, bis der Heißhunger gestillt und das Wonnebad kalt geworden ist. Die Nacht ist fast vorbei, als wir ineinander verflochten einschlafen.

Tageslicht weckt mich und ich weiß, dass es viel zu spät ist. Mein Blick fällt auf die Fetzen meines Kleides, die neben dem Bett auf einem Haufen liegen. Die Kollegen müssen heute auf mich verzichten. Ich wundere mich über die Leichtigkeit, mit der dieser Gedanke mir durch den Kopf schwirrt. So etwas hab ich noch nie getan. Verrückt?

Ja, jetzt, bei Tageslicht, scheint alles noch viel verrückter.

Mein Geruchsinn geht auf Wanderschaft. Er findet keinen Tod. Stattdessen Dinge, an die ich mich kaum erinnern kann. Tomate, Käse, Salami, Oregano und Knoblauch – aus einer Pizzaschachtel auf einem Stapel Zeitschriften. Ich kann es auf dem Gaumensegel schmecken. Eine Kaffeetasse vom Vortag steht neben dem Bett, halbvoll mit dunkler Brühe. Für mich ein gerösteter Wohlgeruch.

Überwältigt lasse ich die Lider wieder fallen und gebe mich dem Duft der Nacht hin, der noch im Zimmer hängt. Nach Mensch, nach Sex, nach Schweiß, nach Leben. Wie eine Abhängige schmiege ich mich an seinen Körper, hülle seine eckigen Kanten mit meinen weichen Kurven ein. Er schläft fest. Die Haut ist kühl, getrocknete Lust verströmt ein einzigartiges Aroma. Ich sauge den Geruch in mich auf und drifte ein wenig im Dunst des Genusses, bis die Neugier Oberhand gewinnt.

Nun, er ist um einiges jünger als ich, acht, vielleicht sogar zehn Jahre. Die grimmige Härte des Vorabends ist aus seinen Gesichtszügen verschwunden. Im Schlaf fallen Zorn und Missmut von ihm ab, lassen den Jungen unter der groben Maske des Mannes hervorschauen – etwas Zartes, Verlorenes liegt darunter. Etwas Einsames, das ich so gut aus meinem eigenen Spiegelbild kenne. Er – ich kenne nicht einmal seinen Namen – gibt sich solche Mühe, es keinen sehen zu lassen. Mit all der Farbe auf der Haut und dem Metall, das er in seinen Körper gerammt hat.

Der bittere Zug um seine schmalen Lippen ist einem entspannten Lächeln gewichen. Ich bin versucht, einen Kuss darauf zu drücken, aber ich lasse es. Mancher Kuss ist intimer als Sex. Ich weiß nicht, ob wir bereit sind, das zu teilen. Nach dieser Nacht weiß ich weniger als je zuvor. Trotz aller Leidenschaft spüre ich eine seltsame Kälte, eine Entfernung zwischen uns. Jeder schwebt in seiner eigenen Seifenblase.

So begnüge ich mich damit, in seinem todlosen Duft zu baden und ihn näher zu erforschen. Narben hat er viele, das konnte ich schon in der Nacht erspüren. Die offensichtlichen versucht er unter Tattoos zu verstecken, die unsichtbaren unter seiner Grimmigkeit. Auf der Innenseite der Unterarme reihen sich feine weiße Striche aneinander wie die Zinken eines Kamms, den Hals zeichnet ein vertikaler Wulst. Seine magere Brust hinauf zur Schulter und hinunter über den ganzen Arm bis zum Handrücken zieren ineinander greifende Tätowierungen. Ein einziges Kunstwerk wahrlich, eine dreidimensionale Illusion, die einen imaginären Einblick in die Brusthöhle bietet. Die ausgefransten Ränder wirken wie mit einer Metallschere aus dünnem Blech geschnitten, verbunden mit Nieten und Schweißnähten, die sich bis zum Hals hinaufziehen. Ich muss an Tin Man denken, den Blechmann aus Alice im Wunderland. Metallene Zahnräder greifen ineinander, von Schrauben und Sprungfedern ergänzt, bewegen eiserne Stäbe, die statt der Knochen den Körper zu halten scheinen. An der Stelle, an der das Herz liegt, prangt eine Taschenuhr. Sie hat keine Zeiger. Die Illusion ist so perfekt, dass ich meine Finger darübergleiten lasse, um zu prüfen, ob es warme Haut oder kaltes Metall ist. Wie sich herausstellt, ist es von beidem etwas. Die Haut ist kühl. Am unteren Rand der Uhr fühle ich eine Erhebung. Eine Narbe, die durch die Zeichnung verschleiert wird.

„Ein Unfall."

Seine Stimme erschreckt mich. Ich fühle mich ertappt. Als hätte ich einen geheimen Raum betreten. Er beobachtet mich aus halb gesenkten Lidern.

Ich weiß nicht, was ich sagen soll, und stammle: „Es tut mir leid", ohne genau zu wissen, was ich damit meine.

Seinen Unfall? Unsere Nacht? Meine Neugier?

Er lächelt, doch das Lächeln wirkt traurig. Seine Hand spielt mit den Strähnen, die über meine Schulter fallen.

„Ich war noch ein Kind."

Es hört sich kalt an, wie er es sagt. Ohne Sentiment.

„Was ist passiert?"

Er schüttelt den Kopf. Nicht als Antwort auf meine Frage, eher so, als wolle er die Bilder aus dem Kopf schütteln, die ihn zu dem Unglück zurückbringen.

Seine kühlen Hände gleiten über meinen Körper. Sie saugen meine Wärme in sich auf, so scheint es. Das Gefühl ist intensiv. Es steckt eine Unersättlichkeit darin, die sich in meiner Gier nach seinem Duft spiegelt.

Er zieht mich auf sich, küsst mich, als wollte er mich verschlingen. Wieder und wieder. Für eine Weile lasse ich ihn die Erinnerungen vergessen, gebe und nehme, was wir brauchen. Wir berauschen uns an uns. Wie Bergkristall nimmt er meine Energie auf, meine Empfindsamkeit, meine Lebenskraft. Er ist ein Stück versteinertes Eis, das unter meinen Händen zu schmelzen beginnt. So wie ich seinen Duft brauche, so braucht er meine Berührung, um das Leben zu spüren. Braucht meine Intensität, um überhaupt etwas zu spüren. Unser Höhepunkt ist heftiger als jeder zuvor.

„Ich bin gestorben", sagt er, als wir befriedigt nebeneinander liegen. „Tot."

Sein Blick ist in die Vergangenheit gerichtet.

„Sieben Minuten lang tot, ehe sie mich zurückholten."

Er legt die Hand auf die eintätowierte Taschenuhr. „Ein Teil von mir ist dort geblieben ...", er verstummt, versinkt in sich selbst, „... und der anderer Teil in mir ..."

Er findet nicht die Worte, sieht mich an. Sein schwarzer Blick dringt in mich ein und ich spüre seine Sehnsucht mit meiner resonieren.

„... sehnt sich nach Leben", ergänze ich flüsternd und höre – ganz leise – zwei Seifenblasen platzen.

Ingmar Ackermann
CHRISTIAN

Christian öffnete die Augen, doch die Welt um ihn blieb finster. Für einen Moment erschien sie ihm sogar noch ein wenig finsterer „Luft", sagte ihm der Teil seines Gehirns, der noch funktionierte, „du brauchst frische Luft". Aber er konnte sich nicht bewegen, er war festgefroren und ihm war schwindlig. Mit aller Willenskraft streckte er seine Arme nach vorne. Irgendwo musste das Luftloch sein, das er mit dem Rucksack verschlossen hatte.

Seine langen, dünnen Arme, darum hatte ihn Matthes immer beneidet. Damals, als sie jedes Wochenende am Langkofel kletterten. Matthes hatte den Willen, die Kraft und die Begeisterung mitgebracht, er nur seine langen Arme. Einen hohen Affenfaktor, so nennen es die Kletterer, lange Arme und kurze Beine. Gut, um den nächsten Griff im Felsen zu erreichen und keine langen Beine im Weg zu haben. Es war das Einzige, worum ihn Matthes jemals beneidet hatte, umgekehrt war das anders.

Jetzt halfen ihm die langen Arme wieder, er konnte den gefrorenen Rucksack ertasten und zur Seite schieben. Schneebrocken trafen auf seine Hände und das Gesicht, aber auch frische eiskalte Luft, die den Schwindel vertrieb. Christian fühlte, wie das Leben in ihn zurückkehrte.

Aber was für ein Leben war das? Und was bedeutet es zu leben? Der Menschenzug hinter seinem Sarg würde kurz sein, vielleicht sogar kürzer als die Kiste selbst. Ein paar Klienten vielleicht, von denen, die er umsonst betreut hatte. Eine Handvoll nur, denn die meisten, denen ein Notar helfen kann, können ihn auch bezahlen.

Und dann noch Sabine, ganz vorne. Aber nur, wenn die Beerdigung auf einen Donnerstag fiel. Sabine konnte immer nur donnerstags, da war ihr Mann auf Dienstreise und sie hatte Zeit für ihn. „Friends with benefits" nannte man das wohl. Obwohl, ist es nur dann eine Freundschaft, wenn alle davon wissen dürfen? Er wusste nicht, ob Sabine ihrem Mann von ihm und den Donnerstagen erzählt hatte. Er hatte sie nie danach gefragt.

So hatte er es immer gehalten: Jeder lebte sein eigenes Leben und ohne triftigen Grund drang man in ein anderes nicht ein. Sabine kam jeden Donnerstag zu ihm und das hatte ihm immer genügt. Bis heute. Fast musste er lächeln. Seit fünfzehn Jahren ging das so und es hatte ihn nie interessiert. Jetzt, wo er Sabine wahrscheinlich nie wiedersehen würde, besaß er keinen dringenderen Wunsch, als sie zu fragen.

Er begann zu rechnen. Die Wahrscheinlichkeit für Sabines Anwesenheit auf der Beerdigung betrug ein Sechstel. Wenn in München auch an Sonntagen beerdigt wurde, dann sogar nur ein Siebtel. Unwahrscheinlich, denn Sargträger waren Beamte, die arbeiten am Sonntag nur in Notfällen, und solange das Kühlhaus Strom hat, ist eine Leiche kein Notfall. Seine schon gar nicht, selbst bei Stromausfall, schon im Leben gab sein Körper kaum Geruch ab.

Der Schneesturm war dabei seine Höhle zu erobern, die frische Luft, inzwischen ein eisiger Wind, die Schneeflocken voller Eifer, dieses kleine – von Christian in die makellose Schneedecke gegrabene – Loch auszumerzen. Christian pfropfte den Rucksack wieder in das Luftloch. Noch hatte sich nicht entschieden, ob er ersticken wollte oder erfrieren.

Es wurde ruhig um ihn und er konnte seinen Gedanken freien Lauf lassen. Wenn Sabine nicht kam, dann würde hinter seinem Sarg nur noch Matthes laufen. Der allerdings wie immer unberechenbar. Natürlich würde er kommen, die Frage war nur: Wen bringt er mit? Das konnte bei Matthes keiner wissen. Seine Frau Rebecca mit Sicherheit. Ihre drei kleinen Kinder eher nicht, Kinderwagen gehören nur dann auf einen Friedhof, wenn es unvermeidlich ist. Und an Christian war nichts unvermeidlich.

„Nicht an den Friedhof denken, du willst überleben!" So schalt sich Christian selbst und zwang seine Gedanken in die Vergangenheit.

Noch gestern war alles so gewesen, wie es am ersten Wochenende im September sein sollte. Er hatte das Büro früher verlassen als sein Assistent, was nur dann geschah, wenn er entweder ernsthaft krank war oder die alljährliche Bergtour mit Matthes anstand.

Im Zug von München nach Garmisch musste er stehen, und wie immer stand keiner der Schüler, die sich auf den Sitzen fläzten, für ihn auf. Das beruhigte ihn, sein Urteil stand fest

– die junge Generation besitzt keinen Anstand – und diese harterarbeitete Meinung hätte er nur sehr ungern wieder aufgegeben. Und wie immer hatte Rebecca Graupensuppe mit Speck für sie gekocht und Brote für eine ganze Garnison geschmiert. Dicke Kanten saftigen Graubrotes, mit Schmalz und Grieben, in Pergamentpapier eingewickelt.

„Schön, dass du Matthes mitnimmst, du weißt ja, nur in den Bergen ist er ein echter Mensch."

Das war gleich doppelt gelogen, denn Matthes nahm doch ihn in die Berge mit und auch im Tal war seinem Freund nichts Menschliches fremd. Christian lächelte nervös, als Rebecca ihn anschaute.

Alle drei kannten sie sich aus dem Sandkasten, oder würden es zumindest tun, wenn es in ihrer Kindheit einen Sandkasten gegeben hätte. In Wirklichkeit hatten sie sich auf dem dampfenden Misthaufen des Mälzerbauern kennengelernt, aber mit Kinderaugen sind Sand und Mist vergleichbar: beides ziemlich gute Spielplätze. Nach dieser ersten Begegnung traten sie unvermeidlich zu dritt in Erscheinung, im Kindergarten, in der Grundschule und, wenn ihr Geruch den Erwachsenen zu viel wurde, auch in der Badewanne. Ihre Eltern waren als Bauern an Herden gewöhnt und störten sich nicht an dem Trio. Rebecca, Matthes und Christian wurden unzertrennlich.

Erst zwölf Jahre später, auf der Kirmes im Nachbardorf, änderte ein Blick alles; ein Blick von Matthes auf Rebecca. Noch heute sah Christian das Gesicht des Freundes vor seinem inneren Auge, das nur eines sagte: „Ich will dich und zwar für mich alleine." Rebecca war unsicher, aber machtlos gegen die Urgewalt Matthes. Was der wollte, das bekam er auch. Nicht an diesem Abend – denn Rebecca war loyal – aber schon wenige

Wochen später wurde aus dem Trio ein Duo und Christian war raus. Nicht nur aus dem Trio, sondern am Ende auch aus dem ganzen Dorf. Mangels anderer Optionen erklärte er die Bücher zu seinem Freund. Es folgten Gymnasium in der Kreisstadt, Studium in Regensburg und ein Sitz als Notar in München. Das alles nur wegen dieses einen Blickes auf der Kirmes. Christian bekam die Karriere und Matthes Rebecca.

Es hielt nicht einmal bis zur Hochzeit, Rebecca war Matthes zu ergeben und Matthes zu unstet. Er musste erst noch eine andere heiraten und der auch untreu werden. Doch Rebecca hatte sich entschieden und wusste: Matthes würde nicht nur zurückkehren, sondern auch bleiben. Am Ende nahm sie die Sache in die eigene Hand, besuchte Christian völlig überraschend in dessen Junggesellenbude in München und schlief mit ihm. Christian wusste, es war lediglich das Signal von Rebecca an Matthes: „Jetzt wird es langsam eng für dich, letzte Chance auf Rückkehr."

So hatte Christian es verstanden, so hatte Matthes es verstanden und so war es auch gekommen. Doch jedes Mal wenn Rebecca ihn anlächelte, überlegte er für einen kurzen Moment, ob es vielleicht auch anders hätte ausgehen können? Ob er um sie hätte kämpfen sollen.

Gesprochen hatten die beiden Männer darüber nie. So verhält es sich mit guten Freundschaften unter Männern, sie halten umso länger, je mehr Wichtiges unausgesprochen bleibt. Statt zu reden, erneuerten die beiden ihren Bund seit ewigen Zeiten mit einer gemeinsamen Bergtour. Immer am ersten Wochenende im September, immer auf dem Augsburger Höhenweg und – seitdem Matthes wieder mit ihr zusammen war – auch immer mit Rebeccas Griebenschmalzbroten.

Den Aufstieg zur Augsburger Hütte verbrachten sie schweigend und schwitzend. Langsamer zu gehen als im letzten Jahr oder im Jahr davor kam nicht in Frage, auch wenn Christians Körper immer lautstärker gegen die Tortur protestierte. Das stille Einverständnis zwischen ihnen war einfach: Solange wir so gehen wie immer, solange bleibt auch alles andere beim Alten. Das war Christian sehr recht, denn er war mit seinem Leben zufrieden. So wie es war, das hatte er beschlossen. Reichte es zum Zufriedensein? Diese Frage schob er zuverlässig zur Seite, wann immer sie auftauchte. Und das geschah in den letzten Monaten immer öfter.

Die erste Veränderung kam mit Paul, dem Hüttenwirt, der sich am Abend zu ihnen auf die Bank setzte. Er brachte den Selbstgebranntem mit – das war so wie immer – und die Nachricht von Lucy, dem Sturmtief – und das war neu. Lucy sollte morgen Mittag eintreffen und Neuschnee mitbringen. Ein Jahrhundertsturm, so prognostizierten die Experten vom Wetteramt. Paul ermahnte jeden, zur Mittagsstunde wieder an der Hütte zu sein, besser noch unten im Tal. Der darauffolgende Dialog zwischen Christian und Matthes nahm den erwarteten Verlauf: Christian wollte abbrechen. Matthes dagegen freute sich, dass sie alleine am Berg sein konnten, weil alle anderen dem Rat des Hüttenwirtes folgen würden.

Natürlich setzte Matthes sich durch, vielleicht auch, weil dieses nagende Gefühl in Christian – der Wunsch endlich einmal etwas Besonderes zu erleben, ein einziges Mal etwas Unvernünftiges zu tun – sich langsam seinen Weg bahnte.

Darüber dachte Christian nach, als er im Bettenlager dem

schnapsseligen Schnarchen von Matthes lauschte. Es war eben so mit Matthes und weil es so war, würde es auch gut gehen. Über diesem Gedanken schlief er ein.

Am nächsten Morgen schien es, als wollte die Sonne sowohl Paul, als auch die Meteorologen Lügen strafen. Unschuldig und klar kroch sie über die Bergketten und tauchte die Gipfel in sanftes Morgenrot. Kleine Nebelbänke reflektierten ihr Licht für eine kurze Weile, bevor sie erkannten, wie überflüssig sie waren und sich schlagartig auflösten. Das Licht rückte die Bergspitzen zum Greifen nah, als wollte es die Bergsteiger nach oben rufen. Dennoch wurde Paul nicht müde, vor dem Wetter zu warnen und folgsam stapften die allermeisten in Richtung Tal. Auch Christian kam ins Wanken, aber Matthes schmiedete spontan einen Kompromiss; sie würden nur eben zum Gatschkopf aufsteigen, der direkt vor ihnen in der Morgensonne leuchtete. Dort konnten sie immer noch entscheiden umzukehren.

„Wir können Rebeccas Brote doch nicht einfach wieder runterschleppen", so lautete sein schlagendes Argument.

Und wie immer behielt Matthes recht, zwei Stunden später saßen sie alleine und im Sonnenschein auf dem Gipfel des Gatschkopfes und ließen sich die Brote schmecken, die jeder Höhenmeter und jeder Schweißtropfen zu einem höheren Genuss geadelt hatte. Als sie dann aus Westen die ersten Vorboten von Lucy erblickten, schwarze Wolkentürme, die weit unter ihnen begannen und hoch über die Parseierspitze ragten, hätten sie noch umkehren können. Dann wäre aus diesem Tag nichts weiter geworden als eine schöne Wanderung mit einem ungemütlichen Ende. Ein Ende, das ein heißer Grog vor dem Kachelofen schnell vertrieben hätte. Sie hätten sogar umkehren müssen, so dachte Christian jetzt. Aber noch schien die Sonne, noch waren sie trocken und die harte Arbeit des Anstiegs war schon investiert. Also waren sie nicht umgekehrt.

„Passt schon, wenn wir etwas zugehen", konstatierte Matthes, „und wenn es pressiert, dann können wir immer noch in die Biwakschachtel."

Der Gedanke an die Notunterkunft auf dem Parseierjoch beruhigte auch Christian. Nicht, dass er scharf war auf eine Nacht in der kleinen Wellblechkiste, aber für den Notfall würde es gehen. Dafür stand sie ja dort und Brote hatten sie noch genug.

Ohne Pause marschierte er die nächsten Stunden hinter Matthes her, während die Sonne verschwand, der Wind auflebte und die Wolken zunächst die Berge und dann auch den Weg verschluckten. Er sah nur noch den breiten Rücken von Matthes vor sich, der zuverlässig wie ein Schweizer Uhrwerk voranstrebte. Der Wind kam jetzt in starken Böen aus allen Richtungen. Hätte die Biwakschachtel nicht mitten im Weg gestanden, dann wären sie wohl daran vorbeigelaufen. So wanderten sie direkt dagegen, Matthes zumindest, Christian marschierte in dessen Rücken. Der Türriegel klemmte, offensichtlich lange nicht mehr geöffnet, doch sobald sie ihn gelöst hatten, schob eine Sturmbö die Wellblechtür nach innen und die beiden Männer in die Schachtel. Mit Mühe drückte Christian die Tür zu, froh dem tosenden Wind zu entkommen. Den Wind konnte er aussperren, nicht aber den Lärm. Rund um die Schachtel toste, klapperte und pfiff es so laut, dass sie sich nur schreiend verständigen konnten.

Zwei Pritschen bot der Raum, aus grobem Holz gezimmert. Drei Kerzenstummel und eine verblichene Streichholzschachtel auf einem kleinen Wandbrett vervollständigten das Inventar. Weit jenseits von gemütlich, eben eine Notunterkunft. War ihre Not groß genug, um sie hierzuhalten? Diesmal kamen sie beide ins Grübeln, noch fiel kein Schnee, es war stürmisch und es gab keine Sicht. Der Mangel an Sicht störte Christian nicht, im Gegenteil, den Weg kannten sie beide auswendig und er schaute lieber auf weiße Watte als in steile Abgründe. Der Sturm störte schon mehr, aber mit etwas Vorsicht sollte auch der beherrschbar sein. Am Ende gab der Geruch den Ausschlag. Irgendwo in dieser Kiste musste ein Tier verendet sein. Matthes zeigte auf seine Nase, zog sie kraus und schulterte den Rucksack. Eine schnelle Entscheidung, so unaufgeregt wie falsch.

Christian schloss noch schnell die Wellblechtür von außen, kein leichtes Unterfangen, aber falls hinter ihnen noch ein Schutzsuchender käme, würde der es ihm danken. Dann marschierten sie wieder los. Warum sind Wolken eigentlich schwarz, wenn du von draußen draufschaust und wenn du mittendrin stehst plötzlich weiß? Christian wusste keine Antwort auf diese Frage, es war ihm auch egal. So wie ihm fast alles egal war, das Einzige, was zählte, war einen Fuß vor den anderen zu setzen. Immer wieder.

Keine Viertelstunde später kam der Schnee, in dicken, zunächst noch nassen Flocken. Tiefe Pfützen bedeckten in Windeseile den Boden, gefüllt mit nassen Schneeklumpen. Innerhalb von Minuten waren seine Schuhe durchnässt und seine Zehen brannten vor Kälte wie Feuer. Mechanisch lief Christian weiter, immer hinter dem breiten Rücken von Matthes her.

Die Schneeflocken wurden dichter, dafür kleiner und frostiger. Aus allen Richtungen stoben sie um ihn, mal von vorne direkt und hart in sein Gesicht, dann wieder von unten eisig in die Hosenbeine und unter die Jacke. Das Sturmgeheul gönnte sich jetzt keine Pause mehr.

Plötzlich blieb Matthes stehen, zog Christian in seine Arme und schrie ihm ins Ohr.

Weg! Verloren! Mehr westlich!

Diese Worte vermeinte Christian zu verstehen, aber er war sich keineswegs sicher. Matthes formte die Finger seiner Hand zu einem „Okay" Zeichen direkt vor Christians Augen. Dann ging er weiter, offensichtlich hatte er sich für eine Richtung entschieden. Er hätte ihm auch den ausgestreckten Mittelfinger zeigen können, dachte Christian, sowieso egal. Dann stapfte er weiter hinter Matthes her, nur das war wichtig: Weitergehen.

Plötzlich merkte er, dass er viel zu schnell atmete. Er bekam nicht genug Luft. Welche Ironie, ersticken in einem Sturm aus Luft? Mal schien der Wind ihm den Sauerstoff wegzusaugen, gleich darauf blies er solche Mengen in seinen Rachen, dass er ihn wieder aushusten musste. Er zog das Halstuch doppelt über Mund und Nase, das half. Das Halstuch hatte er am Morgen überrascht in seiner Jackentasche gefunden, es gehörte Sabine. Jeden Donnerstag eroberte sie aufs Neue seine Wohnung, indem sie ihre Sachen in jeder Ecke ausbreitete und dann die Hälfte dort vergaß. Er musste es ohne Nachdenken eingesteckt haben, zum ersten Mal freute er sich über ihre Schludrigkeit.

Der Schnee wurde immer tiefer, jeder Schritt nach vorne war jetzt auch ein Kampf gegen die weiße Masse. Kräftezehrend, vor allem für den Vordermann. Sie wechselten sich ab, Matthes spurte für zehn Minuten den Weg, dann Christian für fünf. Noch liefen sie auf dem Bergrücken, solange sie die Richtung beibehielten, war es egal, ob sie genau auf dem Weg liefen oder nur in seiner Richtung. Aber das würde sich ändern, sobald sie in den Tobel kamen, vorausgesetzt, sie fanden überhaupt den Eingang.

Als der Felseinstieg vor ihnen lag, war das einfacher als gedacht. Sie mochten zwischendurch vom Weg abgekommen sein, aber jetzt waren sie wieder genau darauf. Sogar eine rote Wegmarkierung konnten sie an einem Felsvorsprung erkennen, darunter hatte sich ein Spatz verkrochen, den Kopf tief im Gefieder verborgen würde er das Unwetter hier aussitzen. Jetzt war jeder Schritt nicht nur hart erkämpft, sondern musste auch wohlüberlegt sein. Sehen konnten sie es nicht, aber sie wussten: Rechts von ihnen ging es steil bergauf und links noch steiler bergab. Ein falscher Schritt bedeutete das Ende.

Doch sie hatten Glück, der Schnee war griffig, sie kamen voran, zwar quälend langsam, aber ohne zu rutschen. Mitten im Schritt traf Christian ein besonders heftiger Windstoß. Nur nicht nach links, dachte er, als er das Gleichgewicht verlor und nach rechts an die Felswand sackte. Matthes hatte sein Straucheln nicht bemerkt. Christian rappelte sich auf und marschierte weiter.

Dann kam sie schlagartig über ihn hereingebrochen, diese unbezähmbare Wut. Wut auf Matthes. Nicht, weil Matthes sie in diesen Sturm geleitet hatte, Christian wusste, dass er selbst daran die gleiche Verantwortung trug. Nein, er war nicht wegen des einen Moments wütend auf Matthes, sondern wegen allem. Wegen Rebecca, weil Matthes immer alles gelang, weil der mit jedem Mist irgendwie durchkam und dann noch nicht einmal wahrnahm, dass er gerade Mist gebaut hatte. So unvernünftig es war, Christian konnte nicht anders, es musste jetzt raus. Er begann von hinten Matthes anzuschreien:

„Warum kommst du mit jeder Scheiße davon? Musst dich nie an Regeln halten wie wir anderen? Denkst immer nur an dich! Nie an andere. Du kannst gar nicht denken, hast noch nie gedacht. Immer nur gemacht. Und zwar genau den Scheiß, den du gerade im Kopf hattest oder im Bauch, wo immer das bei dir herkommt."

Nur der Sturm konnte seine Tirade hören, Matthes aber bestimmt nicht, obwohl der direkt vor ihm ging. Plötzlich hatte Christian ein Bild vor Augen: Es bedurfte nur eines Schrittes von ihm, etwas von der verbliebenen Kraft sammeln, nach vorne drängen und Matthes an der rechten Schulter treffen, genau in dem Moment, wo der den Fuß hebt. Dann wäre er weg, endgültig. Matthes läge in der Schlucht und er hätte seine Ruhe. Zu anstrengend, beschloss er, noch bevor er über den eigenen Gedanken erschrecken konnte.

Sie waren zu langsam, die Dunkelheit holte sie ein. Den Sturm ließ das unberührt, er wütete und schneite durch die kurze Dämmerung in die Dunkelheit. In ihren Rucksäcken waren keine Taschenlampen. Es machte aber keinen Unterschied, selbst wenn sie diesen Fehler vermieden hätten. Christian war so erschöpft, dass er sich nicht vorstellen konnte, den Rucksack abzunehmen und irgendetwas herauszunehmen. Laufen, einfach nur laufen, das konnte er. Noch.

Plötzlich wurde der Weg weniger steil, nach kurzer Zeit ganz flach. Sie mussten auf der Kopfscharte sein, das Schwierigste lag hinter ihnen. Von hier aus ging es nur noch bergab bis zur rettenden Wärme der Ansbacher Hütte. Sie blieben einen kurzen Moment stehen, Christian stopfte sich gierig eine Handvoll Schnee in den Mund. Matthes klopfte ihm anerkennend auf die Schulter und schob ihn damit gleich nach vorne. Er hatte recht, sie mussten weiter. Mit neuer Motivation stapfte Christian durch den Schnee, der stetige und schmerzhafte Rhythmus war ihm inzwischen fast vertraut. Der linke Fuß vor den rechten, der rechte vor den linken; immer wieder. War ihm nicht mehr kalt oder fehlte ihm die Kraft die Kälte zu fühlen? Christians Gedanken wanderten zurück, während seine Füße weiter nach vorne stolperten. Was hatte er im Leben erreicht? „Stets treu und zuverlässig", das würde auf seinem Grabstein stehen, wenn es heute noch Sinnsprüche auf Grabsteinen gäbe. Mehr als ausreichend; für einen Schäferhund.

Matthes, der lebte. Immer, jeden Tag und in vollen Zügen. Hatte eine Familie gegründet und viele Geschäfte, die Familie hatte sogar Bestand. Sich nie darum geschert, was die anderen dachten, sondern einfach das getan, was er wollte. Und obendrein immer gewusst, was er wollte. Er dagegen machte immer nur, was er sollte: Mit dem Strom schwimmen, wie ein toter Fisch. Plötzlich wurde ihm klar, warum Matthes mit seinen Eskapaden immer durchkam. Weil andere ihm wie selbstverständlich dabei halfen. Menschen wie Christian, die froh waren, dass einer die Richtung vorgab, und ihm dann gerne den Weg ebneten. Einfach, weil sie keinen eigenen Weg kannten.

Christian merkte, dass etwas nicht stimmte, das Atmen fiel ihm wieder schwer und dafür gab es nur eine Erklärung: Sie stiegen bergauf. Aber der Weg zur Hütte führte talwärts. Er wusste nicht, wo sie sich befanden, mit Sicherheit jedoch nicht auf dem richtigen Weg. Er stolperte mit ein paar schnelleren

Schritten nach vorne und klopfte Matthes auf die Schulter. Der drehte sich zu ihm und Christian schrie in den Sturm:

„Wir steigen wieder nach oben!"

Genau in diesem Moment verebbte der Wind, Lucy musste offensichtlich Atem holen, seine letzten Worte „nach oben" schallten durch die plötzliche Stille und im Echo von den Bergen zurück. Sie konnten miteinander reden.

Matthes antwortete ihm ganz ruhig aus seinem schneeverkrusteten Bart: „Ja, ich weiß. Wir sind oberhalb der Hütte gequert, Pech gehabt."

„Dann müssen wir hier biwakieren, eine Schneehöhle bauen!", stieß Christian hervor.

„Nein, wir sind ganz nah, nur etwas westlich und zu hoch, gerade gab es ein Wolkenloch und ich habe das Licht der Hütte gesehen, genau dort." Matthes zeigte die Richtung an. „Es ist nicht mal ein Kilometer, wir steigen bis zum Bergrücken vor uns und dann rutschen wir rasch runter zur Hütte."

„Oder zur Hölle. In dem Wetter weiterlaufen ist Wahnsinn, zu rutschig, zu steil und wer weiß, was du da gesehen hast", antwortete Christian.

„Glaub mir, noch eine halbe Stunde und das warme Essen steht vor dir auf dem Tisch. Schlappmachen gilt nicht!", lockte Matthes.

Diesmal kriegst du mich nicht, dachte Christian. Der treue Schäferhund hat heute frei. Alles in ihm sträubte sich gegen die Idee weiterzulaufen, ohne Weg, ohne Kraft, ohne Orientierung.

„Ich bleibe hier!", antwortete er.

„Und ich gehe weiter!"

„Dann gehst du alleine."

Matthes schaute ihn erstaunt an und seine Lippen formten

eine Antwort, aber Lucy verwehte seine Worte mit neuem Sturmbrausen. Es war auch alles gesagt, hier würden sich ihre Wege trennen.

Christian drehte sich ab und begann im Windschatten eines Felsens eine Schneehöhle zu graben. Matthes erschien an seiner Seite und half ihm dabei. Hatte er seine Meinung geändert? Der Schnee war nicht tief genug, aber sie mussten mit dem leben, was es gab, Hauptsache, sie entkamen dem kalten Wind. Ohne dass er es geplant hätte, entstand ein Loch, in dem gerade eine Person kauern konnte. Nur mit einer Andeutung eines Kältegrabens und mit provisorischen Schneemauern an den Seiten. Christian schlüpfte erschöpft hinein, Matthes verbesserte das Bauwerk von außen. Noch einmal sah er das Gesicht des Freundes.

„Bis Morgen, du Dickkopf", vermeinte er auf dessen Lippen zu lesen. Dann fühlte er eine Hand, die sich zum Abschied durch die Lucke schob und danach nur noch Dunkelheit, als der Rucksack das Loch nach außen verschloss. Christian war getrennt, von Matthes, vom Sturm und von der Welt.

Der Zweifel kam so schnell wie die Dunkelheit, Matthes würde in wenigen Minuten die Hütte und die warme Sicherheit erreichen und er hier erfrieren. Oder hatte er doch richtig entschieden, die letzten Kräfte nicht mit einer sinnlosen Suche in weglosem Gelände zu verschwenden? Er versuchte sich wachzuhalten, aber es war vergebens, weder war er wach noch konnte er schlafen. Ein Gefühl von Trunkenheit übermannte ihn, Sauerstoffmangel!

Die Nacht wurde lang, ein Überlebenskampf im Schneckentempo, mit jeder Stunde noch etwas langsamer und noch schwieriger. Irdendwann reichte seine Kraft nicht mehr zum Zittern und das Frieren nahm ein Ende. Seine wirren Gedanken verweilten mal im Jetzt und mal in der Vergangenheit, meistens jedoch im Nirgendwo.

Plötzlich wurde es heller in der Höhle, der Tag begann. Erstaunlich, wie viel Einsamkeit ein wenig Licht vertreibt. Christian verstand, dass er überlebt hatte. Seine Hände konnte er nicht mehr fühlen, am Ellenbogen endete sein Körper – ein wunderliches Gefühl, an das er sich wohl gewöhnen müsste. Er streckte die Ellenbogen durch und hob das, was er für seine Unterarme hielt, nach oben. Irgendwann erwischte er den Rucksack, unkontrolliert, sodass der nach vorne fiel und verschwand. Es störte ihn nicht, der Rucksack würde ihm nicht mehr helfen. Nur um das letzte Brot von Rebecca tat es ihm leid.

Geblendet schloss Christian die Augen. Auch seine Füße konnte er weder spüren noch bewegen, aber als er nach einer Weile vorsichtig die Augen öffnete, konnte er den Himmel sehen. Noch weiß und wolkenverhangen.

Er nahm alle Kräfte zusammen und drückte sich nach vorn, egal was passierte, er wollte etwas anderes sehen als dieses Loch. Am Ende ließ er sich einfach nach vorne fallen, wodurch er halb aus seiner Höhle rutschte. Vor ihm lag das Tal, Matthes hatte wieder einmal recht behalten, sie waren im Sturm zu weit gestiegen. Links unter sich konnte er in kaum einem Kilometer Entfernung die Ansbacher Hütte erkennen. Und er sah auch Figuren in orangefarbenen Anzügen, die von der Hütte zu ihm aufstiegen. Langsam durch den tiefen Neuschnee, aber stetig, kamen sie immer näher. Matthes hatte die Bergwacht alarmiert, Rettung war unterwegs. Seine Finger würden nicht überleben, zumindest nicht alle. Vielleicht blieben ihm noch genug, um weiter Notar zu bleiben? Und ansonsten blieben ihm noch die Donnerstage für Sabine. Würde sie kommen? Für einen Moment war er sich da ganz sicher. Er würde sich darüber freuen. Erschöpft verlor Christian das Bewusstsein oder das, was davon noch übrig war.

Als er erwachte, lag er bereits angeschnallt auf einem Rettungsschlitten und ein bärtiger Mann hielt ihm ein Becher mit Tee an die Lippen.

„Gut, dass Matthes euch gleich geschickt hat", konnte er nach dem ersten Schluck Tee mit heiserer Stimme hervorbringen.

„Wir dachten, er wäre bei dir!", antwortete der Bergwächter.

Oliver Kreuz

DER PLAN IST OK

Der Plan ist ok. Diesen Gedanken wiederholte ich immer wieder, während ich auf dem Bett lag und Louis Armstrong auf meinem rechten Zeigefinger balancierte. So sehr ich mir auch einzureden versuchte, dass schon alles gut gehen würde, hatte ich damit keinen richtigen Erfolg. Louis fiel auf den Boden, und ich betrachtete die anderen Figuren, die ich fein säuberlich in einer Reihe auf der Kommode platziert hatte. Da standen die berühmtesten Musiker Chicagos. Echte Kinder der Stadt, oder wenigstens solche die dort gelebt hatten.

Neben Louis hatte ich Downtown schöne Keramikfiguren von Lee Konitz, John William, Muddy Waters, Nad und Dianne Reeves ergattert. Kein ausgesprochener Jazz- und Bluesfan, aber leidenschaftlicher Sammler, betrachtete ich stolz ein Stück Musikgeschichte. Außerdem hatte Chicago schon nach einer Woche einen Platz in meinem Herzen erobert, und ich hoffte mit der kleinen Sammlung als Erinnerung, diesen Platz nicht mehr räumen zu müssen, wenn ich nach Deutschland zurückgekehrt war. Mein Blick fiel wieder auf Louis Armstrong, der den Sturz auf den Boden heil überstanden hatte.

Meine Unruhe noch nicht überwunden, versuchte ich mir Ramons Worte ins Gedächtnis zu rufen. Wird schon klappen, hatte er lässig gesagt, als er meine Nervenanspannung beim heutigen Mittagessen bemerkt hatte. Es könnte schiefgehen, und dann sind wir am Arsch, hatte ich geantwortet. Daraufhin erwiderte er ganz gelassen:

„Möglich." Das sagte er immer, wenn's heiß wurde.

Die Tür öffnete sich und er kam herein.

„Amigo, wie geht's?", begrüßte er mich fröhlich.

Er hatte zwei riesige Einkaufstüten in der Hand, und ich wunderte mich, wie viel er in der Stunde, die er länger Downtown war, noch mitgenommen hatte. Er öffnete die Fenster und kühle Herbstluft trat herein. Ich atmete tief und fühlte mich sofort ein wenig besser. Ramon setzte sich auf eines der Betten mir gegenüber. Ich war froh, dass wir das Zimmer einmal für uns hatten, denn normalerweise herrschte hier reger Betrieb von den anderen Mitgliedern unserer Reisegruppe. Allesamt Marathonläufer, oder zumindest Personen, die damit in Verbindung standen. Bisher hatte von denen noch keiner geschnallt, dass Ramon und ich am morgigen Marathon-Event soviel Interesse hatten wie Schimpansen an Altgriechisch.

Ramon und ich frönten einer anderen Sportart: Base-Jumpen. Wir gehörten zu jenen Verrückten, die mit ihrem Leben spielten, in dem sie sich irgendwelche Betonklötze herunterstürzten. Ramon zog die beiden übergroßen Einkaufstüten zu sich her und fischte zwei monströse Froschkostüme heraus.

„Das, wird uns die Arbeit erleichtern."

Mir schwante nichts Gutes.

„Du ... du willst doch nicht, dass ich herumlaufe wie Kermit aus der Muppetshow?" Aber schon während ich das sagte, wusste ich, dass ich genau das tun würde.

„Nur 'ne kleine Änderung des Plans", sagte Ramon schmunzelnd. „Damit werden wir nicht auffallen."

Eigentlich gefiel mir diese Idee. Wir waren beide nicht ganz so zufrieden gewesen mit der Vorstellung, die Fallschirme nur mit Trenchcoats zu tarnen.

„Wir schnappen uns einfach 'nen Stapel Prospekte und verteilen sie unter den Leuten", sagte er jetzt und die Ruhe in seiner Stimme steckte mich an. Vielleicht musste ich ihm deshalb meistens Recht geben.

Wir kannten uns jetzt schon fünf Jahre und hatten eine gute Zeit zusammen. Er war ein Jahr jünger als ich, also 27 Jahre, und sah noch viel jünger aus, weil er diesbezüglich wie die meisten Latinos gottgesegnet war. Trotzdem war er so etwas wie ein großer Bruder für mich geworden. In seinem Schatten zu stehen war keine Belastung für mich. Es war mir hell genug dort, und ich fühlte, dass meine Persönlichkeit wuchs.

Vor acht Wochen hatten wir per Zufall beschlossen, das Water Tower Place in Chicago zu überfallen. Besser gesagt, den dort im 5. Stock ansässigen Juwelier Rogers & Holland.

Wir hatten einfach die Augen geschlossen, unsere Hände über eine große Weltkarte gleiten lassen und an dem Punkt, wo unsere Finger sich trafen, wieder hingeschaut. Als wir wussten, dass die Reise nach Chicago gehen würde, waren wir uns jubelnd, ausgelassen in die Arme gefallen. Chicago, ein Paradies für Base-Jumper, aber ebenso gefährlich! Schon länger hatten wir nach dem ultimativen Kick gesucht und einen Raub geplant, der sich mit unserem Hobby vereinbaren ließ. So locker ich damals die Tickets nach Chicago gebucht hatte, zweifelte ich jetzt manchmal an meiner geistigen Zurechnungsfähigkeit. Aber Ramon war ja dabei, und was sollte da schon schiefgehen?

Um 20.00 Uhr verließen wir unser Youth-Hostel am Lake Shore Drive. Wir hatten mal wieder einen Tipp über 'nen Blues Club bekommen, in dem man unbedingt gewesen sein müsste. Die Marathonläufer hatten in ihren Reisevorbereitungen nicht geschludert. Unser Youth-Hostel hatte eine wirklich geniale Lage. Bloß zwei Kilometer vom Loop entfernt, wie man hier die City nannte, lag es direkt am Lake Michigan. Zur nächsten Subway-Station waren es grade zwei Minuten Fußweg. Außerdem war man nach einem Tag in der Innenstadt froh über die fast unglaubliche Ruhe, die man hier schon nach so kurzer Fahrt aus dem Zentrum vorfand.

Der Club am Loop hieß Buddy Guys Legend. Aus mir sollte wohl doch noch ein echter Fan werden, denn seit unserer Ankunft in Chicago hatten wir jede Nacht Jazz- und Blueslounges besucht. Was die Bars anging, war Chicago wie eine unerschöpfliche, riesengroße Sahnetorte, von der man nie genug bekommen konnte. Dabei hatten wir noch nicht mal die Southtown besucht, weil wir ausdrücklich davor gewarnt wurden. Dort sollten sich angeblich die urigsten, besten Clubs befinden, aber leider auch viele Straßenräuber.

Nach kurzem Weg standen wir vorm Eingang zum Buddy Guys Legend. Die Fassade machte nicht viel her. Aber das schien bei den Musiklounges hier Pflicht zu sein. Man wollte wohl die Anbindung zur glorreichen Vergangenheit der Stadt nicht verlieren. Eigentlich sah das Buddy Guys von außen unserem Youth-Hostel sehr ähnlich. Ein flacher, roter Klinkerbau, wie man ihn in der Vorstadt fast ausschließlich vorfand. Hier am Loop wirkte das Haus wie ein winziges Nest, umgeben von den Wolkenkratzertrabanten, die mir nachts vorkamen wie ein riesiges Maul, das alles, was sich ihm näherte, zu verschlingen drohte. Dieser Eindruck war wohl auch ein Grund dafür, dass mein Bedarf an Alkohol in Chicago erheblich zunahm, wodurch sich meine Orientierungslosigkeit aber eher verstärkte, statt sie zu kompensieren. Vom Lake Michigan wehte jetzt ein kräftiger Wind durch die Häuserschluchten, und wir betraten die Bar.

Wir wurden empfangen von lauter Gitarrenmusik. Der Schuppen war so voll, dass wir nur einen Stehplatz ergattern konnten. Konzertatmosphäre zog sich durch den Raum, und wir sahen, dass es Buddy Guy höchstpersönlich war, der sich die Ehre gab. Außer Buddy, der sich wirklich als virtuoses Gitarrengenie herausstellte, waren leider kaum Schwarze im Raum, was mich ein wenig störte, und ich fragte mich, ob ich nicht doch einmal die South-Side aufsuchen würde. Unser Vorsatz nüchtern zu bleiben schrumpfte mit jedem weiteren Song, den Buddy und die Band zum Besten gaben. Der Blues ging uns ins Blut und das Bier folgte. Kein Gedanke an morgen störte mich mehr, bis Ramon mit mir anstieß, und mit glasigen Augen lauthals verkündete, dass wir beide morgen das 262 m hohe Water Place Center herunterspringen würden. Er schlug mir auf die Schulter und schwor, mich niemals im Stich zu lassen.

Ich erwiderte seine Geste, aber meine Knie zitterten. Sein Blick gefiel mir nicht. Bisher war er für mich ein Held gewesen, mit seiner Gelassenheit gegenüber einer Welt, die immer ungemütlicher wurde. Das verlieh ihm ein Charisma von Stärke und Unabhängigkeit. In diesem Augenblick sah ich aber etwas anderes in ihm. Das Gefühl, mit meinem Blick durch seine Augen in eine tiefschwarze Seele herabzufahren, verstärkte sich. War ich bisher so blind gewesen, einer Art Käpt'n Ahab zu folgen, oder spielte mir nur meine Angst vor dem Überfall einen bösen Streich?

Ich versuchte mir meine Panik nicht anmerken zu lassen und wankte zum Eingang, um frische Luft zu schnappen. Chicago hieß nicht umsonst die „Windy City". Draußen wehte immer noch ein kräftiger Wind. Ich sah in Richtung des Water Tower Place. Ein großer, schwarzer Klotz unter noch mächtigeren Riesen erhob sich dort, und mir graute vor dem nächsten Tag, dem Sprung, dem Verlust meiner Freiheit, Ramon, und ... dem Tod.

Ich ging ein paar Meter und schaute einem Chinesen zu, der im Schein einer Kerze Tai-Chi-Übungen ausübte. Neben ihm stand ein Falun Gong Plakat mit der Aufschrift „Set them free". Staunend sah ich dem Mann zu, der mit jeder Bewegung eleganter zu werden schien. Warum konnte ich nicht so sein? Warum hatte ich mich jemals für diesen „No Risk, no Fun"-Scheiß hergegeben? Aber schnell wich meine Bewunderung dem Gedanken an ein weiteres Budweiser, und ich ging wieder hinein.

Ramon hatte es mal wieder geschafft, das Interesse einer schönen Blondine auf sich zu ziehen, und flirtete routiniert. Verrückt oder nicht, er war mein Freund, und ich würde morgen dieses Ding mit ihm zusammen durchziehen. Nach diesem erneuten Entschluss ging es mir gleich besser, und ich genoss weiter Buddys Show, nachdem er seine Pause beendet hatte. Wie es sich für einen echten Blues Musiker gehörte, holte er das letzte aus sich heraus, und wirbelte uns abgefahrene

Gitarrensoli um die Ohren. Um 4 Uhr morgens schleppten wir uns zum Youth-Hostel. Leise betraten wir das Zimmer, wo unsere Marathonfreunde schon lange in ihrer einsamen Traumwelt versunken waren.

Mein Traum:

Ich ging über das Wolkenkratzerdach und wunderte mich über die weiche Beschaffenheit des Bodens. Frösche quakten und exotische Vögel stießen laute Schreie aus. Nur schwaches Dämmerlicht fiel durch das Blätterdach. Mammutbäume warfen dunkle Schatten, und der Busch wurde so dicht, dass ich meine Machete zur Hilfe nehmen musste, um den Weg weitergehen zu können. Den Weg? Was zum Teufel war der Weg? Ich wusste nicht mal mehr, wo ich war. Mit angestrengtem Blick suchten meine Augen die Dunkelheit nach Ramon ab, als mir einfiel, dass ich nicht einmal wusste, wie er aussah.

Dann, ganz plötzlich, ein Schritt ins Leere, und der Schreck zuckte wie ein Blitz durch meine Glieder, war mir wieder klar, warum ich hergekommen war. Aber das spielte jetzt keine Rolle mehr, denn auch meine verblüffend langsame Fallgeschwindigkeit würde als Folge des Aufpralls den Tod nach sich ziehen. Aber noch konnte ich keinen Boden erkennen. Statt dessen leuchtete jetzt ein rötlich schimmernder Wasserfall unter mir auf, der aus der mit Lianen völlig zugewachsenen Wolkenkratzerwand herabstürzte. Ich hatte das Gefühl zu schweben, als ich den Wasserfall erreichte. Nur war es jetzt kein Wasserfall mehr, sondern ein funkelnder Strom aus geschliffenen Rubinen, der mich scheinbar sanft nach unten tragen wollte. Dann sah ich viel weiter unten, wie er sich teilte.

Ein Teil des Stroms löste sich auf in einem feuerroten See, und der andere Teil wurde wieder zu Wasser, das ebenfalls in einen angrenzenden See floss, der in tiefem Blau dalag. Mir blieb nur noch ein kurzer Augenblick um mich zu entscheiden. Eine Sekunde, nachdem mich das kühle Nass erfasste, erkannte ich auf der anderen Seite die kochende Lavabrühe. Im Leben angekommen wachte ich schweißgebadet auf.

Die Marathonläufer waren bereits zu ihrem internationalen Treffen für Laufleidenschaftler ausgeflogen. Ramon stand pfeifend am Waschbecken und rasierte sich. In den Spiegel blickend sah er zu mir herüber.

„Amigo, du musst deine Angst überwinden", sagte er in fröhlichem Tonfall.

„Werden sie uns erwischen?" Ich ließ den Kopf hängen und massierte meine Stirn.

„Möglich, Mann", antwortete Ramon. Der Kopfschmerz pulsierte noch stärker in meinen Schläfen und am liebsten wäre ich ihm an den Hals gesprungen.

„Hey, du musst dich einfach entscheiden, okay?" Ramon schien etwas ungehalten. Aber er hatte recht.

Im Allgemeinen kam es auch beim Base-Jumpen immer nur auf die Entscheidung an. Auf den Augenblick der Sekunde, in der du den Entschluss fasst zu springen und der Geist über den Körper siegt. Die Angst hatte ich so zwar niemals vollständig überwunden, aber sie war kleiner geworden, nur noch ein Teil jenes Hochgefühls, das ich beim Springen empfand. Auch jetzt musste ich mich entscheiden, um meiner Angst Herr zu werden.

Um 14.00 Uhr standen wir vor dem Eingang zum Water Tower Place. Es war Sonntag, aber nicht übermäßig viel los. Viele Einwohner von Chicago mussten auf ihrem Sonntagsspaziergang zu Zuschauern des Marathons geworden sein. Dennoch wimmelte es von Menschen, die sich auf dem Vorplatz des Einkaufszentrums von ihrer Shopping-Tour ausruhten und die Herbstsonne genossen. Mir fiel auf, dass Falun Gong Aktivisten auch hier einen Stand hatten und sich durch nichts und niemanden in ihrer Meditation stören ließen.

Ich sah noch einmal an dem riesigen Gebäude hoch, das sich weit über den alten Wasserturm auf der Südseite erstreckte. Wir betraten nun mit unseren riesigen Einkaufstüten den Eingang, und erst jetzt fiel mir besorgt auf, dass es draußen sehr windig gewesen war. Nachdem wir uns die Steinchen geschnappt hatten, hatten wir vor, von der geschützteren Ostseite des Daches zu springen, aber der starke Wind würde möglicherweise auch dort gefährlich werden können.

Im Water Tower Place war wirklich nicht viel los. Meine Sorge, dass wir mit unserer Froschmasche auffliegen würde, bevor der Überfall überhaupt stattfinden konnte, verstärkte sich. Vielleicht hoffte ich das sogar ein wenig. Wir suchten uns eine Toilette, in der wir ungestört unsere Maskerade anziehen konnten und hatten das Glück, gleich beim ersten Versuch keinen Kloservicetypen anzutreffen. Ein paar Minuten später maschierten wir, mit einem Stapel Prospekte des „Place" bewaffnet, zu der gläsernen Rolltreppe, die dem Einkaufszentrum ein wenig Hotelflair verlieh. Wir wollten uns nicht lange aufhalten. Der Plan war, so schnell wie möglich zur Tat zu schreiten. Ich suchte Ramons ermunternden Blick, aber natürlich sah ich nur einen absolut lächerlich wirkenden, grünen Filzkopf mit herunterhängender, roter Plastikzunge. Meine Beine wurden mit jedem Schritt schwerer und zitterten. Aus meinen Poren schoss Wasser, als hätte man eine große Staumauer weggesprengt, die mindestens so schwer wie mein Klos im Hals wiegen musste. Aber ich konnte immer noch nicht schlucken.

Auf dem Übergang zur Rolltreppe in den fünften Stock, in dem unser Lieblingsjuwelier seine Scheißklunker hortete, spürte ich plötzlich einen kräftigen Schlag in den Bauch. Ich fiel der Länge nach auf den Boden. Mein Prospektestapel verteilte sich jetzt von selber und als ich Ramons Flossen auf meinem Froschmaul realisierte, begriff ich, dass auf einen Schock nicht sofort noch ein Schock folgen kann. Ich wunderte mich auch nicht darüber, dass meine Gedankengänge jetzt sehr logisch waren. Ich schob die Flossen beiseite und half Ramon auf die Schenkel. Die Rolltreppe hatte ein Stück Filz an seinem Rücken zerfetzt, und ein Teil des Fallschirms lugte daraus hervor. Der Hornochse, der uns durch seinen Fall umgeschmissen hatte, war jetzt auch wieder auf den Beinen und trat mit besorgter Mine zu uns heran. Ich winkte ab, schob Ramon wieder auf die Treppe, die Hand auf dem dämlichen Loch, und rief in meine Maske ein glückliches „Ok!"

Ramon streckte mir seine grünen Daumen entgegen, und ich beschloss, ihm jetzt besser nicht zu erzählen, warum ich meine Hand nicht von seinem Rücken nahm. Ein Sicherheitsmann fuhr uns auf der anderen Seite entgegen und salutierte grinsend.

Es waren jetzt noch ca. 20 Schritte bis „Rogers & Holland". 20 Schritte, die ich wie in Trance ging, und mich darüber wunderte, warum ein Mensch freiwillig in die Hölle wollte. Aber meine Hand umklammerte mit jedem Schritt fester das Smith & Wesson-Imitat in meiner Tasche. Alles an mir war Angst. Auch hatte ich das Gefühl, meinen eigenen Angstschweiß riechen zu können. Jedenfalls nahm ich nichts mehr von dem hier eigentlich allgegenwärtigen Popcorngeruch war.

Der Laden war kleiner, als ich dachte. Niemand außer dem gelangweilten Verkäufer befand sich darin. Er begrüßte uns grinsend. Doch seine Mundwinkel glitten schnell herab, als er sich unseren Smith & Wesson gegenüber sah.

Wir brauchten nichts zu sagen. Der Mann schloß zitternd die Vitrinen zwischen uns und ihm auf, und noch hatte niemand der vorbeigehenden Leute geschnallt, was sich hier gerade abspielte. Unter den Kostümen hatten wir Lederbeutel an unsere Gürtel geschnallt, die wir durch die „Froschtaschen" schnell füllen konnten. Der Mann machte keine Anstalten Alarm zu geben, und ich wurde merkwürdig ruhig. Ramon stellte sich jetzt in die Eingangstüre, um zu verhindern, dass der Verkäufer plötzlich doch auf die Idee kam, irgendeinen blöden Knopf zu drücken. Ich packte in Windeseile die restlichen Glitzersteinchen in meine Beutel und deutete dem völlig verängstigten Mann, sich auf den Boden zu legen. Wir nahmen die Beine in die Hand.

Kaum hatten wir die Treppe zum Notausgang erreicht, hörten wir den Alarm bellen. Wie eine Schulglocke, nur viel lauter, jagte uns das ohrenbetäubende Schellen die 200 Stufen bis zum Dach herauf. (Ich hatte vor drei Tagen persönlich nachgezählt, was ich schon vor Wochen in der Bibliothek der Kölner Architekturfakulät erfahren hatte.)

Wie erwartet war die Tür zum Dach offen, und wir hetzten weiter, obwohl unser Atem jetzt sogar den Alarm zu übertönen schien. Noch halb am Laufen entledigten wir uns der Kostüme und ich bekam wieder etwas besser Luft. Das war tatsächlich der erste Eindruck, der nicht von völliger Panik besessen war, seitdem wir aus dem Geschäft geflüchtet waren. Als ich im fünften Schuljahr gewesen war, hatte unser Biologielehrer uns von den tapferen Steinzeitmenschen erzählt, die sogar Mammuts gejagt hatten. Nun erahnte ich plötzlich, was er mit vererbter Angstreaktion gemeint haben könnte.

Ohne uns umzusehen, liefen wir die weiteren 50 Meter bis zum Ostrand des Hochhausdachs. Sprungbereit standen wir jetzt dort und sahen uns zum ersten Mal in die Augen, seitdem wir das „Place" betreten hatten. Ramons Augen waren weit aufgerissen. Sein Gesicht spiegelte meine Panik wieder. Aber ich war froh, dass er da war. Der bevorstehende Sprung war mir egal. Ich war einfach froh, für kurze Zeit mal nicht rennen zu müssen, als wir plötzlich Stimmen hinter uns hörten. Mir war klar, dass wir sofort runter mussten, sonst wäre es endgültig vorbei. Trotz des starken Windes gaben wir uns das Zeichen zum Absprung. Daumen und Zeigefinger formten ein O, und erst, als ich schon in der Luft war, streckte ich meine Finger wieder. Während des Sprungs empfand ich sogar so etwas wie Erleichterung. Es war, als ob mein Körper alle Adrenalinreserven verbraucht hätte. Wir landeten wie geplant in der Mitte des kleinen Parks an der Ostseite des Water Towers Place.

Doch bei der Landung fiel ich wieder mal hin, und die Ledertaschen lösten sich von meinem Gürtel, und die Steinchen purzelten heraus. Ramon schrie mich an, sie liegen zu lassen. In der Sekunde, wo ich zögerte, nahm ich erst die Polizeisirenen wahr, die noch ein paar hundert Meter entfernt sein mussten. Wir liefen wieder los. Im Vorüberlaufen erhaschte mein Blick einen kleine Asiaten, der in aller Ruhe seinen Tai-Chi-Übungen nachging, was mir jetzt unglaublich grotesk erschien. Wir rannten weiter, nahmen die Beine in die Hand, rannten um unser verrücktes Leben. Zum Glück hatten wir einen genauen Fluchtweg ausgearbeitet, der uns jetzt aus dem kleinen Park heraus zur nächsten Subway Station führte, die nur 50 Meter entfernt lag. Wir nahmen an, das die Polizei nur die U-Bahn Stationen abriegeln würde, die direkt am Einkaufszentrum lagen. Also liefen wir weiter, und ich schwor mir, dem ersten von unseren Marathonfreunden eine reinzuhauen, wenn er es wagen sollte, uns von seinem Laufwettbewerb zu erzählen.

Wir schafften es tatsächlich. Dreister Weise flogen wir sogar erst drei Tage später mit jenen unserer Gruppe zurück, die sich noch ein wenig Chicago ansehen wollten. Die Klunker ließen wir erst mal da. Ramon sagte, so lange unser Youth Hostel nicht abgerissen würde, seien die Steinchen dort sicher.

An unserem ersten Abend im netten, kleinen Köln, suchten wir uns eine nette, kleine Blueskneipe und tranken viele Kölsch. Während Muddy Waters so von seiner Dusty Road erzählte und unsere Köpfe dem Thekentisch schon sehr nahe waren, kam mir so 'ne Idee.

„Meinst du, dieser Typ, der kleine Asiate im Park, der Tai-Chi-Meister, meinst du, der hat sich die Klunker unter den Nagel gerissen?"

Ich sah Ramon fragend an.

„Möglich", sagte Ramon und prostete mir grinsend zu.

Ich nickte ehrlich und fühlte mich plötzlich sehr nüchtern. Dann trank ich noch ein letztes Kölsch, während ich Louis Armstrong auf meinem rechten Zeigefinger balancierte.

Norbert Görg

DAVID UND DIE ZWEI LÄNDER

Ein Märchen

Das Dorf, auf das der Wanderer zuschreitet, liegt in einer wel-
lenartigen Talsohle. Von weitem scheint sich das Dorf von dem
aus seiner Heimat nicht zu unterscheiden: Die Häuser sind hell
und freundlich getüncht, die Gärten großzügig angelegt mit
viel Grün und uralten, knorrigen Bäumen.

David atmet tief ein und aus. Es riecht nach Holz, Gras
und Frühling. Ein Gewitter zieht auf. In der Ferne erklingt ein
warnendes Grollen. David beschleunigt das Tempo und freut
sich auf die Gesellschaft der Menschen. Der Herrscher des Lan-
des, König Adrian, soll ein friedfertiger, gerechter Mann sein.
Aber je mehr sich David dem Dorf nähert, umso dunkler und
zwielichtiger wird die Atmosphäre. Die Gärten sind verwahrlost,
die Bäume lassen die Äste hängen und die Häuser weisen kleine
Risse in den Mauern auf. David steuert auf den Ortskern zu und
siehe da: Hier tummeln sich allerlei Menschen. Auf einer Wiese
stehen Tische und Stühle, es wird gegessen und getrunken. Jemand spielt in falschen Tönen auf einem Akkordeon. David
erwartet, dass man ihn, wie in seiner Heimat üblich, freundlich begrüßt und einlädt mitzumachen. Aber außer einigen

neugierigen Blicken erfährt David keine Beachtung. Irritiert nimmt er an einem der wenigen freien Tische Platz. David fällt auf, dass niemand lacht. Die Zeremonie hat etwas Gezwungenes, wie in einem schlecht inszenierten Theaterstück. Ein Mann nähert sich David in einem seltsamen, bunten Kostüm, mit einer Narrenkappe und Schellen. Er schenkt David ein aufmunterndes Lächeln. „Darf ich mich setzen?"

David nickt. „Nur zu."

„Lust auf ein Glas Wein?"

Ohne eine Antwort abzuwarten winkt der Kostümierte die Kellnerin herbei und bestellt eine Karaffe vom besten Rotwein.

„Du kommst von weit her", bemerkt er.

„In der Tat", sagt David. „Ich komme aus einem Land, in dem Gastfreundschaft groß geschrieben wird."

„Hier herrscht Kleinschreibung", sagt der Mann mit dem lustigen Kostüm ernst und schenkt Wein aus der Karaffe ein.

„Wer wird denn beerdigt?", fragt David und trinkt aus seinem Becher. Der staubtrockene Wein schmeckt köstlich.

Der Mann lächelt. „Niemand. Früher konnten wir noch richtig feiern. Aber zurzeit ist unser Land in eine Trauer versunken. Daher bin ich nahezu arbeitslos."

„Bist du ein Spaßmacher?"

„Ja, ich bin Hans, der Harlekin, ein Luftikus, den keiner ernst nimmt. Aber den man duldet und akzeptiert. Wie ein harmloses Geschwür."

„Was ist denn geschehen?", bohrt David.

„Das ist eine lange Geschichte."

In diesem Moment setzt der Regen ein, er prasselt kübelweise auf die Erde. Zugleich blitzt und kracht es, als würde die Welt in Millionen Stücke zerbersten. Die beiden Männer und auch die anderen springen auf und flüchten in die anliegende Gastwirtschaft. Hier erfüllt ein allgemeiner Singsang den Raum, Stühle werden gerückt, man nimmt Platz und bestellt sich etwas zu trinken. Der Harlekin führt David in die hinterste Ecke, die spärlich beleuchtet ist. Er bestellt eine neue Karaffe Wein. Je mehr die Stunde voranschreitet, umso lauter wird die Runde und umso gelöster die Zunge des Harlekins.

„Weißt du, Fremder, unser Land war einst ein sehr friedliches Land. Es herrschten Gleichheit und Gerechtigkeit. Wir lebten alle von Luft und Liebe. Im Ernst. Wir unterstützten uns gegenseitig. Niemand musste hungern oder frieren. Unsere Landeswährung wurde und wird in LE gemessen, Luft-Einheit."

Inzwischen ist draußen der Lärm abgeebbt, das Gewitter hat sich verzogen.

„Was hat sich geändert?", fragt David.

Der Harlekin fährt flüsternd fort, als verrate er ein Geheimnis: „Früher war das Reich vereint. Es regierten gemeinsam König Adrian und Königin Aria. Sie sorgten für eine paradiesische Ordnung. Dann entzweite sich das Herrscherpaar, weil der Königin dringlichster Wunsch, ein Kind zu gebären, nicht in Erfüllung ging. Man munkelt, der König konnte nicht seinen Mann stehen. Aria verließ ihn und baute sich nicht weit von hier ein eigenes Reich auf, das sie seitdem mit harter Hand regiert. Es wächst und wächst. Unser König zog sich in einen Elfenbeinturm zurück und vernachlässigt seitdem seine Geschäfte. So schrumpft hier in Fairamou die Einwohnerzahl. Viele, vor allem Jüngere, zieht es nach Fisedor zur dort herrschenden Königin. Durch diese Konkurrenz wächst bei uns die Unzufriedenheit. Mehr und mehr regieren Neid und Hass, weil manche nun meinen, sie ständen höher als andere und hätten mehr Anspruch auf LE. Einige Rebellen wollen als Währungsmittel das Geld einführen, weil es sich im Reich der Königin bewährt haben soll. Dort ist es mittlerweile sogar wichtiger als Luft. Ich habe erfahren, dass in Fisedor reine Luft nur den Reichen vorbehalten ist. Die Armen und Alten und Kranken wohnen im bittersten Gestank. Manche laufen mit Gasmasken herum, wenn sie sich eine leisten können." Er seufzt leise. „Ich fürchte, bald herrscht auch hier dicke Luft."

Es gibt nichts Traurigeres als einen traurigen Spaßmacher, denkt David.

„Warum zieht es alle zur Königin, wenn sie doch so hart ist und ungerecht?"

„Ich glaube, die Menschen brauchen in schwierigen Zeiten eine harte Hand, die sie als Schutz empfinden. Außerdem ist Königin Aria eine unglaubliche Schönheit. Wer sie sieht, verfällt ihr."

„Hast du sie schon gesehen?"

„Nein, kaum jemand hat sie gesehen. Weil sie es leid war, immer angestarrt zu werden, hat sie beschlossen, jeden Gaffer zu bestrafen."

„Wie?"

„Es geht das Gerücht um, sie habe den magischen Blick. Wen sie damit trifft, der verliert ein Körperteil. Meist handelt es sich um einen Arm oder ein Bein. Es gibt eine Frau in unserem Dort, die behauptet, bevor sie Königin Aria gesehen hat, sei sie ein Mann gewesen."

„Oh", sagt Daniel, „dann sollte ich ihr wohl besser nicht begegnen."

„Ich rate dir sowieso ab, nach Fisedor zu gehen. Ohne Papiere wirst du schon an der Grenze abgewiesen werden."

„Ich habe auch ein anderes Ziel."

„Welches?"

„Ich bin auf dem Weg zu Marie, meiner Frau. Sie befindet sich im Reich der Schatten. Sie ist mir im Traum erschienen und rief nach mir. Seitdem bin ich nicht mehr so traurig, weil ich weiß, wo sie ist und dass ich sie zurückholen kann."

„Reich der Schatten", sagt der Harlekin erschrocken. „Von dort kam noch niemand zurück."

„Du kennst es?"

„Vom Hörensagen. Königin Aria hat angeblich Kontakte dazu." Er beißt sich auf die Lippen.

„Aha", sagt David. „Sag, kann ich bei dir übernachten?"

Der Palast thront stolz und majestätisch auf dem kleinen Berg, der umgeben ist von saftigen Wiesen und bunten, gepflegten Gärten. Die Sonne wölbt sich am Himmel wie ein kleiner Feuerball und gießt ihr schillerndes Licht auf diesen Teil der Erde.

Die Königin hat sich ihren Palast mit kleinen Fenstern bauen lassen – um nicht gesehen zu werden. Er ist groß wie ein Dorf und mit vielen prunkvollen Sälen ausgestattet. Die Gänge sind mit feinsten Perserteppichen ausstaffiert, überall prangen wertvolle Gemälde, seltsame Skulpturen, holzgeschnitzte Tierfiguren und feingewebte Stoffe mit Arabesken. Die Möbel sind aus edelstem Tropenholz geschnitzt und selbst die Kronleuchter sind mit Goldverzierungen versehen. Nur die Diener und einige hohe Staatsbeamte haben Zutritt zu diesem pompösen Gebilde. Manchmal verirrt sich die Königin, wenn sie in Gedanken versunken in dem Labyrinth umherläuft – ein Gang und ein Raum gleicht dem anderen – und dann muss sie einen der namenlosen Diener nach dem Weg fragen. Dabei zeigt sie nie ihr Gesicht. Es wird von einem goldbestickten und perlenbesetzten Seidenstoff verhüllt.

Wie jeden Morgen mustert sie sich auch heute nackt im Schlafzimmer vor dem Spiegel. Wie jeden Morgen erschrickt sie bei ihrem Anblick, als wäre es etwas Neues: Der Bauch wölbt sich wie bei einer Schwangeren, das Gesicht ist von einer Hakennase gespalten, die Wangen und der Hals sind faltig und übersät mit kleinen Pickeln. Wie immer bittet sie den Spiegel um eine Veränderung ihrer Gestalt. Wie immer verspricht er es hoch und heilig. Sie nimmt ein ausgiebiges Bad mit Fichtennadelöl und schlüpft in ihr blumengemustertes Kleid aus Satin, dessen Schleppe ein leichtes Schlurfen verursacht. Dann erteilt sie den Beratern ihre Befehle.

Ein Bote bittet um Gehör. Königin Aria setzt sich lasziv in ihren riesigen, gepolsterten Lehnsessel, ein Fauteuil, den sie sich nach französischem Vorbild anfertigen ließ, und lässt bitten. Aus würdiger Entfernung berichtet der Mann: „Eure Exzellenz, ihr Gemahl lässt fein grüßen und gnädigst ausrichten, er bade den ganzen Tag im Meer der Tränen und warte auf ein Zeichen von Eurer Majestät."

„Da kann er lange warten", sagt die Königin barsch. „Adrian ist für mich gestorben."

Zurück zu dem Land, in dem der König regiert, beziehungsweise so tut, als regiere er. Streng genommen tut er nicht einmal mehr so. Das Land regiert sich selbst. Adrian hockt allein im Elfenbeinturm. Der besteht nun nicht aus Elfenbein, sondern aus sakralem Mauerbauwerk, ist aber schmal gefasst, dafür hoch, mit großen Fenstern, und steht vor den Toren der Stadt. So recht ein Ort, um über die seltsamen Gegebenheiten in der Welt nachzudenken und den Verlust seiner Frau mit Selbstmitleid zu zelebrieren.

Der König geht seiner Lieblingsbeschäftigung nach: Er steht am Fenster und lässt seinen Blick in die Ferne schweifen. Die Ferne ist wie die Vergangenheit: verdammt fern. Wehmut überzieht seine Haut wie ein Frösteln. Warum verändert sich alles? Warum bleibt nichts so, wie es ist? So ist das Glück keinen Pfifferling wert, wenn es einem schon ein leiser Windhauch aus der Hand reißen kann.

Er denkt an seine Frau, die schöne Aria mit der noch schöneren Seele, die eine Göttin gewoben haben muss, so edel strahlte sie einst. Und nun ist sie seine Widersacherin, die ihm das Wasser abzugraben versucht, die ihn immer kleiner werden lässt: ein schrumpfender König, ein Däumling.

Er entdeckt jemanden, der sich dem Turm nähert. Immer größer wird die Gestalt. Ein Fremder, denkt Adrian. Sonst zieht es niemanden hierher in die Einöde.

Der Fremde betätigt den Türklopfer. Der König zögert. Der Fremde klopft energischer, ruft etwas. Es könnte etwas Wichtiges sein, durchfährt es den König, vielleicht ein Bote seiner geliebten Frau.

„Komm herein", ruft er.

Die Tür knarrt und ächzt, als der Besucher sie öffnet.

David betritt mit suchenden Blicken den Turm.

Schlimmer als ein Gefängnis, denkt er.

„Ich bin hier oben", ruft der König.

Die Kälte der Steinfliesen dringt durch Davids Lederstiefel, als er die Treppe hochstapft. Dort steht der armselige Mann. Noch immer König. Auf dem Papier.

„Sag, will die Königin mich sehen?"

David schüttelt den Kopf.

„Dann hinfort, Fremder!", sagt der König barsch mit einer erstaunlichen Energie und macht eine abwehrende Geste.

„Und wenn ich nicht gehe?", sagt David lächelnd.

„Dann…, dann…", braust der König auf, „dann lasse ich dich in den Kerker werfen."

David lächelt weiter über den kleinen Mann, dessen Purpurmantel fleckig und rissig ist und dessen Krone schief auf dem Kopf hängt.

„Ist das hier nicht der Kerker? Und wer soll mich hineinwerfen?"

„Meine ….", Gefolgsleute, will Adrian sagen, aber er schluckt das Wort herunter. Hier ist ja niemand mehr außer ihm. Er sagt: „Was willst du? Mich kriegst du hier nicht raus."

„Das ist nicht meine Absicht", erwidert David. „Jeder wählt sich seinen eigenen Kerker. Und jeder kann sich nur selbst befreien."

„Was treibt dich dann zu mir?" Die Stimme des Königs zittert, die geröteten Augen zucken nervös.

„Ich möchte mit der Königin reden."

„Sie ist nicht hier. Was willst du von ihr?"

„Sie weiß, wie ich in das Reich der Schatten gelange. Dabei könnte ich ein Wort für Eure Exzellenz einlegen."

Der König stößt so etwas wie ein Lachen aus, aber es ist heiser und zynisch.

„Warum sollte sie auf dich hören?", krächzt er.

„Ich beherrsche die große Gabe der Überzeugungskunst."

David zwinkert dem König vertraulich wie in einem frisch geschlossenen Bündnis zu.

Der König setzt sich auf einen alten Holzschemel. „Mir scheint, du bist verrückt. Nur ein Verrückter will in das Reich der Schatten und zu Aria. Aber wenn du es wagen willst, meinen Segen hast du."

„Ich brauche Eure Hilfe, Majestät."

„Was kann ich tun?"

„Ein Spaßmacher verriet mir, dass Ihr einen Geist habt, der zaubern kann."

Der König stößt einen seufzenden Laut aus. „Du meinst meinen Berggeist. Den kann ich dir gerne überlassen, da ich ihn nicht mehr brauche."

Als David sich der Grenze zu Fisedor nähert, fühlt er sich trotz der zusätzlich ausgestellten Depesche des Königs unwohl. Sie ist unterzeichnet von einem Mann, dessen Wort bei der Königin kein Gewicht mehr hat.

Dichte Wolken ballen sich am Himmel, als symbolisierten sie nahendes Unheil. Erst kurz vor der Grenze erkennt David, dass nicht nur Wolken den Himmel säumen, sondern dicke Rauchschwaden, die aus riesigen, dunklen Schornsteinen in Fisedor aufsteigen. Die Luft wird immer schlechter. Davids Lungen knarzen vor Not.

Auch seine Nase zittert vor Unbehagen: Ein übler Gestank ist in sie gefahren und verursacht bei David eine leichte Übelkeit. Er würde am liebsten umkehren. Aber er denkt voller Sehnsucht an seine Frau, denkt an die Königin:

Nur sie kennt den Weg ins Reich der Schatten.

Die Grenze ist durch einen meterhohen, drahtigen Zaun abgesteckt. An einem kleinen Häuschen befindet sich der Übergang. Fünf schwer bewaffnete Grenzposten stoppen David brüsk.

„Wohin des Weges, Fremder?", bellt der Älteste, der einen zwirbligen Schnurrbart trägt und einen Stahlhelm mit geöffnetem Visier. Zwei junge Männer ohne Helme mit finsteren Mienen kreuzen ihre Schwerter vor David.

„Deine Papiere!"

David müht sich ein Lächeln ab.

„Hier ist meine Empfehlung."

Er zeigt ihnen die Depesche des Königs. Die vier jüngeren Männer brechen in ein Gelächter aus. Nur der Älteste bleibt ernst, David misstrauisch musternd.

„Hör zu", sagt er, „du siehst aus wie jemand, der unserem Land Schaden zufügen will."

„Troll dich oder wir werfen dich in den Kerker", ruft einer der anderen.

„Ich tue niemandem etwas Böses", entgegnet David. Er stellt seinen hünenhaften, kräftigen Körper aufrecht in Position. „Ich möchte nur die Königin sprechen."

„Habt ihr das gehört?", sagt einer. „Er will nur die Königin sprechen."

Die vier Jüngeren rollen sich fast auf dem Boden vor Lachen.

Einfache Leute, denkt David, denen kann ich nicht mit Vernunft kommen. „Also gut. Ihr habt die Wahl: Entweder ihr führt mich sofort zur Königin oder ich verwandle euch in Frösche."

„Oho, jetzt bekommen wir aber Angst", sagt der jüngste Soldat grinsend, ein schmächtiger Knabe mit blauen Augen.

„Quark", macht einer der anderen und lacht. Alle lachen, auch der Alte.

Dann sagt dieser, mit der Faust drohend: „Pass auf: Du verschwindest sofort oder du landest auf dem friedlichen Hof."

„Berggeist – erscheine!", ruft David.

Aus dem Nichts erscheint tatsächlich vor ihnen ein Zwerg mit einer seltsam deformierten Nase. Seine Augen leuchten fröhlich.

„Womit kann ich dienen, Herr?"

Die Soldaten lachen nicht mehr. Sie staunen.

„Verflucht", ergreift wieder der Älteste das Wort. „Ich weiß nicht, wie du das gemacht hast, aber besser, ihr verschwindet jetzt beide."

„Berggeist, walte deines Amtes: Verwandle sie in Frösche!", befiehlt David.

Der Zwerg verdreht verheißungsvoll die Augen, murmelt einen seltsamen Spruch, fuchtelt mit den Armen wild herum und siehe da: Die vier jungen Männer hüpfen nun als Frösche auf dem Boden herum. Der Alte starrt sie entsetzt an.

„Was ist mit dem?", fragt David und deutet auf den Alten. Der Berggeist macht eine entschuldigende Geste. „Ich bin noch in der Lehrzeit. Da gelingt nicht immer alles."

Der alte Soldat klappt das Visier seines Helms herunter und flucht: „Du bist der Teufel persönlich, aber ich werde dich klein kriegen!"

David bleibt stehen. Blickt sich hilfesuchend um, aber der Geist ist verschwunden. Der Alte zückt sein Schwert und piekst damit David in die Seite. „Los, folge mir!"

So betritt David als Gefangener das Land Fisedor, in dem es keine Bibliotheken gibt, keine Theater, keine Museen, keine Ausstellungen und kaum noch Wälder. Nur Fabriken, aus denen der Rauch quillt und die Luft verpestet.

Königin Aria lustwandelt an diesem Tag für ihre Verhältnisse recht fröhlich in dem großen Garten, in dem der Mandelbaum mit seinen rosa Blüten und die Kamelien bereits in voller Pracht blühen. Der Frühling hält Einzug – zumindest an diesem Ort.

Ihr Begleiter und persönlicher Berater, der Großherzog Eduard von Tunichkut, unterrichtet sie über die Neuigkeiten im Lande.

„Eure Majestätische Königin, es war gut", erklärt der etwas dickliche, angegraute Mann, „das Volk feiern und tanzen zu lassen. So bleibt es bei Laune."

„Ja", bestätigt die verschleierte Aria, „Der Pöbel ist zum Glück genügsam wie das Vieh."

„Ich hätte das nie für möglich gehalten, aber es bewährt sich immer mehr, Eure Gutherzigkeit", fährt der Herzog fort und passt sich dem trippelndem Schritttempo der Königin an, „dass die Gleichheit der Menschen abgeschafft wurde."

„Ja. Die Menschen sind nun mal nicht alle gleich. Warum sollen alle die gleichen Rechte haben?" Sie bleibt stehen und lauscht verzückt einem Rotkehlchen, das aus voller Kehle zwitschert. „Die meisten Menschen", fährt sie fort, „brauchen ihre Käfige. Sie wollen gezüchtigt werden. Nur dann fühlen sie sich wertvoll. Sie können mit ihrer Freiheit nichts anfangen. Sie brauchen den Streit und den Kampf und die Konkurrenz. Sonst fühlen sie sich einsam."

„Ja, so scheint es", bestätigt der Herzog.

„Was gibt es Neues?", fragt Aria.

„Nichts", deklariert der Herzog. „Das heißt, etwas doch. Es geht ein Gerücht um, dass ein Fremder, der im Kerker sitzt, behauptet, zu wissen, wie Ihr an ein Kind kommen könnt."

Die Königin lacht böse. „Das weiß ich selbst. Es bedarf nur eines neuen Königs."

„Er behauptet, er sei ein König. Der Herrscher von Hallodrien."

„Das Land ist mir unbekannt. Aber vielleicht sollte ich ihn mir mal ansehen."

„Aber, aber, Eure Einzigartigkeit", sagt der Herzog lächelnd. „Der Mann ist doch nur ein Wichtigtuer, ein Hochstapler, der sich ins Schloss schleichen will. Vielleicht ein Spitzel aus Fairamou. Leider hat man ihm trotz strengster Folter – man erzählte ihm stundenlang denselben Witz – nicht entlocken können, wer er wirklich ist."

Aria schaut dem Herzog streng ins Gesicht. „Immerhin scheint er der einzige König zu sein weit und breit. Schafft diesen Kerl herbei!"

Keine zwei Stunden später steht Aria aufgeregt in ihrem Empfangszimmer und wartet mit einer ungewohnten Ungeduld auf den Besucher. Vielleicht ist es wirklich jemand, der ihr das Wasser reichen kann, denkt sie. So einer konnte bisher in ihrem Reich nicht gefunden werden. Sie fächelt sich mit einem Fächer etwas Luft ins gerötete Gesicht. Endlich führen zwei Bedienstete den an den Händen gefesselten David vor. Aria mustert ihn ausgiebig. Er gefällt ihr: Die klaren, lebendigen, blauen Augen, der schmale, fein geschwungene Mund, die männlich ausgeprägte Nase, das volle, halblange, ritterlich wirkende Haar. Ein Mann von Welt. Freilich in einem jämmerlichen, zerlumpten Zustand. Aria wendet sich den Bediensteten zu: „Badet ihn, kleidet ihn neu ein und bringt ihn in mein Gemach."

So geschieht es. David fühlt sich wie ein neuer Mensch, als er neugierig den großen Raum betritt, in dem sich nur Aria befindet.

Die Königin, die auf ihrem weichgepolsterten Lieblingssessel mit goldverzierten Lehnen sitzt, trägt ein luftiges, helles Sommerkleid.

„Setz dich", fordert sie ihn auf.

David schaut sich kurz um.

Offenbar befindet er sich in dem Privatgemach der Königin. Viele Schränke und Kommoden befinden sich darin, auf denen allerlei weibliche Accessoires liegen, Schmuckschatullen, Schminkkästen, Parfumfläschchen, Vasen mit den allerschönsten weißen Rosen und gelben Tulpen, vereinzelte Kleidungsstücke und vieles mehr. An einer Wand steht ein riesiger, blinder Spiegel.

David entdeckt einen roten Plüschsessel und setzt sich.

„Ich bin froh", sagt er, „endlich wieder atmen zu können und die Sonne zu spüren."

„Ja", sagt die Königin, „nicht jedem ist ein Platz an der Sonne bestimmt."

Sie zupft sich nervös ihren Schleier zurecht. Der Fremde hat solch einen charismatischen, unheimlichen Blick, dass Aria befürchtet, er könne ihren Schleier durchdringen.

„Wie ist dein Name?", fragt sie.

„David."

„Und du, David, bist ein König und willst meine Gunst gewinnen?"

Er nickt. „So ist es."

„Du hast immerhin schöne Augen."

„Danke, Eure Majestät." David macht eine unterwürfige Geste.

Die Stimme Arias wird kühl. „Du bist so wenig ein König, wie ich eine Fee bin."

„Aber ..."

Eine herrische Geste der Königin unterbricht ihn.

„Ein Wort von mir", sagt sie barsch, „und du landest auf dem Schafott." Sie dämpft die Stimme. „Du hast Glück, dass du mir sympathisch bist. Wenn du mir sagst, wer dich schickt, lass ich dich vielleicht am Leben."

„Vielleicht wäre es das Beste, ich lande auf dem Schafott", sagt David mit resignierter Stimme. „Aber vorher habe ich eine letzte Bitte."

„Du hast weder etwas zu erbitten, noch zu erflehen. Warum willst du dein Leben wegwerfen? Du bist noch jung."

Das Verhalten des Fremden irritiert Aria. Das hat sie noch nicht erlebt. Jeder halbwegs vernünftige Mensch hängt an seinem Leben.

„Wenn ich tot bin", erklärt David, „sehe ich meine Frau wieder. Ehrlich gesagt", sagt er entschlossen, „bin ich hier, weil meine Frau mich aus dem Reich der Schatten rief, um sie zu holen. Und Eure Majestät soll den Weg dorthin wissen." Nun ist es heraus. David beobachtet die Königin. Aber ihre Mimik ist versperrt, der Schleier undurchdringlich wie eine Wand.

„Was hat deine Frau dir gegeben, was eine andere Frau dir

nicht geben könnte?", fragt sie.

„Sie ist mit Gold nicht aufzuwiegen, weil sie sich aus Gold nichts macht."

„Also gut", sagt die Königin, ohne ein Gefühl preiszugeben, „Du hast dein Schicksal gewählt. Ich werde dich dem Henker übergeben. Aber eine letzte Bitte gewähre ich dir."

David ist mulmig zumute. Solch eine Wendung hat er nicht erwartet. Aber er verspürt seltsamerweise keine Angst. Nur das Adrenalin pocht in seinen Adern.

„Ich möchte gern Euer Antlitz sehen."

Aria lacht schrill. „Das ist unmöglich."

„Aber warum? Ich nehme das Geheimnis doch mit ins Grab."

„Pfft. Du bist verrückt." Sie zischt es mit fast geschlossenem Mund.

David schaut sie mit offenen, klaren Augen an. Er hat jetzt nichts mehr zu verlieren.

Der Königin fehlen vor Verblüffung die Worte. Dass ein Mensch für seine Frau in den Tod gehen würde, ist für sie ein unfassbarer, nie für möglich gehaltener Liebesbeweis.

„Also gut, ich lasse dich am Leben."

David atmet erleichtert auf.

Sie fährt fort: „Aber deine Bitte muss ich dir dementsprechend abschlagen. Das muss dich aber nicht traurig machen. Du musst wissen", erklärt sie, „sobald ich meinen Schleier ablege, fällt durch meinen Blick ein Körperteil von dir ab."

„Ich weiß. Aber ich kann mich schützen."

Er ruft nach dem Berggeist. Der erscheint sofort mit einem neugierigen Grinsen.

„Zu Diensten, Herr."

„Stell dich vor mich", befiehlt David. Der Zwerg gehorcht und beäugt neugierig die feine Dame. Aria kann sich eines Lächelns nicht erwehren.

„Den hat dir wohl mein Mann mitgegeben, der reicht dir gerade mal bis zur Brust."

„Er schützt mein Herz", sagt David. Und mein Geschlechtsteil, denkt er.

„Dein Kopf ist ungeschützt. Es wäre schade um deine Nase. Ob dich deine Frau ohne Nase noch will?"

Die blufft, denkt David und ist bereit, es zu riskieren. Eine tumbe, triebhafte Neugierde und ein unerklärlicher Bann setzen seinen Verstand außer Kraft.

„Also gut", sagt die Königin. „Ich sage dir jetzt die Wahrheit, die sonst keiner kennt." Sie holt tief Atem, die Stimme stockt, es fällt ihr schwer weiterzureden. „Also …, also … es ist so, …. hm. Also. Die Wahrheit ist: Ich bin gar nicht schön. Vielleicht war ich es mal, aber nun bin ich alt und hässlich."

Die Königin senkt ein wenig, wie verschämt, den Kopf.

„Wer sagt das?", fragt David ungläubig.

„Na, ich sehe es doch selbst."

„Wo?"

„Im Spiegel natürlich."

Sie deutet auf den metergroßen Spiegel an der rechten Wand. In David keimt ein Verdacht auf.

„Vertrauen Sie mir, Eure Majestät. Bitte stellen Sie sich vor den Spiegel und lassen Sie den Schleier fallen. Ich werde nicht hinschauen."

Zu seiner Überraschung folgt die Königin seiner Aufforderung. Sie stellt sich vor den Spiegel und ruft:

„Spieglein, öffne dich!"

Der milchige Spiegel wird nun klar, so dass sich alles darin abbildet. Alles außer David.

Aria sieht ihren dicken Leib und ihr unschönes Gesicht.

„Siehst du", sagt sie mit einem bedauerlichen Triumph.

David hält die linke Hand vor das Gesicht und schaut in den Spiegel. Ihre unfassbare, nahezu göttliche Schönheit wird von einer unnahbaren Kälte überstrahlt.

„Der Spiegel lügt", sagt David.

Die Worte schweben durch den Raum und hinterlassen als Echo eine atemlose Stille.

Dann spuckt der Spiegel nach David.

„Er mag mich nicht", ruft David, „weil ich ihn durchschaut habe."

Er schnappt sich eine Vase und schleudert sie auf den Spiegel, dass der in tausend Teile zersplittert.

Bevor die Königin erbost auf David losgehen kann, zückt der einen durch den Berggeist blitzschnell herbeigezauberten Taschenspiegel und hält ihn ihr vor das Gesicht. Aria entdeckt eine fremde Frau. Es dauert ein paar Sekunden, bis es ihr dämmert.

„Oh, das bin ich?"

„Ja", bestätigt David. „Der Spiegel ist es, der uns unsere Feinde schafft. Er ist das Böse."

Erst jetzt fällt David auf, dass er keinen linken Daumen mehr hat. Es gibt keine Wunde, keine Spur davon. Er ist einfach verschwunden.

„Ich habe dich gewarnt", sagt die Königin, die seinem Blick gefolgt ist.

„Das macht nichts. Gut, Daumen drücken geht jetzt nicht mehr. Und Däumchen drehen wollte ich noch nie. Bitte sagt mir jetzt, wie ich in das Reich der Schatten gelange."

Die Königin seufzt. „Du weißt, es gibt keine Rückkehr. Schade um dich."

„Der Berggeist wird mich beschützen", entgegnet David mit mutigem Trotz.

Die Königin lacht schallend. „Dein Berggeist ist ein harmloses Spielzeug. Im Reich der Schatten hat er keine Fähigkeiten."

Ihr neu gewonnenes Selbstbild macht sie gut gelaunt. „Aber ich helfe dir, weil du so herrlich verrückt bist und bereit bist, um deine Frau zu kämpfen. Um in das Reich der Schatten zu kommen, musst du allein in den Keller gehen", erklärt sie, „ganz auf dich selbst gestützt. Dort musst du dich, wenn du an tiefster Stelle angelangt bist, hinsetzen und eine Weile ganz schnell atmen. Bis du in eine Trance kommst. Dann gerätst du in einen soghaften Kreisel, dem du dich hingibst. So gelangst du in andere Welten, auch in die Welt der Schatten. Du musst dich nur darauf konzentrieren. Es werden Gegner auftauchen, die dich aufhalten wollen: Werwölfe, Vampire, Sirenen, Teufel, böse Hexen, finstere Dämonen und andere böse Geister, vielleicht sogar deine Schwiegermutter. Aber …"

Aria greift sich in ihr hochgestecktes, dunkles Haar und zieht eine lange, silberne Haarnadel hervor. „Ich gebe dir diese Nadel mit, sie ist wie ein Kompass und wird dir den Weg weisen. Viel Glück!"

Was die Königin nicht gesagt hat: Im Keller ist es stockfinster. David tastet sich langsam durch das riesige Gewölbe, bestehend aus vielen kleinen Gängen und felsigen Wänden.

Jetzt muss er ganz unten sein. Er wischt sich den Schweiß

von der Stirn. Es ist warm hier. Dann setzt er sich im Schneidersitz auf den kühlen Boden, verschränkt die Arme auf der Brust und beginnt zu atmen.

Gut, dass er die Königin milde stimmen konnte, denkt er.

Er atmet schneller. Er hätte vorher nie gedacht, was man mit seinem Atem alles anstellen kann. Aber er merkt eine Veränderung. Seine Wahrnehmung nimmt andere Konturen an. Die Welt der Gedanken tritt mehr und mehr in den Hintergrund. Eine seltsam fremde Pforte scheint sich zu öffnen. Sie besteht aus Bildern und Farben, wie man sie aus Träumen kennt. Er sieht eine wilde Horde rasender Pferde, dann einen Vulkan, der rote Lava ausspuckt. Dann sieht er ein buntes Lichtergeflirre. Die Bilder bewegen sich immer schneller, ungestüm purzeln sie übereinander und bilden einen Sog, der David mitreißt. Er versucht sich irgendwo festzuhalten, aber es gibt keinen Halt. Er saust durch einen hellen Tunnel, an dessen Ende etwas Dunkles wartet.

Als er wieder bei vollem Bewusstsein ist, umringen ihn Gestalten: die ganze Schar der Unwesen, vor der ihn die Königin gewarnt hat, starrt ihn mit finsteren Fratzen an. Es sind monsterähnliche Figuren, männliche, wie weibliche, große und kleine, ein Gruselkabinett.

„Wie kannst du es wagen", brüllt ein schwarzer Teufel mit roten Augen und einem riesigen, buschigen Schwanz, „unser Reich zu betreten!"

David bemerkt, dass er gefesselt ist. Und dass einer der Dämonen die Haarnadel in der Hand hat und aufmerksam untersucht.

David sitzt in der Falle. Zum ersten Mal in seinem Leben bekommt er Angst. Wie einer, der ausgezogen ist, das Fürchten zu lernen, und nun fündig geworden ist. Es sind nur Bilder, beruhigt er sich. Nur Bilder.

„Von wegen Bilder", schreit eine Hexe, kaum größer als eine Dogge und schlägt ihm mit einem ausgefransten Besen in die Weichteile.

„Autsch."

Auch der Schmerz muss Einbildung sein, denkt David. Er konzentriert sich auf seine Gedanken: Lasst mich in Ruhe!

Nutzlos.

Wieder fängt die Hexe an zu schimpfen und auch die anderen Gestalten fangen an zu wettern und zu keifen. Sie drohen wie Aasgeier über ihr Opfer herzufallen und es in Stücke zu reißen. Da flüstert eine Stimme von oben David etwas zu. Sie klingt wie die des Harlekins. Sie sagt: ‚Mach sie zu deinen Freunden!'

Ja, gut, denkt David. Aber wie?

„Ich gebe zu", sagt er laut, „Ihr seid reale Wesen, so real wie ich."

Einige der Monster verstummen. Andere grunzen zustimmend. Die Hexe blökt etwas Unverständliches.

„Ihr seid", ruft David, „nicht nur real, sondern ihr seid sogar liebenswert!"

Selbst die Hexe verstummt nun erschrocken.

„Was sagst du da?", fragt ein vampirähnliches Wesen mit einer schuppigen Haut und zwei großen Eckzähnen.

„Jawohl", bekräftigt David „in Wahrheit seid ihr gar keine bösen Monster, ihr plustert euch nur auf. In Wahrheit habt ihr Angst und sehnt euch nach Liebe."

David macht eine Pause. Das Monsterkabinett hat sich in eine stumme, bizarre Puppenlandschaft verwandelt. David sagt:

„Ich bin nicht euer Feind, sondern euer Freund."

„Schwöre", mischt sich eine Hexe ein, die bisher geschwiegen hat, eine mit einem jungen, ansehnlichen Gesicht und einem kaum sichtbaren Mund, „schwöre, dass du einer von uns bist."

David will antworten, aber die Hexe unterbricht ihn warnend. „Ein falscher Schwur bedeutet hier ewige Verbannung in der Finsternis."

Aber David zögert keine Sekunde. „Ich schwöre."

Alle starren ihn gebannt an, aber nichts geschieht. Dann jubelt die Meute. Drei wieselflinke Wesen mit großen Augen und einem flauschigen, hundeähnlichem Fell entfesseln David und der kleine Dämon gibt ihm etwas widerwillig die Haarnadel zurück. Er will den Wesen gerade zum Abschied winken, da sind sie verschwunden.

David setzt seinen Weg fort. Wieder leitet ihn die Nadel. Er folgt einem schmalen, dunklen Gang. Nach einer Weile hört er einen kindlichen Gesang. Er kommt aus einem käfigartigen Gebilde, der in einer Nische in der Mauer steht. Darin befindet sich ein winziges Menschenwesen. Noch kein Baby. Ein Fötus.

David bleibt stehen und lauscht. Hell und klar tönt der Gesang:

„Alle Kinder brauchen Luft,
und wer das nicht merkt, ist ein Schuft!
Ohne Luft landen wir alle in der Gruft.
Luft ist Liebe, Luft ist Leben.
Möge sie uns begleiten auf allen Wegen."

Die Stimme verstummt.

„Wer bist du?", fragt David.

„Ein verlorenes Kind", kommt die glockenklare Antwort. „Schickt dich meine Mutter?"

„Wer ist deine Mutter?"

„Aria."

„Die Königin Aria?"

„Ja. Also schickt sie dich?"

„Nein. Aber sie hat mir geholfen, hierher zu finden."

„Meine Mutter", sagt der Fötus, „ist böse."

„Hat sie dich hierher verbannt?"

„Nein. Ich habe sie verlassen. Kurz, bevor ich geboren wurde."

„Warum?" David ist gebannt von dieser traurigen Mitteilung.

„Weil ich nicht in diese Welt wollte. Sie ist so grausam und die Menschen sind so gemein."

„Aber es gibt doch auch gute, warmherzige Menschen."

„Nicht in Fisedor", sagt die kindliche Stimme.

„Du weißt, wo du geboren worden wärst?"

Der Fötus zuckt leicht, es wirkt wie ein Nicken.

David: „Sag, wer ist dein Vater? Ist es König Adrian?"

„Ja."

„Dann müsstest du doch Fairamou kennen und dort geboren worden sein", sagt David.

„Färamuh? Das kenne ich nicht. Ich bin da vielleicht gezeugt worden, aber geboren worden wäre ich in Fisedor."

„Aha."

Dann muss die Königin erst nach der Trennung von ihrem Mann die Schwangerschaft bemerkt haben, schlussfolgert David.

„So kennst du nur einen Teil der Welt, leider den schlechten. Denn in Fairamou sind die Menschen anders. Besser. Für sie ist Luft das Wichtigste im Leben."

„Oh, wie schön."

David überlegt. Kratzt sich am stoppeligen Kinn.

„Würdest du denn in die Welt zurückkommen, jetzt wo du weißt, dass es auch gute Menschen gibt?"

„Vielleicht, wenn ich in diesem Färamuh geboren werden könnte", sagt der Fötus.

„Vielleicht gelingt das ja noch", sagt David.

Der Fötus beginnt wieder zu singen:

„Alle Kinder brauchen Luft … "

David schüttelt traurig den Kopf, seufzt leise und setzt seinen Weg fort.

Es ist eine seltsam trostlose Landschaft, die er nun durchwandert. Alles grau in grau, sogar die schmalen Bäume und die Wiesen. Niemand begegnet ihm. Schließlich legt sich David erschöpft hin. Er schließt die Augen und nennt seine Frau beim Namen: Marie. Da spürt er einen Schatten über seinem Kopf schweben. Er richtet sich auf und schaut hin. Es ist ein Wesen, nicht recht zu erkennen.

„David", sagt das Wesen. Es ist die Stimme seiner Frau. Aber sie ist anders als gewohnt. So unnahbar. Kühl.

Er steht auf und sieht sie an. Ja, es könnte seine Frau sein. Aber ihr Körper ist schemenhaft, grau wie die Umgebung.

„Marie, bist du es?"

„Ja", sagt sie. „Du erkennst mich kaum wieder, weil ich jetzt ich selbst bin, nicht mehr deine Projektion, dein Wunschbild."

„Hast du nicht nach mir gerufen, dass ich dich holen soll?"

„Nein, das war nur ein Traum, ein Ausdruck deiner Sehnsucht nach Ganzheit."

„Du willst nicht mit mir zurückgehen?"

„Nein, ich bin hier gut aufgehoben."

David fühlt sich, als sei er in einen riesigen Abgrund gestürzt. Dann flammt ein verzweifelter Funke in ihm hoch: „Ich bleibe bei dir."

„Das geht nicht. Ich bin du, aber du bist nicht ich. Verstehst du?"

„Nein", sagt David und spürt die Schwere seines Herzens, das von einer tiefen Traurigkeit überschwemmt wird.

„Du wirst es verstehen, wenn du wieder das Licht der Welt erblickst."

„Werden wir uns irgendwann wieder sehen?"

„Das weiß ich nicht. Und nun geh!"

Er will etwas entgegnen, aber seine Stimme versagt ihm. Die Gestalt verschwindet wie ein Spuk.

Es dauert eine Weile, bis sich David aufraffen kann, den Rückweg anzutreten. Das Feuer des Lebenswillens in ihm ist nur noch ein schwaches Glimmen. Aber es ist noch da. Und mit jedem Schritt, den er nun vorangeht, gewinnt es an Kraft. Die Kraft der Befreiung.

Kein Mensch, kein Wesen erscheint mehr. Ungehindert erreicht David das Ende des Tunnels und erwacht im Keller. Im Schloss findet er rasch die Königin. Er erfährt, dass ein Tag vergangen ist. Aria lässt ihm etwas zu essen und zu trinken bringen, dann erzählt David, was er erlebt hat. Bei der Schilderung von dem Fötus unterbricht ihn die Königin und möchte jedes Detail wissen. In ihren Augen glüht ein Hoffnungsschimmer, als sie begreift, dass ihr Kind vielleicht doch noch in die Welt kommen möchte.

„Eure Majestät müssen nur", sagt David, „nach Fairamou zurückgehen und sich mit Eurem Gemahl versöhnen."

„Das habe ich bereits versucht", erzählt die Königin.

„Nachdem der Spiegel zertrümmert war, brauchte ich auch meinen Schleier nicht mehr. Ich ließ Adrian mitteilen, dass ich bereit bin für eine Annäherung. Aber er ist wie verwandelt. Er sagt, nun sei es zu spät. Und dass er alles tun wolle, um Fairamou wieder aufzubauen, um die Menschen wieder glücklich zu sehen." Sie macht eine kurze Gedankenpause. „Aber selbst wenn er einwilligen würde, so kann ich doch mein Volk hier nicht einfach im Stich lassen und alles, was ich mühsam aufgebaut habe, wieder der Zerstörung preisgeben."

„Man muss sich im Leben entscheiden, was wichtiger ist: Macht oder Luft", sagt David.

Nach Fairamou zu gelangen, kostet David keine Mühe. Die Grenzen sind aufgehoben, nur ein Schild weist auf den Landeswechsel hin. Es dauert nicht lange, bis David Hans, den Harlekin, gefunden hat. Hans sitzt in der Dorfschenke und schenkt David ein fröhliches Lächeln. Die Sonne scheint und Harlekin berichtet sogleich von der Veränderung, die in diesem Land geschehen ist:

„Es herrscht Aufbruchsstimmung", erklärt er und lädt David auf einen Wein ein.

„Die Menschen sind wieder bereit zu arbeiten, sich auszutauschen, und der Luft-Einheiten-Wert ist gestiegen. Die Freude am Leben und das Lachen sind wieder zurückgekehrt. Ich kann mich vor Arbeit kaum retten."

„Das ist gut", bestätigt David.

„Was ist mit dir? Hast du deine Frau gefunden?"

David erzählt von seinen Erlebnissen.

„Du könntest dir eine neue Frau suchen", sagt Hans.

„Vielleicht. Wichtig ist es erst einmal, bei mir selbst zu sein. Meinst du, eure Länder können sich wiedervereinen?"

„Man munkelt", sagt Hans, „dass König und Königin in Verhandlungen stehen. Wir sind alle gespannt, worauf es hinausläuft. Was sind deine Pläne?"

David erhebt sich, ohne dass er das Glas Wein angerührt hat.

„Ich mache mich sogleich auf den Weg in meine Heimat. Ich werde meinen Landsleuten von eurem Land erzählen und davon, dass Luft-Einheit die beste Währung ist." Er zwinkert mit den Augen.

Hans umarmt David beim Abschied. „Gute Heimreise!"

Anna Rudy

BEKANNTE UNBEKANNTE

Ich streiche mit der Handfläche über meine Wangenknochen. Ich muss mich rasieren. Du magst keine Stoppeln. Du hast eine so zarte Haut ...

Ich weiß nicht, wann du zu mir kommst, ich weiß es nie. Aber ich warte immer auf dich und ... plötzlich klingelt es an der Tür. Mein Herz fängt an zu klopfen, denn so ungeduldig, so schnell und aufgeregt kannst nur du klingeln.

Du kommst rein und fällst mir in die Arme. Ich halte dich fest und atme deinen Duft. Ich rieche deine Haare, deine Haut, dein Gesicht. Ich bekomme nicht genug von deinem Geruch. Erst jetzt kann ich richtig atmen.

Dann entfernst du dich ein Stück von mir, damit ich dich sehen kann. Du siehst jedes Mal anders aus, aber immer so verführerisch, dass ich sofort starkes Verlangen spüre. Aber wir haben unsere Rituale. Zunächst kommt das Getränk.

Du ziehst deine Stöckelschuhe aus und gehst barfuß ins Wohnzimmer. Ich bereite dir ein Getränk zu und du trinkst es langsam. Ich verfolge jeden Schluck, den du machst und will direkt hinter ihm in dich hineingleiten, aber es ist noch zu früh.

Irgendwann sagst du, dass du bereit zum Baden bist und ich verzaubere den Badezusatz mit heißem Wasser in deinen Lieblingsduft und weißen Schaum. Danach gehe ich kurz raus und hole die Kerzen. Ich will dich verwöhnen, selbst wenn du es lächerlich findest. Als ich hereinkomme, liegst du bereits in den Schaumwolken und fängst an zu reden. Du erzählst mir viel. Viele Sachen, die ich gar nicht verstehe. Du willst auch gar nicht von mir verstanden werden. Du willst deine Sorgen loswerden. Ich liebe diese Gespräche und vermisse sie sehr, wenn du nicht da bist, selbst wenn ich nichts davon behalte. Der Schaum wird dünner und ich kann im schimmernden Licht der Kerzen durch das Wasser deine Brüste erkennen. Mir stockt der Atem und ich kann dir nicht mehr zuhören. Du merkst die Veränderung und schickst mich mit einer leichten Handbewegung raus. Ich gehorche.

Du kommst wie eine Schneekönigin ins Schlafzimmer in deinem weißen Bademantel und weißen Kopftuch. Ich liege bereits im Bett, das ich für dich frisch bezogen habe. Du legst dich langsam zu mir und schmiegst dich so dicht an mich, dass ich deinen Herzschlag höre.

Ich streichele deine Haare und zeichne dein Gesicht nach. Ich genieße jeden Augenblick und zögere es hinaus. Ich gehe langsam ein Stück weiter.

Ich bin der Forscher und will alles von dir wissen, jeden kleinen Winkel erkunden, jede Falte, jede Rundung. Ich will alles an dir riechen und ertasten. Ich kann keinem Sinnesorgan alleine vertrauen. Ich beschäftige meine Augen, meine Hände, meinen Mund.

Ich bin ein Gärtner und ertaste meinen Garten. Ich fange sehr vorsichtig an, denn ich weiß, wie man mit der zarten

Pflanze umgeht. Sie braucht Wärme, Liebe und Zuneigung. Ich streichle sie sanft, erwärme sie mit meinem Atem und sie gibt langsam nach. Zunächst verwandelt sich die Pflanze in eine schüchterne Blume, die nach und nach kräftiger wird. Dann wächst sie zu einer kleinen Frucht, die gepflückt werden will. Aber es ist zu früh. Die Frucht ist noch nicht reif genug. Ich bin unermüdlich. Ich schenke der Frucht all meine Kraft und lasse sie reifen und wachsen, bis sie alle Säfte in sich gesammelt hat, die ihr zustehen. Du wirst ungeduldig, du willst, dass ich die Frucht sofort pflücke, aber ich bin der Gärtner und weiß, wann Erntezeit ist. Du wirbelst in meinen Händen und kannst nicht mehr warten. Kurz bevor die saftige Frucht platzt, lass ich sie uns zusammen pflücken.

Ich bin ein talentierter Künstler. Du bist weicher Ton in meinen Händen, so wie ich in deinen. Wir formen uns gegenseitig und verändern unsere Gestalt. Ich bin ein Vogel und du bist ein Schmetterling. Du bist eine Liane und ich bin ein Affe. Du bist eine Wolke und ich bin der Sonnenstrahl.

Ich bin dein Gott. Du stirbst in meinen Armen und bleibst eine Zeit lang unbeweglich, bevor du zu neuem Leben erwachst. Die Zeit fließt um uns herum, wie Wasser. Du lebst, du stirbst und erstehst wieder auf. Der ewige Kreis des Lebens: leben, sterben, tot bleiben und auferstehen.

Du bist meine Göttin. Ich erlebe deinen Tod jedes Mal mit. Wenn ich sterben sollte, dauert es zunehmend länger, bis ich wieder auferstehe, weswegen ich meinen Tod so lange wie möglich hinauszuzögern versuche. Nein, nicht jetzt! Ich will mehr von dir haben! Ich will noch nicht sterben ... Ich sterbe! Ich bin ausgebrannt, erschöpft und leer ... Wir liegen ineinander, miteinander, nebeneinander, gegeneinander.

Du seufzt. Ich weiß, dass du bald gehen wirst. Ich weiß es und ich kann es trotzdem nicht glauben. Du gehst? Ich kann mir das gar nicht vorstellen! Du gehst?

Aber du stehst langsam auf, läufst ins Badezimmer. Schnell, beschäftigt. Dann ziehst du dich an und wartest ungeduldig, bis ich aufstehe. Ich ziehe auch etwas an, weil ich mich in meiner Nacktheit plötzlich unwohl fühle. Du richtest schnell deine Frisur zurecht, und ich merke, dass du gedanklich schon weit weg bist. Du umarmst mich zum Schluss und ich lasse mir diese Umarmung nicht nehmen. Ich schließe dich fest in meine Arme und rieche noch mal alles genau und präzise an dir. Ich sammle die Gerüche von deinem Tod und deiner Auferstehung, von meiner fleißigen Gärtnerarbeit und meinem göttlichen Schaffen. Dein Körper will mir direkt folgen, aber du wehrst dich gegen deine Natur und setzt deinen Willen durch.

Meine Umarmung wird weicher und ich lasse meine Arme fallen. Du küsst mich leicht auf die Stirn und gehst.

Ich stehe allein und warte, bis deine eilenden Schritte nicht mehr zu hören sind. Ich gehe ins Schlafzimmer und falle quer aufs Bett. Ich ziehe die Bettwäsche an mich, die noch immer deinen Geruch in sich trägt und versinke in Trance.

Ich weiß nicht, ob du wiederkommst. Das sagst du mir nie. Aber ich bin sicher, wenn du nicht mehr kommst, höre ich auf zu atmen.

Sarah Schönfeld
ZUG

„Zu spät" – diese zwei kleinen Worte pochen unaufhörlich in meinem Kopf, als ich die Treppenstufen zur S-Bahn hoch haste. Jede Stufe spuckt eines der beiden spitzen Wörter aus „spät-zu-spät-zu-spät-zu-". Dazu mein schneller Atem, der erschrocken in der eiskalten Nacht verschwindet.

Ich lege noch einen Zahn zu, als ich die Bahn am Gleis entdecke. Das letzte Stück nehme ich drei Stufen auf einmal, „zuspätzu-spätzuspät-zuspätzu-". Bloß keine Zeit verschenken. Wie ein Schlag trifft mich die kalte Nachtluft, als ich schnaufend das Gleis erreiche. Sie brennt sich in meine Lunge. Gleich habe ich es geschafft, doch als meine Fingerspitze den leuchtenden Knopf erreicht, fährt die Bahn mit einem sanften Ruck einfach davon. Sie verabschiedet sich mit dem immer schneller werdenden Rhythmus des alten Liedes „zuspätzuspätzuspät…"

Ich hämmere mit der rechten Faust gegen die Plakatwand hinter mir. Die neue Werbebotschaft „You decide.", die zu einer bekannten Zigarettenmarke gehört, vibriert leicht und ein grollender Donner rollt über das verlassene Gleis. Heißer Schmerz durchspült meine Hand. Das unheilvolle Geräusch verdunkelt das schlecht beleuchtete S-Bahngleis noch ein wenig mehr. Und nach dem Grollen entsteht eine starrende Stille. Die Art Stille, die sich breit macht, wenn alle nach einer großen Feier das Haus verlassen haben. Wie der freie Platz am Frühstückstisch, der dich für immer stumm anschweigt. „Grabesstille" hatte meine Mutter es immer genannt und den Fernseher lauter gedreht. Ich greife instinktiv nach meinem Handy, aber es ist einfach zu spät, um jemanden anzurufen. Die zwei kleinen Worte „zu spät" verklingen leise wimmernd und das Pochen in meinen Schläfen verebbt langsam.

„Einer ist immer zu spät. Das war der letzte Zug."

Die unvermittelten Worte und die tiefe Stimme lassen mich kurz zusammenschrecken. Sie kommen aus dem überdachten Unterstand. Vermutlich ein Obdachloser, der dort Zuflucht vor der klirrenden Kälte gefunden hat. Das kurze Aufflackern eines Feuerzeugs zeichnet die Umrisse eines Gesichts in die Dunkelheit. Die seltsame Erscheinung zündet sich eine Zigarette an und spricht weiter:

„Es ist immer zu spät, wenn es nicht jetzt passiert."

Der Fremde nimmt einen langen Zug und das Gesicht flackert wieder auf. Aber diesmal nicht unter dem Unterstand, sondern wenige Meter davor. Den Blick in meine Richtung gewandt. Obwohl Blick zu viel gesagt ist. Seine Gesichtszüge liegen im Schatten einer seltsamen Mütze. Er sieht aus, wie ein Schaffner aus vergangenen Zeiten. Lautlos und fast gespenstisch hatte sich die Gestalt auf mich zu bewegt. Reflexartig weiche ich ein paar Schritte zurück.

„Entschuldigung, wissen Sie vielleicht, wann der nächste Zug abfährt?", frage ich, fest entschlossen wenigstens ein bisschen Normalität in diese Situation zu bringen.

Ein hohles Lachen begleitet seine Antwort: „Ich werde euch nie verstehen. Ihr hastet aufgeschreckt durchs Leben mit der festen Überzeugung, dass es immer einen nächsten Zug geben wird." Wieder das flackernde Gesicht. Wieder einige Meter näher. Aber noch zu weit weg, um den Gesichtsausdruck des Fremden zu erkennen. Meine Beine sind starr. Mein ganzer Körper bebt noch von meinem sinnlosen Sprint. Und obwohl mein Kopf schon lange den Befehl für einen raschen Rückzug losgeschickt hatte, passiert nichts.

„Ihr lasst all eure Chancen vorbeirauschen. Ungenutzt. Lasst so lange wie möglich die Schutzfolie drauf, damit es nicht verkratzt, euer schönes Leben. Ihr denkt immer wieder, es kommt bestimmt noch ein besserer, bunterer, abenteuerlicher oder schnellerer Zug. Für den hebe ich es auf. Der bringt mich makellos schön und ohne Umwege zum Ziel."

Grollendes Lachen erfüllt das Gleis. „Dabei ist das Ziel doch klar vorgegeben und unmissverständlich hässlich."

Die Glut leuchtet wieder auf. Diesmal wenige Meter von mir entfernt. Unwillkürlich möchte ich zurückweichen. Aber ich habe den Kontakt zu meinen Beinen verloren. Sie stehen stur da. Wie zwei hölzerne Pfähle tief vergraben im Sand, die geduldig und standhaft die unaufhaltbare Flut begrüßen.

„Ihr lasst eure Chancen vorbeirauschen, als wäre das Leben ein Pater Noster der nie endenden Möglichkeiten. Dabei solltet ihr es besser wissen."

„W….Was wollen Sie?", bringe ich mühevoll hervor.

„Das ist die falsche Frage. Was wolltest du? Wäre an dieser Stelle angebracht. Aber auch das bringt dich nicht weiter. Du hast es verpasst einzusteigen. Wieder und wieder. Einmal warst du zu ängstlich, ob es der richtige Zug ist, ein anderes Mal bist du gar nicht ans Gleis gegangen und jetzt hast du ihn einfach um Haaresbreite verpasst."

Die Glut glimmt jetzt wenige Zentimeter vor meinem Gesicht auf. Das zitternde Licht zeichnet die Skizze eines Totenschädels auf meine Netzhaut. Dann wird es schwarz. Die Pfähle, die mal meine Beine waren, ergeben sich der eiskalten Flut ungenutzter Möglichkeiten, die meinen Körper erbarmungslos niederreißt.

Mit dem letzten Zug an seiner Zigarette sagt der seltsame Schaffner abgestumpft: „Es ist zu spät."

Die eiskalte Flutwelle erfasst in diesem Moment meinen Brustkorb.

„Zu spät", hauche ich mit meinem letzten Atemzug in die Nacht. Im langsam werdenden Rhythmus des alten Liedes pumpt mein Herz ermattend. Seine letzten warmen Wellen verebben lautlos im Sand der Zeit. Die Pfähle fallen um und reißen mich in bodenlose Tiefe.

Dann geschieht einige Minuten lang nichts. Ein brutales Nichts und erbarmungslose Stille. Grabesstille.

Kaltblütig und verstörend routiniert zerdrückt die dunkle Gestalt den Kippenstummel unter seiner ächzenden Schuhsohle. Das Geräusch von schnellen Atemzügen taucht leise in der Ferne auf. Es nähert sich langsam dem Gleis. Es wird unweigerlich lauter und verdrängt die kalte Stille. Als der alte Zug quietschend und schnaufend am Gleis anhält, öffnet sich bereitwillig die Fahrertür. Die düstere Erscheinung steigt ein und der Zug setzt seine Reise durch die Nacht keuchend fort.

Angela Hoptich
WAS WÄRE, WENN?

Im Kerzenlicht schimmerte der Wein wie Bernstein. Der warme Ton streichelte meine Seele. Ein komplexes, delikates Aroma, das mit Haselnuss-, Kräuter- und Tabaknoten angereichert war, entströmte dem Getränk. Ich ließ einen Schluck zwischen Gaumen und Zunge verweilen, genoss das samtige Gefühl. Der Weinhändler meines Vertrauens hatte ihn mir empfohlen.

„Ein Klassiker", hatte er gesagt. „Der mundet zu jedem Anlass."

Mag sein. Zur Musik mundet er hervorragend. Vor allem mundet er auch allein und das wahrscheinlich besser als in schlechter Gesellschaft.

Mein Blick fiel auf die Uhr an der Wand. Viertel vor neun. Ich goss mir nach und nahm einen weiteren Schluck vom Amontillado. Allein entschieden besser als in Gesellschaft.

Die Flasche enthielt kaum mehr als die Neige.

Ein leises Klopfen ließ mich aus meinen Gedanken auffahren. Wieder huschte mein Blick zur Uhr. Zehn vor neun.

Zeit war eine träge Masse.

Das Tocken wurde lauter. Beharrlicher.

Ich stellte das Glas ab und ging zum Fenster. Von draußen sah mich Poe an, seinen Kopf auf anklagende Weise geneigt. Seine glänzenden Obsidian-Augen machten mir Angst. Es schien, als sähen sie in mein tiefstes Inneres. Ich öffnete das Fenster und stellte meine Gabe, ein Schälchen mit Beeren, hinaus. Vorsichtig strich ich über das nachtschwarze Gefieder. Er duldete es hoheitsvoll, keckerte kurz.

„Hallo, mein Freund", grüßte ich zurück.

Poe war ein Dieb. Wir machten uns vor ein paar Monaten miteinander bekannt, als er zum ersten Mal auf meinem Fensterbrett landete. Seine Schar belagerte nachts das Dach gegenüber. Er stahl den Meisenknödel samt Netz und Aufhängung, riss das Ding mit Gewalt aus der Verankerung.

Eine Woche später – ich hatte inzwischen den Futterballen ersetzt und mit einem stärkeren Strick gesichert – kam er wieder. Diesmal hackte er ein Loch in das Gewebe und pulte große Klumpen der Körnermasse heraus. Weder mein Händeklatschen noch das Klopfen an die Scheibe beeindruckten ihn. Als ich das Fenster öffnete, zuckte er nur kurz und ließ mich mit einer Drohgebärde wissen, dass er bei der Futteraufnahme ungestört bleiben wollte. Mit seinem scharfen Schnabel wollte ich keine Bekanntschaft machen, so ließ ich ihn gewähren. Er war ein faszinierendes Tier, so stolz und schön. Auf seinen Federn schimmerte das Blau des Himmels, in seinen Augen spiegelte sich die Welt. Die Art, wie er sich benahm oder mich ansah, hatte etwas unglaublich Menschliches an sich.

Ich wusste nicht, wie man Rabenmütter von Rabenvätern unterschied, aber dieses Exemplar erschien mir eindeutig männlich. Es lag eine elementare Kraft in seinen Bewegungen, eine Art kämpferischer Macht. Vielleicht täuschte ich mich auch. Mütter sind sehr viel rabiater, wenn es um den Lebenserhalt der Nachkommenschaft geht. Allein, mir fehlte der Vergleich.

Als er sein Mahl beendet hatte, stürzte er sich vom Fensterbrett in die Tiefe der fünf Stockwerke unter uns und ich fühlte den Drang ihm zu folgen.

Statt des Meisenknödels legte ich ihm am nächsten Tag einen Apfel hin. Kolkraben mochten Obst, so Wikipedia. Lieber fraßen sie Aas, Eier und kleine Nagetiere, doch das stand außer Frage.

Er kam zurück. Jeden Tag wurde er zutraulicher.

Wir sprachen über dies und das. Ich sprach, er hörte zu, sah mich mit diesen wissenden, hypnotischen Augen an.

Anfangs wollte ich ihn Nevermore nennen. Als ich ihn damit ansprach, sah er mich erst mitleidig, dann beleidigt an. So entschied mich für Poe. Der Name schien ihm zu gefallen. Manchmal, wenn ich übermütig war, rief ich ihn Edgar oder auch Eddie. Das mochte er gar nicht. Dann stieß er hoch in die Luft und kreiste eine Weile, um mich für meinen Frevel mit Ignoranz zu strafen.

Unsere Beziehung wurde ein Geben und Nehmen.

Ich gab ihm Futter und er nahm es huldvoll an.

Ich erzählte ihm von meinen Sorgen und er nahm mir das Gefühl, allein zu sein. In meinem Kopf führten wir Dialoge. Nein, nicht nur in meinem Kopf. Unsere Seelen sprachen zueinander.

Während die letzten purpurnen Streifen am Horizont zerflossen, senkte sich die Nacht behäbig auf uns nieder. Gegenüber kam Bewegung in die Schar. Die Krähen stießen mit Geschrei in die Luft. Es schien mir, als riefen sie nach Poe. Wie ein dunkler Mahlstrom kreiselten sie über den Dächern. Verwirbelten meine Gedanken.

„Wo fliegen sie hin?", fragte ich.

„Zu den Nachtlanden", sagte er. „Komm, flieg mit uns."

Nichts lieber als das.

Ich kletterte auf das Fensterbrett und ließ die Beine baumeln. In der Tiefe lauerte die Dunkelheit der ankommenden Nacht, der Abgrund rief nach mir. Der Sog war unerträglich. Meine Haut begann zu prickeln, Angst schlich sich den Rücken hinauf. Nicht die Angst zu fallen, sondern die Angst, dem Sog willig nachzugeben. Mein Herz schlug schneller, meine Atmung wurde flacher. Die Schatten zogen an meinen Füßen, an meinem Willen, an meiner Kraft.

„Sieh nicht in die Finsternis. Heb deinen Blick den Sternen entgegen", krächzte Poe, seine Stimme heiser wie das Öffnen einer lang verschlossenen Tür.

Also hob ich den Kopf.

Die Nacht hatte sich vollends über das Firmament gelegt. Funkelnd traten die Sterne hervor – mehr, als ich je gesehen hatte. Je länger ich hinaufstarrte, desto heller schienen sie zu leuchten. Sie blinkten, lockten, riefen nach mir. Berührten mein Herz. Ich streckte ihnen meine Arme entgegen, doch meine Füße waren zu schwer. An ihnen hing noch immer die Dunkelheit, hielt mich gefangen.

Poe hüpfte an die Kante zum Abgrund und drehte sich zu mir um. Mit einem kurzen Zucken seines Schnabels forderte er mich auf, ihm zu folgen, und stieß sich ohne einen Laut vom Fensterbrett ab. Sein Körper verschmolz mit der Finsternis, bis er die Schwingen ausbreitete und sich vom Aufwind hinauftreiben ließ. Sternenlicht streichelte seine Federn. Er lachte. Sein Kra-Kra hallte zu mir herüber, seine Freude vibrierte durch meinem Körper. Er schlug mit den Flügeln und war kurz darauf weit über mir auf dem Weg zu den Sternen.

Ich zögerte.

Mühsam schüttelte ich die Beine, streifte die zähe Dunkelheit ab, die wie Pech an mir klebte. Schwerfällig hievte ich die Füße auf das Brett und stand auf, den Blick fest auf Poe gerichtet. Er schraubte sich höher in die Lüfte. Wieder kroch die Angst empor, nistete in den Winkeln meines Bewusstseins.

Was, wenn ich es nicht schaffe?

Was, wenn ich nicht gut genug bin?

Was, wenn ich abstürze?

Was, wenn ich alles riskiere?

Was, wenn ich ihn verliere?

Was, wenn ich mich verliere?

Was, wenn ich mich längst verloren hab?

„Poe, warte!", schrie ich krächzend. Die Stimme versagte mir, mein Hals war wie verschnürt. Dann besiegte die Sehnsucht die Angst und ich ließ mich fallen.

Und ich fiel. Fiel wie ein Stein, der Dunkelheit entgegen.

Die Schwerkraft war zu stark.

Stockwerk um Stockwerk raste an mir vorbei wie Bilder eines vergangenen Lebens. Ich schloss die Augen und ergab mich dem Unausweichlichen.

Plötzlich spürte ich den Wind, der sich in meinen Federn fing. Ein leises Kitzeln nur, ein sanftes Streicheln, doch genug, um mich an meine Flügel zu erinnern. Ich flatterte wild und ungestüm, versuchte, den Wind zu fangen. Mich an ihm festzuhalten. Er neckte mich, entzog sich, spielte mit mir.

Meine Kraft ließ schnell nach. Der Abgrund kam näher. Verzweifelt bat ich den Wind um seine Unterstützung. Da legte er sich unter mich und trug mich wie auf einem Kissen durch die Nacht. Vorsichtig testete ich meine Schwingen, formte die Luft und ließ den Wind durch meine Federn zausen, trieb ihn vor mir her und ließ mich von ihm treiben.

Fliegen war gar nicht so schwer.

Unter mir lag die Stadt. Mit jedem Flügelschlag wurde sie kleiner, mit jedem Flügelschlag versank sie weiter im Dunst. Ihre Lichter, ihr Lärm, ihr Gestank verblassten zu einer Erinnerung, während ich durch klare Luft höher und höher glitt.

Mein Herz blähte sich. Ich nahm die Welt in mir auf. Nicht dieses winzige Stück Beton, in dem ich bisher lebte. Die Welt war mehr, so viel mehr. Viel weiter, als das Auge reichte. Viel größer von hier oben. Zu groß für ein einziges Leben.

Ich hob den Blick zu den Sternen. Aus dieser neuen Perspektive erschienen die unendlichen Weiten des Himmels noch weitaus unendlicher. Freiheit, wie ich sie noch nie zuvor gespürt hatte. Meine Schwingen trugen mich hinauf zu den funkelnden Lichtern. Wie schön sie waren, diese uralten Gestirne! Je näher ich ihnen kam, desto stärker fühlte ich ihre Energie – ein glitzerndes Netz spinnefeiner Fäden, an denen die Geschicke der Menschen hingen.

Ein Rabe kreiste über mir.

„Poe!", rief ich und ließ ein Kra-Kra folgen. Er stieß zu mir herab. Gemeinsam glitten wir durch die Stille. Die Welt unter uns versank in schwarzem Nebel. Hier und da erhob sich aus dieser Decke des Nichts ein Gipfel, ein Wipfel, ein Dach.

„Sind das die Nachtlande?", fragte ich.

Er lachte.

„Gefällt es dir nicht zu fliegen? Ist es nicht Wunder genug, sich über allem zu erheben?"

Beschämt senkte ich den Blick hinunter auf die Erde. Ein rechteckiges Licht erregte meine Aufmerksamkeit. Ein Dachfenster, sanft erleuchtet, zwischen Nirgendwo und Irgendwann. Ich erhaschte einen Blick hinein. Jemand saß dort allein, in der Hand ein Glas bernsteinfarbenen Wein. Tief in meiner Seele konnte ich die Einsamkeit spüren. Jedes Leben hat mehr und weniger erfüllte Phasen. Mehr weniger als mehr.

Mit einem kräftigen Flügelschlag ließ ich diesen Gedanken hinter mir und kam zurück ins Hier und Jetzt.

„Krähen können nachts nichts sehen, das habe ich recherchiert. Nicht besser als wir Menschen", sagte ich, zu fest in der Wirklichkeit verhaftet.

Poe keckerte.

„Und doch siehst du, oder nicht? Um das zu sehen, was wichtig ist, brauchen wir unsere Sehkraft nicht."

„Wer bist du wirklich? Wo kommst du her?"

Er lachte wieder.

„Ich bin Poe, schon vergessen?" Dann wurde er ernst:

„Ich bin, zu wem du mich machst. Ein Dieb. Ein Hüter. Ein Freund."

„Ein Hüter, huh? Was hütest du?"

„Alles, was es zu hüten gilt. Tiefste Geheimnisse, verirrte Seelen, heilige Gesetze ... so etwas und mehr."

Er ließ sich im Flug langsam sinken, steuerte auf einen Wipfel zu. Ich folgte ihm. Wir landeten in der Krone einer riesigen Eiche, an der Jahrhunderte vorbeigezogen sein mussten. Unter uns lag der schwarze Nebel, undurchdringlich wie feste Materie.

„Geheimnisse und Seelen, das kann ich verstehen, aber was sind die heiligen Gesetze?"

Er legte den Kopf schief und seine schwarzen Augen hielten meinen Blick gefangen.

„In den Nachtlanden herrschen andere Gesetze als in der physischen Welt, wie du sie kennst. Du bist mit Wissenschaften wie Chemie, Physik, Biologie aufgewachsen, mit empirischen Beweisen. Ich bin nicht daran gebunden."

Er legte sich seine Schwingen um Kopf und Körper. Als er sie wieder öffnete, waren es Arme und Poe ein Mensch. Er trug schwarze Hosen und einen Frack, dessen Schöße in der Brise flatterten. Sein Gesicht – oh, sein Gesicht – war alterslos schön. Geschwungene, schmale Lippen, die sich zu einem Lächeln kräuselten. Eine scharf geschnittene Nase, funkelnde Augen unter dunklen Brauen, sein unverändert intensiver Blick, in dem sich das Wissen des Universums spiegelte. Über einer hohen Stirn, fahl und faltenlos, fing sich das Sternenlicht in seinem rabenschwarzen Haar, das abstand wie vom Wind zerzauste Federn. Zwanzig, fünfzig, zweihundert, tausend Jahre alt mochte er sein, oder alles dazwischen.

„Wie ist das möglich?", krächzte ich.

„Möglichkeit ist Imagination mal Illusion."

Seine Hand strich sanft über mein Gefieder. Unter seinen Fingern spürte ich das Prickeln von Gänsehaut und schüttelte mich. Noch in der Bewegung verwandelte sich mein Federkleid in ein schwarzes Gewand. Meine Beine baumelten neben Poes von dem Ast herab, auf dem wir saßen. Mir fiel auf, dass Poe wie ich selbst weder Socken noch Schuhe trug. Seine nackten Füße lugten aus den eleganten Hosenbeinen und ließen ihn seltsam verletzlich erscheinen. Der Wind spielte um unsere Zehen.

Wieder strich Poes Hand behutsam über meinen Kopf, kämmte mein Haar mit den Fingern. Die Berührung war so zärtlich, dass ich mich hineinfallen lassen wollte. Es schwang nichts Sexuelles mit, sondern schien einfach nur ein Ausdruck von Zugewandtheit und zwischenmenschlicher Wärme zu sein. Etwas, was ich, wie viele andere, längst vergessen hatte.

Er entrang dem Wind eine Haarsträhne, strich sie hinter mein Ohr und lächelte mich an.

„Es gab eine Zeit, in der deine Welt voller Möglichkeiten war, nicht wahr?" Er deutete hinunter in den wabernden Nebel, der weit unter unseren Füßen lag. „In der Möglichkeit steckt pure Magie. Im Gegensatz zum Wirklichen und Notwendigen appelliert sie an unseren Geist, unsere Seele und unser Herz. Möglichkeit weckt Sehnsucht und Fantasie. Was wäre, wenn? Erinnere dich."

Aus dem Nebel formten sich Gestalten, zuerst nur Silhouetten, vertraut, aber gesichtslos, dann wurden sie konkreter. Ich erkannte mich selbst als Kind, wie ich mit meinen Puppen und Stofftieren sprach und spielte. Wir konnten alles tun, was uns einfiel. Wir konnten sein, wer oder was wir wollten. Es gab keine Grenzen. Meine Welt bestand aus Höhenflügen. Für einen Moment spürte ich den Wind von damals unter meinen Flügeln. Was wäre, wenn ...

Die Kinderjahre zogen schnell vorbei.

Meine Nebelgestalt wurde größer, älter, jugendlich. Die Welt war schwieriger geworden, die Unbedarftheit der Kindheit vergangen. Die Wirklichkeit drängte mehr und mehr in mein Leben: Schule, Freunde, Liebe – und Gegenwind in unterschiedlichen Stärken. Dennoch: die Neugier und Freude auf das, was mir offen stand und was möglich war, trieb mich damals vorwärts gegen alle Widerstände. Nächtelang hatte ich wach im Bett gelegen und mir ausgemalt, welche Möglichkeiten ich hätte, wenn ich nur endlich erwachsen wäre. Ich könnte tun, lassen und werden, was immer ich wollte und mit wem ich es wollte. Was wäre, wenn ...

Und schließlich wurde ich erwachsen. Studium, Familie, Arbeit, Entscheidungen, Verantwortung und tonnenweise Probleme beherrschten mein Leben. Möglichkeit schien außer Reichweite, die Wirklichkeit zu nichts als einer Notwendigkeit reduziert.

Die Notwendigkeit, alles am Laufen zu halten.

Die Notwendigkeit, den Kopf oben zu halten.

Zu überleben.

Meine Silhouette verblasste und löste sich langsam im Nebel auf. Irgendwo zwischen dem Gestern und Heute verschwand ich.

„Stopp, stopp!", rief ich und packte Poe an den Schultern, schüttelte ihn. „Das will ich nicht sehen!"

„Aber das solltest du", sagte er. „Schau genau hin und lerne. Dein Jetzt ist die Summe deiner Vergangenheit, aber im Morgen liegt noch immer Möglichkeit."

Der Wind hatte zugenommen. Er blies über meine tränenfeuchten Wangen, wirbelte alte Gefühle auf, die ich tief in mir vergraben hatte: Verwirrung, Unruhe, Unzufriedenheit, Angst, Wut und allerlei seelisches Gerümpel. Sie waren abgestumpft und der Antriebslosigkeit gewichen. Resignation und Stagnation. Gleichgültigkeit. Damit lebte es sich leichter. Doch sie hatten auch den Funken mit sich ins Grab genommen, die Hoffnung, die Leidenschaft, die Energie.

Der Wind schwoll zum Sturm an. Der Baum, auf dem wir saßen, wiegte und bog sich. Ich klammerte mich an dem schwankenden Ast fest. Unter unseren Füßen lag noch immer der schwarze Nebel, seltsam unberührt, während ich Mühe hatte, mich oben zu halten.

„Wir müssen hier weg!", schrie ich Poe zu.

Er lächelte mich an, ein wenig mitleidig, so schien es mir.

„Es ist gefährlich, im Sturm des Vergessens zu fliegen. Du brauchst deine ganze Willenskraft, um das richtige Gleichgewicht zu finden", sagte er über den Sturmgesang hinweg, ohne die Stimme zu erheben.

Der Baum bog sich noch tiefer hinab. Unsere Füße berührten den dunklen Nebel. Ich spürte seine Kälte, wollte nicht darin versinken.

„Sieh nur, wie alles miteinander verknüpft ist. Ein empfindliches Gewebe aus Vergangenheit, Gegenwart und Zukunft. Ziehst du an einem Fädchen, bewegt sich das ganze Netz."

Ich konnte es sehen. Jede Herausforderung, jede Entscheidung, jede Etappe des Weges trugen zum Schicksalsgewebe bei. Doch was ist Schicksal? Nur ein anderes Wort für etwas, das geschehen wird? Für Zukunft?

Der Baum bog sich dem Nebel entgegen, der Sturm riss an unseren Kleidern. Ich zitterte, teils aus Furcht vor dem Kommenden, teils aus Kraftlosigkeit. Halt suchend packte ich Poes Hand, doch unsere Finger verwandelten sich in Schwungfedern, unsere Kleidung in Federkleid.

Der Sturm nahm uns in sich auf. Ich blieb in Poes Windschatten, die Angst zu versagen in meinem Nacken, lähmender denn je. Die Böen zerrten uns mal hier, mal dort hin, ständig die Balance des Fluges störend. Wir nahmen Geschwindigkeit auf, rauschten wie Treibgut durch die Nacht. Getriebene. Sich treiben zu lassen war einfach und mühelos. Ohne Verantwortung. Nicht wir bestimmten, wo die Reise hinging, sondern der Sturm, dem wir die Zügel überlassen hatten.

Frei, unkontrolliert. Ja, ich hatte keinerlei Kontrolle.

Als ich das erkannte, glomm ein Funke in meiner Brust auf. Aus der Asche längst verbrannter Sehnsucht stieg eine Flamme empor, wärmte meine Seele, entfachte neues Feuer. Ich wollte selbst Herrin meiner Zukunft sein.

Ohne Reue ließ ich Poe hinter mir, kämpfte gegen Böen und schlug mich durch Nebelwolken, flog schneller als der Sturm, der an meinen Federn riss, um mich aufzuhalten. Ich hielt dagegen. Die Flamme in meinem Inneren nährte meinen Willen. Die Luft bot schließlich keinen Widerstand mehr, im Gegenteil: sie beflügelte meine Gedanken. Ich konnte sie unter meinen Schwingen formen und leiten. Die Sterne blinzelten mir zu. Ich fühlte ihre Energie und nahm sie in mir auf. Sie füllte mich auf wie Regen einen ausgetrockneten See. In mir vereinigte sich die Kraft der Elemente.

Die Lichter der Stadt erschienen unter mir. Ich sah mein erleuchtetes Fenster. Zuhause rief mir zu: „Willkommen!"

Der Sturm zerrte mit aller Kraft am Fenster, die Scheiben vibrierten, die Läden klapperten. Ich schloss das Fenster und damit das Getöse aus. Im Hintergrund hörte ich die letzten Töne des Songs verklingen. The Alan Parsons Project, Tales of Mystery and Imagination: A Dream Within a Dream.

Nina Weber
DOKTOR KILIAN

Er nahm zwei Treppenstufen auf einmal. Die Schöße des weißen Kittels tanzten um seine Beine, während er sein Hemd in die Hose nestelte. Das hintere Treppenhaus wurde von Klienten so gut wie nie benutzt und auch das Personal bevorzugte den Haupteingang. Dort führte, von einem ganz in Weiß gehalten Parterre aus, ein anmutig geschwungener Aufgang in die oberen Etagen. Inmitten dieser von Licht durchfluteten Halle formte die Rezeption aus hellem Birkenholz eine rettende Insel.

Dr. Kilian tastete nach seinen Aufzeichnungen. Für eine Sekunde setzte sein Herz aus, aber alles war an seinem Platz. Er stürmte in sein Praxiszimmer und steuerte auf die Frau zu, die heute ihren ersten Termin bei ihm hatte.

„Dr. Kilian", stellte er sich vor. „Herzlich willkommen, Frau Kron. Ich sehe, Sie haben es sich schon bequem gemacht."

Er deutete eine Verbeugung zu der Frau hin an, die in dem gepolsterten Sessel fast verschwand. Die toupierte Perücke umrahmte ein knochiges, fahles Gesicht und von ihren dünnen Beinen hob sie ihm einen stattlichen Packen Befunde entgegen. Er nahm das Bündel und da roch er es. Resignation. Waberndes

Grau bei der krebskranken Frau.

„Ich habe die Befunde von Ihrem Hausarzt schon bekommen und gelesen. Frau Kron! Ich verspreche Ihnen, – Tori, was für ein schöner Name, kommt das von Victoria? – ich kann Ihnen helfen. Sie werden wieder gesund."

Sein samtener Blick, von dem er wusste, dass er schon viele Patienten mit Vertrauen beglückt hatte, traf auf Wasser.

„Wenn Sie mir erst einmal erzählen, wie alles angefangen hat. Bitte."

„Die Erkrankung meinen Sie?"

Sie schniefte.

Der Doktor nickte.

„Ja, und was Sie glauben, die Ursache ist."

„Die Diagnose kam aus heiterem Himmel. Das war vor drei Jahren. Wir, also mein Mann Hubert und ich, waren gerade in das neue Haus gezogen."

Weitschweifig erzählte Tori von ihren damaligen Lebensverhältnissen, dass eigentlich alles in Ordnung war, dass die Arbeit gut lief. Sie sprach und Dr. Kilian hörte mit einem Ohr empathisch wirkend zu und dachte parallel an seine unfassbaren Erfolge bei fast allen seiner letzten Patienten.

Er prüfte, ob es in seinem Gewissen weiterhin die absolute Legitimierung gab, so weiterzumachen. Er wusste, dass er sich strafbar machte.

„In meiner Familie hat keiner Krebs. Ich verstehe das gar nicht. Mir ging es doch gut. Für Hubert ist das alles natürlich schwer zu ertragen. Und auch meine Familie leidet. Das tut mir so leid für sie. Ich wünschte, ich könnte ihnen den Kummer ersparen. Ich muss wieder gesund werden! Herr Doktor! Bitte helfen Sie mir. "

Dr. Kilian zuckte zusammen. Woran hatte er gedacht: An Margitta, die Oberärztin der Inneren, eine seiner derzeitigen Liebschaften. Sie hatte sich beim gemeinsamen Mittagessen mit dem Ärztekollegium ihres Schuhs entledigt und unterm Tisch ihren Fuß in sein Hosenbein genestelt.

Dr. Haupt, der Klinikchef, hatte die immer wieder aufkeimende Diskussion über die Entstehung von schweren Krankheiten in seinem ruhigen, überzeugenden Basston auf eine genetische Disposition reduziert. Dr. Kilian, der weitere mögliche Ursachen ins Feld führen wollte, war wegen des Fußes aus dem Konzept gebracht.

Zu alledem durchbohrte ihn Evas Blick, die ihm seinen abrupten Rückzug aus der kaum entflammten und auch schon wieder erloschenen Affäre nicht verzieh. Manchmal war es nur das Wippen eines Pferdeschwanzes, der eine ganze Frau blühen ließ. Für ihn verlor sich ihr Reiz schon nach dem ersten Mal.

Der stechende Blick der Patientin holte ihn zurück in die Situation. Er richtete sich auf und versprach: „Ja, selbstverständlich. Das Einzige, was Sie dafür brauchen ist Vertrauen."

„Ich versuche den Schmerz zu verbergen. Und ich bin erleichtert, wenn Hubert morgens aus dem Haus geht und ich mich dem Schmerz hingeben kann."

Die Patientin war nun aufgebracht. Ihre Gesichtsfarbe war fast rosig geworden.

„Darf ich Ihre Hände halten, während Sie weitersprechen?", fragte der Arzt. Der Doktor wusste, er würde es bei ihr auch versuchen. Sie war es wert.

Bisher hatte gottlob keiner etwas von seiner wahren Begabung bemerkt und er musste hundertprozentig dafür sorgen, dass das so blieb. Die Überlegung, seine engste Mitarbeiterin einzuweihen, hatte er verworfen. Das Risiko war zu hoch. Die Freude über das Gelingen seiner Experimente war schwer allein zu tragen. Woher er diese Gabe hatte?

Schmunzelnd beugte er sich etwas näher an seine Patientin und ein leichter Druck der Hände wurde warm erwidert.

„Dann lege ich mich auf das Bett und weine und dann fängt diese Atemnot an. Immer dieses Gefühl zu ersticken. Wie früher. Als mein älterer Bruder sich immer auf mich gelegt hat und mir den Mund zugehalten hat. Aber was erzähle ich Ihnen davon? Sie sind meine letzte Hoffnung."

Ja, er war ein Hoffnungsträger. Dr. Kilian spürte förmlich, wie seine Brust anschwoll. Ganz leicht nur. Aber da er spezialisiert auf Wahrnehmung war, hatte er selbstverständlich auch die Eigenwahrnehmung perfektioniert. Es passierte immer, wenn sie im Team die Untersuchungsergebnisse auswerteten und die Kollegen ihren Neid unverhohlen zum Ausdruck brachten. Denn er hatte Heilungserfolge von 90 Prozent. Das war famos und selbst Dr. Haupt klopfte hin und wieder jovial seine Schulter.

„Liebe Frau Kron, Sie haben einiges durchgemacht. Ich will keine falschen Hoffnungen wecken, aber in meiner persönlichen Behandlungsreihe liegt die Gesundungsrate bei 97 Prozent. Und Sie wollen doch nicht zu den übrigen drei Prozent gehören, oder?"

Energisch schüttelte die Frau den Kopf. Die Perücke rutschte hin und her.

„Wollen Sie leben? Wirklich leben? Haben Sie etwas, wofür es sich so richtig lohnt?"

„Ja, ja natürlich. Wenn es nur wieder Hoffnung gibt. Jeden Atemzug genieße ich dann. Jeden Moment puren Lebens."

Dr. Kilian nickte bedächtig.

„Unser Medikament, die Rebots, zeigen effektive Erfolge, fast ohne Nebenwirkungen. Die Arznei wird Ihnen per Infusion zugeführt. Die „naturalmaterials" finden gezielt die Krebszellen, um diese dann sauber aufzulösen. Der Abtransport des negativen Materials, das dann vom Rebot umhüllt ist, erfolgt über die Ausscheidungswege Harn und Stuhl. Der Körper kann regenerieren. In vier Wochen ist der Spuk Ihrer Erkrankung vorbei."

„Das wäre so schön."

„Die Einzahlung nehmen Sie an der Rezeption vor. Dort bestehen Sie darauf, dass ich Ihr behandelnder Arzt bin. Während das Medikament einfließt, bin ich bei Ihnen."

Er notierte den zentralen Punkt. Die Fehlinformation im Körper hatte sicher durch das Trauma mit dem Bruder zu einer ersten Manifestation geführt. Der Gedanke, nicht lebenswert zu sein, war bei Tori Kron entstanden und sandte permanent diese Botschaft an den Körper. Er klappte sein Aufzeichnungsbuch zu.

Der erste Infusionstermin für Tori Kron war für den zweiten April angesetzt.

Wie immer vor einer Gabe bereitete sich Dr. Kilian mental vor. Seine Assistentin wusste immerhin so viel, als dass er „ein intensives Gespräch" mit den Patienten führte und er hatte sie gebeten, ihn in seiner konzentrierten Phase nicht zu stören. Zeit genug also, um zu meditieren und sich zu verbinden.

Zeit genug aber auch, um das Medikament gegen eine gewöhnliche Kochsalzlösung auszutauschen. Der Placebo-Effekt war ihm von seiner Verlobten aus Studienzeiten nahe gebracht worden. Auch sie, Medizinstudentin, eine Frau mit wachem Verstand und einer ungeheuren Begeisterungsfähigkeit, hatte darüber geforscht und ihn, anfangs durch und durch Skeptiker, was alle esoterischen Belange anging, mit glühendem Blick und beweiskräftigen Beispielen infiziert.

Er brannte. Und las alles, was es an Studien und Forschung zum Thema Placebo gab. Es war fantastisch. Es funktionierte. Allein seine Stellung als Arzt konnte Menschen dazu verhelfen, wenn sie ihm und seinen Fähigkeiten Vertrauen schenkten, ohne Medikamente gesund zu werden.

In keinem seiner Lebensläufe und Bewerbungsschreiben tauchten seine zahlreichen Weiterbildungen zum Heiler auf. Aber er war in der Lage, kraft seiner Konzentration und seinem Dienen einer höheren Macht, Informationen im Bewusstsein einer Person zu verändern. Im Grunde war es so leicht. Man musste nur die Eigenschaften der Krankheit durch die Eigenschaften der Vollkommenheit ersetzen.

Tori Kron sah verändert aus, was wohl an der Perücke lag. Heute trug sie einen brünetten Pagenschnitt, der ihr Gesicht etwas voller wirken ließ. Er streckte seine Hand aus und einen Moment zu lang lag ihre weiche Hand in seiner.

„Ich werde Ihnen gleich eine Nadel legen. Während der Infusion gehen wir gemeinsam in Ihre Geschichte. Mir schien, die Geschichte mit Ihrem Bruder ist sehr bedeutsam für Ihre Heilung." Dr. Kilian wippte aufmunternd mit seinen Kopf. Die Frau erstarrte. Ihre Pupillen verengten sich.

„Mein Bruder? Was hat der jetzt damit zu tun?"

„Sie erwähnten ihn im Zusammenhang mit Ihrer Atemnot. Und ich würde Ihnen noch gerne auf anderen Ebenen zu Gesundheit verhelfen."

„Aber das war doch nur Spiel", erwiderte sie.

„Möchten Sie trotzdem einen kleinen Versuch starten? Wenn Sie jetzt noch einmal kurz dieses Erlebnis fühlen, kann es danach aufgelöst werden."

Sie blickte ihm ernst entgegen und zuckte mit den Schultern. „Ein Versuch schadet ja nichts, nicht wahr?"

Kurz bekam er Zweifel, ob er in den richtigen Zustand kommen würde, aber es gab nichts zu verlieren. Er könnte Frau Kron auch beim nächsten Termin die Rebots setzen.

Nachdem er die Nadel in ihre papierdünne Haut geschoben hatte, sprach er:

„Zusätzlich zum Medikament kann ich Ihnen helfen, indem ich kraft meiner Konzentration in Ihrem System eine Harmonisierung durchführe. Wir gehen erst in das Erlebnis mit Ihrem Bruder. Und anschließend stellen Sie sich bitte vor, Sie seien vollkommen. Stellen Sie sich Ihr bestmögliches Leben vor. Sind Sie einverstanden?"

Tori nickte.

„Erzählen Sie bitte von Ihrem Gefühl", bat der Arzt.

Die Präsenz des Grauens war ad hoc abrufbar. Dafür sorgte die Krankheit.

„Es ist eng. Ein monotones, gleichmäßiges Klopfen rauscht durch meine Ohren. Ich kann nicht atmen. Panik steigt in mir auf. Ich strample, will mich befreien, schreie. Es geht nicht. Etwas hält mich fest in seinem Griff."

Die Frau auf der Liege zitterte. Ihr ganzer, schmaler Körper bebte in niedriger Frequenz. Ein Blick auf das Messgerät verriet, dass ihr Blutdruck in die Höhe geschnellt war.

„Es ist alles in Ordnung. Schauen Sie mich an. Es ist alles in Ordnung. Atmen Sie. Kommen Sie, ganz ruhig. Ich atme ein – lange Pause – ich atme aus. Als säßen Sie auf den Schwingen eines Adlers."

Nachdem sich Tori beruhigt und zurück in eine liegende Position gebracht hat, teilte der Arzt ihr mit, dass sie nun einen Bodyscan durchführen solle.

„Entspannen Sie sich. Ich lade Sie nun ein in alle Körperteile hineinzuatmen. Dann, wenn Sie in einem vollkommen entspanntem Zustand sind, stellen Sie sich Ihr leuchtendes Ziel vor."

Sie begannen.

Sein Atem ging ruhig und flach. Im Alpharhythmus schlug sein Herz in niedriger Schwingung. Er lenkte sein Bewusstsein nach oben und formte den Trichter. Aktiv ließ er sein Ich zurücktreten. Stumm bat er die Macht, die Heilung einzuleiten.

Der Arzt konzentrierte sich. Sein Versuch, in Toris System den Ursprung der Krankheit zu fokussieren, scheiterte. Er war unkonzentriert und fand den Zugang nicht.

Das Wort „Hygiene" auf dem Seifenspender an der Wand löste eine Flut von Assoziationen aus. Es war das Wort, das sein spiritueller Lehrer immer im gleichen Atemzug mit „Selbst" brachte. Wie wichtig es sei, ein reiner Kanal zu sein.

Er dachte an Margitta. Und Eva.

Er dachte an sein Problem. An seine Fixierung. Den Drang zu besitzen.

Margitta hatte ihm eine Szene gemacht. Er fand es absurd, dass sie eifersüchtig auf Eva war. Dieses Recht war doch wohl seiner Frau vorbehalten, wenn sie denn von seinen Seitensprüngen wüsste.

Er versuchte, sich wieder auf den Zugang zu konzentrieren. Tori atmete gleichmäßig. Da öffnete sich eins ihrer Augen. Und beäugte ihn. Er zuckte zusammen.

„Und was soll ich jetzt machen?"

„So weitermachen. Stellen Sie sich die schönste Situationen Ihres Lebens vor und malen Sie sich diese in allen Farben aus. Fühlen Sie die Freude mit all Ihrem Sein."

„Das fällt mir aber schwer. Wissen Sie, wie das ist? Wenn man krank ist, dann ist man eine Last. Wertlos. Es ist so schlimm. Dass ich keine Funktion mehr erfülle in dieser Gesellschaft. Dunkelgrau ist es in mir. Da ist der Krebs. Die Tumore fühlen sich schwarz und kalt an. Fremdkörper in mir. Und dabei soll ich gut drauf kommen? Sie sind lustig. Bodyscan."

Dr. Kilian räusperte sich.

„Ja, das verstehe ich. Wie wollen wir weiter vorgehen? Möchten Sie, dass ich Sie in der Meditation führe?"

„Ich weiß nicht. Ich schaffe das nicht, mir etwas Schönes vorzustellen. Ich will einfach nur das Medikament. Ginge das? Ich bin doch überwacht. Durch die Maschinen."

„Liebe Frau Kron, darf ich Tori sagen?" Der Arzt griff nach den Händen der Patientin, doch Tori zog sie blitzschnell zurück. „Ich kann es Ihnen nur anbieten. Dies ist wirklich eine Zusatzleistung, für die Sie an anderer Stelle viel Geld bezahlen müssten."

„Danke, aber das ist nichts für mich. Ich will nur, dass die

Krankheit weg ist und dass mein Mann und meine Eltern sich keine Sorgen mehr machen müssen."

„Ja, das verstehe ich. Aber ich könnte Ihnen auf der Ebene helfen, die wirklich für Heilung verantwortlich ist."

Tori schüttelte ihren Kopf und atmete tief ein. Dr. Kilian rückte seinen Stuhl nach hinten und stand auf. Mit einer leichten Verbeugung und einem gemurmelten „Selbstverständlich" trat er den Rückzug an.

„In einer Stunde komme ich und messe Ihren Blutdruck."

In Dr. Kilians Kopf war definitiv zu hoher Druck. Die Gedanken pressten sich an die innere Höhlenwand, drängten nach draußen, konnten nicht entkommen. Mit wehendem Kittel und vorgebeugtem Oberkörper hastete er auf dem Weg in sein Arztzimmer den Gang entlang, weder Patienten noch Schwestern nahm er wahr. Er schloss die Türe seines Zimmers hinter sich ab und setzte sich auf seinen Diwan.

Und befahl sich: Atme.

Eine Zurückweisung. Was war das denn? Er konnte es nicht fassen. Das war ihm noch nie passiert. So viel hatte er schon investiert, ihre Berichte studiert, sich ihre Lebensgeschichte angehört. Sich auf ihre Frequenz eingestimmt. Ihm war, als hätte ihm jemand vor die Brust geschlagen.

Jetzt musste er sich erst einmal sammeln. Die Füße auf dem Boden, fühlte er den Untergrund und ließ seinen Atem bis tief in die Erde gleiten. Die Vernetzung mit den Erdenergien fiel ihm leicht. Immer. Sonst. Heute war der Affenstall in seinem Kopf schrill und zankend.

Atmen – rückbesinnen.

Er sprang auf und lief im Zimmer herum und der Zensor übernahm das Kommando.

Siehst du. Sie hat gemerkt, dass du dich nicht konzentrieren konntest. Dass du selbst im falschen Zustand warst. So geht das nicht. Du hast deine Kräfte verloren.

Blödsinn. Ich kriege das in den Griff, antwortete der Arzt.

Der Blick auf die Wanduhr versetzte ihm einen Hitzestoß. Er musste los. Sich in der Nähe des Infusionsraums aufhalten. Wie sollte er sich unauffällig auf Station 3 herumtreiben? Tori Kron war zwar soweit stabil, aber sonst blieb er immer während des gesamten Behandlungszeitraums bei den Patienten.

Er befahl sich: Atme.

Vielleicht war doch der Zeitpunkt gekommen, um sich zu outen. Er hatte schon öfters darüber nachgedacht, den Sprung zu wagen und eine eigene Praxis als Heiler zu eröffnen. Aber er hatte Angst seinen Ruf zu verlieren. Er mochte die Arbeit in der Klinik und das Kollegium. Er freute sich immer auf die Einladungen der Kollegen in ihre modernen Häuser, zu jovialem Geplauder und Delikatessen.

Sein kleines Ego hüpfte freudig auf und ab. Gewonnen, rief es munter aus und klatschte den Zensor ab, der sich nicht so recht sicher war, ob er das gut fand.

Ich bin die Strenge. Ich glaube an Ordnungen, sagte der Zensor dem Ego.

Dr. Kilian setzte sich auf seinen Diwan und schloss die Augen. Er fühlte den Raum zwischen seinen Schläfen. Und er fühlte den Raum zwischen seinen Schläfen im Raum. Er spürte den Raum um seinen Körper herum. Und spürte diesen Raum im Raum.

Er spürte das Zimmer. Und er spürte den gesamten Raum. Im Raum. Und dann wurde er zu einem Nichts und Niemand. War körperlos im zeitlosen Nirgendwo.

Er fokussierte sich auf das Unbekannte. Und ließ seine Achtsamkeit vom Teilchen zur Welle wandern. Von Materie zu Bewusstsein. Er blieb eine gute Weile dort.

Dr. Kilian glaubte doch felsenfest und unerschütterlich daran, dass alles da war. Alles war jederzeit vorhanden und möglich. Jede Lösung sofort verfügbar. Die Matrix enthielt die Information. Die Matrix durchwebte den Raum. Die Luft war als Transportmittel hervorragend geeignet für Gedanken, Ideen und Energien. Sie war das Medium der Übertragung. Alles Physische ist stofflicher, manifestierter Gedanke.

Also kann man Änderungen erwirken.

Er ging in seiner Vorstellung durch Toris Körper. Er konnte die Verkrustungen sehen. Und strich mit seinen Händen durch die Luft. Löste sie auf. Konzentriert spürte er unruhige Stellen auf, beruhigte, atmete, ließ die Energie von Harmonisierung einfließen. Die feinen Vernetzungen ordneten sich. Eine Ausrichtung nach oben war fühlbar.

Tori war froh, als der Arzt weg war. Er ist ja ganz rührend, dachte sie. Wie er sich bemühte, ihr die bestmögliche Behandlung zukommen zu lassen. Aber sie wollte keine Reisen in ihr Inneres, wo ein Krieg tobte. Dem fühlte sie sich nicht gewachsen. Das Gefühl der Panik stieg wieder in ihr hoch.

Ohne Nebenwirkungen? Wollte dieser Arzt sie eigentlich verarschen? Sie hatte doch recherchiert und im Internet die ungeschönten Berichte gelesen. Ihre Haut fing an zu kribbeln. Eine Ameisenarmee hatte unter ihrer Haut einen Durchmarsch gestartet. Es juckte und brannte und die ersten Bläschen ploppten nach außen und brachen auf.

Ihr Blick schnellte zu den Apparaturen, zu dem Zugang in ihrem Arm. Tröpfchenweise sickerte der Chemiecocktail in ihr Blut. Als erstes zerrte Tori die Blutdruckmanschette vom Oberarm. Sofort fing es an zu piepen. Sie streifte den Sauerstoffmesser vom Finger und riss den Schlauch von ihrem Arm, als die Tür aufging und eine Schwester auf sie zulief.

„Frau Kron. Was ist los?"

„Ich vertrage das Medikament nicht. Mir ist ganz schlecht. Und schauen Sie hier: überall Pöckchen auf der Haut. Bitte, ziehen Sie die Nadel."

Die Schwester mit dem blonden Pferdeschwanz erkannte auf einen Blick die toxikologische Reaktion und unternahm mehrere Maßnahmen gleichzeitig. Mit der einen Hand betätigte sie den großen Alarm, zog mit der anderen eine Sauerstoffmaske aus dem Schrank, entfernte die Infusion und redete leise auf die Patientin ein.

„Gleich kommt der Arzt. Bleiben Sie ganz ruhig. Sie bekommen ein Gegenmittel."

Der Leiter der Klinik, Dr. Haupt, stieß mit Dr. Kilian vor dem Raum zusammen.

„Alarm in der ganzen Klinik. Was ist hier los?"

Dr. Kilian zuckte mit den Schultern. Pfleger und Schwestern scharten sich um Toris Bett. Die Frau war übersät mit Pusteln.

„Gegenmittel. Schnell", ordnete der Chefarzt an.

Dr. Kilian wollte protestieren. Was war das jetzt für ein

Scheiß? Klar, das konnte auch passieren. Der Nocebo-Effekt. Hieß nichts anderes, als dass Patienten die Nebenwirkung von den Medikamenten bekommen, die sie angeblich erhalten. Sie brauchte kein Gegenmittel. Schließlich war die Wirkung des Gegenmittels, ohne dass man überhaupt das Mittel bekommen hat, nicht erforscht. Er sagte nichts. Hielt Toris Hand, während das Präparat in ihren Organismus gepumpt wurde. Die Pharmafirma lieferte es gleich mit.

Die Sache wurde untersucht. Die internen Ermittlungen brachten ans Tageslicht, dass die Infusionsflaschen nicht den kleinsten Tropfen enthielten. Die anwesenden Schwestern wurden an ihre Geheimhaltungspflicht bezüglich aller Interna erinnert und die Sache wurde vertuscht.

Dr. Haupt zeigte sich interessiert an Dr. Kilians Methode, hatte er doch wesentlich dazu beigetragen, die Statistik positiv zu verbessern, verbot ihm aber mit einem Augenzwinkern, weiter so unverantwortlich zu agieren. Die Rebots müssen in jedem Falle verabreicht werden und Dr. Kilian hob die Hand zum Schwur.

Drei Monate später verließ Tori das Haus. Und würde wahrscheinlich, wie jeden Dienstag in die Stadt fahren und sich in einem Café mit einer Freundin treffen. Es war die dritte Woche in Folge, dass Dr. Kilian die Frau beobachtete. Seit er vor drei Monaten offiziell wegen Körperverletzung und Verletzung seiner Arztehre angeklagt wurde, drohten Berufsverbot, Ausschluss aus der Ärztekammer, womöglich eine Bewährungsstrafe. Weiter wollte er gar nicht denken. Seit der Anklage gegen ihn hatte sich in seinem Leben so einiges in Luft aufgelöst. Seine Frau war ausgezogen und die Klinik hatte ihn freigestellt.

Die Erinnerungen an die letzten Tage in der Klinik trieben ihm Schweißtropfen auf die Haut. Alle seine Befürchtungen waren wahr geworden. Nach dem Gespräch mit der Klinikleitung – wie ein Tribunal saßen die fünf Chefs hinter dem schweren Mahagonitisch und forderten von ihm die Abgabe seines weißen Arztkittels – fühlte er sich nackt in seinem fliederfarbenem Hemd und suchte den Speisesaal auf. Was hatte er sich bloß erhofft dort zu finden? Das Wispern der Belegschaft schwoll an, als er den Raum betrat. Margitta und Eva saßen einträchtig an einem Tisch und senkten lächelnd den Kopf, als er vorbeiging. Die Vibration der kollektiven Schadenfreude surrte in seine Gehörgänge und ihm wurde schwindelig. Eine weitere Blöße wollte er sich nicht geben und setzte sich allein an einen Tisch, statt, wie sein ganzes System es verlangte, dem Fluchtreflex zu folgen. Eine der flinken Bedienungen servierte ihm schwungvoll Schweinelendchen mit Spinat. Leichte Übelkeit stieg in ihm auf. Der Schwindel wurde stärker und er schaffte es nicht, sich die Mahlzeit einzuverleiben. Das innere Taumeln zog ihn in unbekannte Tiefen. Er stolperte durch eine Atmosphäre voller Häme und Genugtuung Richtung Ausgang.

Heute musste er Tori ansprechen. Er musste sie davon überzeugen, die Anzeige zurückzuziehen.

Sie sah gut aus. Ob sie noch krank war, wusste der Arzt nicht zu sagen. Wenn, dann hatte sie einen neuen Perückenmacher und eine gute Kosmetikerin.

Aber sie hatte sich nicht nur äußerlich verändert, ihre ganze Haltung, ihr Gang, ihre Ausstrahlung, alles wirkte frisch und leicht.

Der Arzt strich sich mit einem kratzenden Geräusch über sein Kinn. Ein Blick in den Spiegel seines Autos zeigte in den Stoppeln eine Überzahl an weißen Haaren. Auch sein vor drei Monaten noch dunkles Haar war nun grau durchwirkt. Der Talisman seiner Frau, der in all den Jahren verblichen war, hing baumelnd vom Spiegel und streifte seine Hand. In guten wie in schlechten Zeiten, das war doch ihr gemeinsamer Schwur gewesen. Und nun war sie in der Zeit der Krise einfach gegangen. Sie hatte es ihm offen ins Gesicht gesagt: Ohne Schnittchen und Sekt, ohne Kaviar und Brillantcollier, mit einem Mann, der im gesellschaftlichen Abseits stand, den die Aussichtslosigkeit seiner Situation in eine Depression gestoßen hatte, konnte sie nicht weiter zusammenleben.

Dass sie die materiellen Dinge und das Sozialprestige zuerst genannt hatte, hatte ihn wie ein Schwert getroffen und in zwei Hälften zerteilt. Sein geschrumpftes Selbstwertgefühl zerfiel in diesem Moment komplett, wurde zu Asche, vom Wind verweht. Die andere Hälfte bäumte sich auf, wollte schreien, wüten und toben, was war das für eine hohle Lebenseinstellung. Dass ihr die gesellschaftliche Reputation so wichtig war. Unbegreiflich.

Er ließ den Wagen an und drückte das Gaspedal durch. Leere Pappbecher im Fußraum dämpften das Geräusch aneinander schlagender Whiskyflaschen, als er mit durchdrehenden Reifen anfuhr.

Tori Kron trug ein leichtes Chiffonkleid an diesem warmen Sommertag. Sie nahm die wärmende Sonne wahr und spürte die sanfte Brise, als sich ihr jemand plötzlich in den Weg stellte.

Geblendet vom hellen Licht der Hochsommersonne blinzelte sie in ein graues Gesicht und erkannte den Arzt.

„Dr. Kilian!" Tori trat einen Schritt zurück.

„Ja, ich bin das. Da hätten Sie nicht mit gerechnet, was? Sie dachten, wir sehen uns erst vor Gericht wieder, was!"

„Was wollen Sie?"

„Sie müssen die Anzeige zurücknehmen, ich bitte Sie darum."

„Nein. Gehen Sie weg."

Die Frau wollte weitergehen, aber der Arzt stellte sich ihr in den Weg und packte ihr Handgelenk.

„Lassen Sie mich los."

„Ich muss mit Ihnen reden. Ich habe Hunderten von Menschen geholfen. Hunderte von Menschen habe ich von ihrer Krankheit geheilt. Ich habe Gutes getan. Allein durch meine begnadeten Fähigkeiten. Wenn Sie die Anzeige nicht zurücknehmen, ist mein Leben und das von vielen Menschen ruiniert."

„Nein. Was faseln Sie da von Fähigkeiten? Sie sind ja krank. Es ist absolut nicht nachzuvollziehen, warum Sie mir keine Rebots gegeben haben. Aber dann haben Sie mir das Gegenmittel gegeben. Daran hätte ich sterben können. Lassen Sie mich los. Ich schreie um Hilfe."

„Das war eine Anordnung vom Chef."

„Ha, mein Gott. Sie sind das Letzte."

Dr. Kilian spürte auf einmal, wie sich die Sonne in sein oberstes Energiezentrum senkte und ihn mit einer leuchtenden Kraft erfüllte. Er sammelte sich. Während eines langen Ausatmens fixierte er Toris Augen.

„Sie sind gesund."

Es war eine Feststellung. Er konnte es spüren. Da war kein Tumor mehr, keine schwarzen Stellen, keine Schwächen mehr in ihrem Körper.

Sie blinzelte.

„Ja", ihre Stimme war etwas weicher. „Ich war extrem aufgewühlt nach dieser Sache. Gleichzeitig ging es mir ganz gut und eine Freundin, der ich alles erzählt habe, meinte, es sei doch einen Versuch wert, energetisch zu arbeiten. Sie empfahl mir eine Heilerin. Diese Frau hat mir den Weg gezeigt. Ich habe alles dran gesetzt, jeden Tag meditiert und mein Bewusstsein, meine Gedanken, auf ein gesundes Leben ausgerichtet. Das hat funktioniert."

Tori entwand sich seiner Hand und schwebte davon.

Sie ist gesund, dachte der Arzt. Er fühlte sich frei.

Agnes Decker

LUFTSCHLOSS

„He, was ist los, Mann, melde dich. Bist du drin?" Hart und laut dringt die Stimme an sein Ohr.

„Nicht so laut, Mann, gleich." Leise flüstert er in das Mikro seiner Freisprechanlage. Ein eisiger Wind trifft sein Gesicht. Er schaudert. Ein Höllenritt ist das bei diesem Wetter. Er schaut über das Geländer des Balkons. Sieben Stockwerke hat er sich mühsam nach oben gehangelt. Die würde er nicht mehr runter kommen bei diesem Wetter. Er ist zwar ein erfahrener Kletterer, aber das ist zu hart. Weit unten sieht er seinen Freund im fahlen Licht einer einzelnen Laterne wie einen Schattenriss hinter dem Gebüsch stehen.

Mittlerweile ist es stockfinster. Der Wind fegt die Wolken über den Himmel. Dazwischen gibt er den Blick frei auf den Sichelmond, der sich gestochen scharf vor dem Dunkel abzeichnet. Jetzt setzt auch noch ein heftiger Regen ein. Wie Nadelstiche fühlen sich die eisigen Regentropfen in seinem Gesicht an.

„Ok. Weiter", er packt den Kuhfuß aus seinem Rucksack und setzt ihn am Fenster an.

Hoffentlich hat Hanno gut recherchiert. Ein Knacken und das Fenster ist offen. Alles bleibt still – keine Alarmanlage.

„Also, rein in die gute Stube." Er stemmt die Arme aufs Fensterbrett und zieht sich hoch. Kurze Zeit später steht er im Zimmer.

Es ist klein und quadratisch, mit Linoleum ausgelegt und rundum mit Regalen bestückt. Darin lagern, eng gestapelt, große und kleine Plastikpakete, Schläuche, Sauerstoffflaschen, Handtücher und Müllsäcke. Die Wohnung eines Politikers hat er sich anders vorgestellt.

„Ob der Mann krank ist? Das fehlt mir gerade noch", denkt er und öffnet langsam die Tür.

Der Flur, der ebenfalls mit Linoleum ausgelegt und ansonsten leer ist, ist in ein diffuses Licht getaucht. Von allen Seiten ertönt ein Zischen. Dann brummt es, als ob ein Gerät hochgefahren wird und unentwegt piept es laut und regelmäßig.

„Hanno, Mann eh", flüstert er in sein Mikro, „es sieht komisch aus. Bist du sicher, dass das die richtige Wohnung ist?"

„Wieso, was ist los?", hört er Hannos Stimme im Ohr.

„Es sieht aus wie im Krankenhaus und man hört so komische Geräusche. Also ich weiß nicht. Kannst du nochmal die Stockwerke zählen. Auf jeden Fall ist das keine normale Wohnung hier." Er geht vorsichtig durch den Flur. Auf der linken Seite gehen mehrere Türen ab, die alle geöffnet sind.

„Ok, Mann. Mach ich, hängt das Seil noch?"

„Ja, das hab ich vorsichtshalber hängen lassen. Ich hol es später. Man weiß ja nie."

Er hat den ersten Raum erreicht und schleicht eng an der Wand entlang zur Türöffnung.

„He Mann, ich hab dreimal gezählt. Ist nicht einfach. Aber ich glaub, du bist eine zu früh. Verdammt." Hannos Stimme klingt heiser. „Tut mir leid, Mann. Am besten kommst du wieder raus."

„Ich schau mich noch um, bis gleich." Er hat die Türöffnung erreicht. Das Zischen, Brummen und Piepen ist lauter geworden. Vorsichtig schaut er um die Ecke.

In dem Zimmer befinden sich mehrere Betten. In jedem Bett liegt eine Gestalt. Er zuckt zurück. Hoffentlich hat ihn keiner gesehen. Aber alles bleibt ruhig. Sein Herz klopft bis zum Hals. Was ist das hier? Mit dem Rücken zur Wand schleicht er in den Raum. Nichts regt sich. Die Gestalten in ihren Betten bewegen sich nicht. Das einzige, was sich bewegt, sind die Leuchtsignale auf den Monitoren der Geräte, die neben den Betten stehen. Von hier kommen die Geräusche.

Der Schweiß tritt ihm auf die Stirn. Es ist warm hier drin und sehr stickig. Der Geruch nach Kot, Urin, Schweiß und Krankheit wabert durch den Raum. Er versucht durch die Nase zu atmen. Erfolglos. Der Geruch legt sich auf seine Schleimhäute und dringt in ihn ein.

Leise tritt er an das erste Bett. Der Mann, der darin liegt, ist mit mehreren Schläuchen und Kabeln mit den Maschinen verbunden. Er liegt ganz ruhig mit geöffneten Augen. Die Hände sind eigenartig gekrümmt. Bei diesem Anblick läuft ihm ein Schauder über den Rücken.

Er tritt ans nächste Bett. Das gleiche Bild. Auch dieser Mann liegt leicht gekrümmt auf seiner Matratze. Wie die anderen ist er nackt und mehrere Schläuche dringen in oder aus seinem Körper. Insgesamt sind sechs Betten in diesem Zimmer. Und es gibt noch weitere Räume. Hier sind doch bestimmt irgendwo Krankenschwestern. Daran hat er ja noch gar nicht gedacht. Nichts wie raus hier.

„He Mann, wo bleibst du? Gibt's was Interessantes für uns? Mach mal die Tür auf", meldet sich Hanno.

„Bleib, wo du bist, ich komme raus. Hier gibt's nur Halbtote", zischt er ins Mikro und fügt hinzu. „Erklär ich dir gleich." Die feuchte Wärme des Raumes macht ihn schläfrig. Er wischt sich den Schweiß von der Stirn.

Langsam und vorsichtig schleicht er auf dem gleichen Weg zurück in das Zimmer mit den Regalen, steigt wieder durch das Fenster auf den Balkon und holt sein Seil herein.

Dann steigt er wieder zurück in den Lagerraum und betritt den Flur. Wo ist denn bloß die verdammte Haustür?

Hinter ihm ertönt ein lautes Rattern. Erschreckt dreht er sich um. Eine Schiebetür gleitet lautlos zur Seite. Schnell schlüpft er in das Zimmer mit den sechs Betten und schaut sich nach einem Versteck um.

Die Wände sind glatt. Keinerlei Schränke, nichts, wohinter er sich verstecken könnte. Das einzige Mobiliar sind die Betten und die Geräte daneben. Das Rattern wird lauter. Schnell bückt er sich und hockt sich hinter das Kopfende des ersten Bettes. Er nimmt den Kuhfuß aus dem Rucksack und hält ihn schlagbereit mit beiden Händen fest.

Über seinem Kopf ist plötzlich ein undefinierbares Geräusch. Es klingt wie ein Summen, so als käme ein Bienenschwarm immer näher. Er schaut nach oben. In der Mitte des Raumes ist eine lange Schiene, die zum einen in den Flur und zum anderen zu jedem der Betten führt. Jetzt ist das Rattern direkt vor der Tür. Er hält den Atem an und versucht am Kopfende des Bettes vorbei zu schauen.

Die Türöffnung ist ausgefüllt von einer großen kastenförmigen Maschine, die mit einer Art Kabel mit der Deckenschiene verbunden ist. Langsam schiebt sich das Ungetüm ins Zimmer und hält am ersten Bett an. Mit zwei von seinen sechs Greifarmen nimmt es den reglosen Menschen hoch, als wäre er eine Puppe. Zwei weitere Greifarme streichen über die Matratze und die letzten beiden hantieren an den Schläuchen und Geräten. Sie nehmen den Beutel von dem Gestell, das neben dem Bett steht, und tauschen ihn aus. Den leeren Beutel stecken sie in einen an der Außenseite befestigten Sack. Ein Pflegeroboter, denkt er. So sieht so etwas also aus.

Langsam beginnt er, unter dem Bett durch zur Türe zu kriechen. Sein Herz klopft bis zum Hals. Die Pflegemaschine arbeitet weiter. Sie hat angefangen, den Menschen zu waschen, dreht ihn zur Seite und legt ihn wieder ab.

Endlich hat er die Türe erreicht. Im Flur lehnt er sich hockend an die Wand und atmet tief ein und aus. Nichts wie raus hier. Er muss den Ausgang finden. Er richtet sich auf und geht vorsichtig weiter. Im nächsten Raum sieht es genauso aus wie im ersten und in dem danach auch und in allen anderen. Insgesamt gibt es fünf Räume. Aber nirgendwo ist eine Ausgangstür zu sehen.

Hinter ihm rattert und brummt der Pflegeroboter. Er scheint beschäftigt zu sein. Sehr eigenartig, dass hier kein Mensch ist, außer denen in den Betten.

„He Mann, wo bleibst du, ich frier mir einen ab", hört er Hannos Stimme in seinem Ohr.

„Ich kann jetzt nicht", zischt er und bewegt sich mit kleinen Schritten auf den Lagerraum zu. Der Schweiß rinnt ihm über die Stirn und brennt wie Feuer in seinen Augen. Er wischt mit dem Ärmel über sein Gesicht, das Brecheisen immer noch umklammert. Jetzt hat er den Raum erreicht und klettert erleichtert durchs Fenster.

Der Wind hat zugenommen und peitscht die Äste der Bäume. Der heftige Regen hat sich in einen Graupelschauer verwandelt.

Er schaut nach unten und sieht die flatternden Balkon-verkleidungen. Runter komme ich hier nicht mehr, das ist sicher. Er war schon immer ein guter Bergaufkletterer. Das Abwärtsklettern mit Blick in die Tiefe dagegen hatte ihn schon oft an seine Grenzen gebracht. Und dann noch dieses Unwetter.

Er packt den Kuhfuß in seinen Rucksack und stemmt sich am Balkongeländer hoch. Der nächste Balkon ist ungefähr einen Meter entfernt. Das muss zu schaffen sein. Er schwingt seine Beine über das Geländer und setzt die Füße nacheinander auf den winzigen Absatz auf der Außenseite des Balkons. Mit einer Hand hält er sich noch am Geländer fest, während er mit der anderen schon zum Nachbargeländer greift. Ein großer Schritt und er steht mit den Zehenspitzen auf dem Absatz des Nachbarbalkons. Mit beiden Händen hält er sich am Geländer fest. Hinter ihm geht es sieben Stockwerke in die Tiefe. Vorsichtig schwingt er ein Bein nach dem anderen über das Geländer und steht kurz darauf schwer atmend auf dem Balkon. Geschafft. Die Fenster der Wohnung sind dunkel. Das ist gut. Er versucht hineinzuschauen. Sein Gesicht berührt die kalte Fensterscheibe. Der Raum liegt im Dunkeln. Er erkennt Bilder an den Wänden, eine große Sofaecke, einen Teppich, mehrere Pflanzen. Es sieht gemütlich aus. Dann holt er sein Werkzeug wieder aus seinem Rucksack und setzt es an.

‚Kuhfuß, was für ein unsäglich blöder Name für ein Brecheisen', schießt es ihm durch den Kopf.

„He Mann, kannst du mal an der Nebentür klingeln? Ich bin jetzt auf dem Balkon. Wäre gut zu wissen, ob jemand zu Hause ist. Hanno, he, melde dich." Nichts, im Kopfhörer bleibt alles ruhig.

Was ist das für eine Scheiße? Er tastet am Kabel entlang. Verdammt, er ertastet das Kabelende. Es ist nicht eingesteckt.

Wo ist das Handy? Verdammt, verdammt. Es ist nicht da. Er muss zurück in die unheimliche Wohnung und es suchen.

„Jetzt stell dich nicht so an, ist doch nur ein Roboter", versucht er sich selber Mut zu machen. „Du hast doch schon ganz andere Sachen gewuppt, Junge." Er setzt sich auf den Boden des Balkons und lehnt sich mit dem Rücken an die Hauswand. Bilder tauchen auf von wilden Zeiten als militanter Tierschützer. Wie oft sind sie nachts in Ställe eingebrochen und haben Tiere aus der Massenhaltung befreit. Dagegen war dieser Einbruch heute doch gar nichts.

Aber das unbehagliche Gefühl will nicht weichen. In seiner Kehle steckt ein Kloss und in seinen Ohren kann er das Blut pulsieren hören. Irgendetwas ist in dieser Wohnung, das ihn tief berührt hat. Er spürt seine Angst in allen Poren. Langsam steht er auf. Schon hat ihn der Wind wieder im Griff und zerrt an seiner Kleidung.

Widerwillig schwingt er sich über die Balkonbrüstung und erreicht den Nachbarbalkon. Das Fenster ist noch geöffnet. Alles scheint noch so zu sein, wie er es verlassen hat.

Er klettert zurück in den Lagerraum und betritt den langen Flur. Die Geräusche, die aus den Räumen dringen, sind jetzt fast schon vertraut. Er schleicht an der Wand entlang und betritt das erste Zimmer. Die Menschen liegen ruhig wie zuvor in ihren Betten. Die Pflegemaschine ist verschwunden. Sie scheint in einem der nächsten Räume zu arbeiten.

„Das ist ein guter Moment, hier zu verschwinden", denkt er. „Ich suche mein Handy und dann ab durch die Haustüre."

Er kriecht hinter das Bett, hinter dem er sich eben noch versteckt hatte und sucht mit seinen Augen den Boden ab. Da, da ist es, hinter dem Gerät mit dem Monitor. Schnell nimmt er es in die Hand und schaut aufs Display. Noch 50 % zeigt es den Akkustand an.

„He Hanno, hörst du mich?", flüstert er mit heiserer Stimme.

„Klaro, wo warst du? Hab schon gedacht, dir wär was passiert", Hannos Stimme klingt belegt.

„Hatte mein Handy vergessen und bin noch mal rein", er spürt, wie seine Stimme versagt und räuspert sich. „Ich suche jetzt die Tür. Dauert nicht lange, ich komm dann raus."

„Alles klar, ich versuche ins Haus zu kommen und warte im Hausflur auf dich, ok? Vielleicht kannst du ja ein paar Fotos oder ein Video machen, dann brauche ich gar nicht mehr rein." Hanno klingt aufgeregt.

„Ja Mann. Mach mich auf den Weg."

Er schaltet sein Handy aus und geht zur Tür. Am letzten Bett bleibt er stehen. Eine Frau liegt darin, bewegungslos wie alle, die hier liegen. Aber sie sieht irgendwie anders aus. Nicht so tot. Er bleibt stehen und schaut sie an. Nicht, weil sie nackt ist. Obwohl auch das schön ist. Sie sieht so vollkommen aus. Ihr Kopf ist kahlrasiert. Ihre Hände liegen neben ihrem Körper und sind nicht gekrümmt. Er schaut in ihr ebenmäßiges Gesicht. Ihre Augen sind geöffnet. Ihm ist, als schaue sie ihn an.

„He du", flüstert er, „kannst du mich hören", und kommt sich dabei albern vor. Aber in ihren Augen ist etwas, was die anderen nicht haben, etwas Lebendiges. Zögernd legt er seine Hand auf ihre. Sie ist warm und weich. Er nimmt die Hand und hebt sie langsam hoch. Schwer gleitet sie aus seiner feuchten und schwitzenden Hand und fällt mit einem hörbaren Klatschen zurück auf die Bettdecke. Er zuckt zusammen. Wieder schaut er in die Augen der Frau. Es kommt ihm vor, als schaue sie ihn an.

„Wenn du mich hören kannst, dann gib mir ein Zeichen, ok. Einmal Zwinkern ist Ja und zweimal Zwinkern ist nein. Also, kannst du mich hören?"

Er beugt sich über das Bett und muss kichern. Was für ein Unsinn. Als ob sie ihn hören würde. Und überhaupt, als ob er dafür Zeit hätte. Er muss raus hier und zwar schnell. Aber etwas an dieser Frau rührt in an. Mit angehaltenem Atem schaut er in das Gesicht. Da neigt sich ein Lid ganz kurz, wie der Flügelschlag eines Schmetterlings.

„Das kann nicht sein, jetzt spinne ich schon. Ab die Post, aber zackig", er richtet sich auf.

Da, das Lid schließt sich erneut.

„Du hörst mich also tatsächlich? Ich fasse es nicht." Ein Schweißtropfen läuft ihm über das Gesicht und tropft auf seine Hand.

Die Frau zwinkert erneut. Das ist unmissverständlich.

„Ok, du scheinst mich tatsächlich zu hören oder werde ich langsam verrückt? Egal, wenn du mich hören kannst, musst du mir helfen. Ich muss hier raus. Gibt es hier irgendeinen anderen Menschen, Krankenschwestern, eine Nachtwache vielleicht?"

Die Frau zwinkert zweimal.

„Keine Pflegepersonen, nur den Roboter?"

Die Frau zwinkert einmal.

„Das kann doch wohl nicht sein. Kein Mensch weit und breit. Ich kann es nicht glauben. Die lassen euch hier alleine verrecken. Ich hole dich hier raus, das verspreche ich dir, wenn ich selber hier rauskomme. Weißt du, ob es hier einen Ausgang gibt?"

Die Frau zwinkert einmal. Dann versucht sie mühsam, die Pupillen in eine bestimmte Richtung zu bringen. Er folgt ihrem Blick. „Im Flur?"

Ihre Augenlider schließen sich zweimal.

„Also nicht. Wo denn dann, es ist nirgendwo eine Tür zu sehen." Er spürt seine Anspannung. Das dauert ja alles viel zu lange. Ihre Pupillen wandern nach links, Millimeter für Millimeter. Er folgt ihnen mit seinem Blick. Was ist dort? Er kann nichts erkennen?

„Meinst du den Raum nebenan?"

Ihre Lider schließen sich zweimal und ihre Pupillen wandern wieder nach links.

„Oder meinst du den Raum, wo der Roboter raus kam?"

Ihre Lider schließen sich einmal ganz schnell und dann schaut sie ihn an.

„Da ist der Ausgang, na prima, das fehlte mir ja gerade noch. Also dann, ich suche ihn und falls ich ihn finde, schicke ich Hilfe, versprochen." Er legt seine Hand auf ihre, sie ist warm und weich. „Danke."

Dann schaltet er sein Handy wieder ein.

„Hanno, hörst du mich?"

„Deutlich, Mann. Warum meldest du dich nicht?"

Sein Freund klingt besorgt.

„Hier drin ist eine Frau, ach, das erzähl ich dir später. Auf

jeden Fall habe ich einen Tipp bekommen, wie ich hier raus-
kommen kann. Und das versuche ich jetzt."

Er will sein Handy gerade wieder ausschalten, da hört er
Hanno sagen: „Lass das Handy lieber an, das ist sicherer. Wenn
du jetzt gleich rauskommst, ist es doch egal, wie viel Akku du
noch hast. Und außerdem wolltest du doch noch ein paar
Aufnahmen machen, vergessen?"

„He Hanno, kein Stress, ich mach das schon, ok. Bis gleich."
Er nimmt sein Handy, schaltet die Kamera ein und schwenkt
sie langsam durch den Raum. Einen kurzen Moment hält er
es über das Gesicht der Frau. Dann schaltet er die Kamera aus.
Ein Klick und er hat das Video an Hanno geschickt. Das sollte
reichen.

Er geht an den liegenden Menschen vorbei. Im Türrahmen schaut er sich noch einmal um. Die Frau liegt regungslos wie die anderen in ihrem Bett. Hat er sich das alles nur
eingebildet?

„Ich bin jetzt vor der Haustür. Hier hängt ein Schild. Luftschloss GmbH, Wohn- und Lebensgemeinschaft e.V. Das
müsste es sein. Soll ich mal klingeln?"

Hannos eifrige Stimme rüttelt ihn aus seiner Lethargie.

„Ja, mach das. Gute Idee. Aber mach schnell. He, warte,
vielleicht kannst du mal schnell googeln, was es mit dem Luftschloss auf sich hat. Aber erst mal klingeln." Er setzt sich auf
den Boden und lehnt sich mit dem Rücken an die Wand. Aus
weiter Ferne hört er das Klingeln.

„Hanno, ich hab's gehört, es scheint aus der Wohnung
nebenan zu kommen. Also muss ich doch zurück und über
den Balkon, verdammte Scheiße." Langsam rappelt er sich
auf. Er fühlt sich kaputt und erschöpft. Vielleicht ist er auch

einfach zu alt für solche Abenteuer. Was für eine Schnapsidee mit dem Einbruch. Und das alles um diesen blöden Politiker zu entlarven.

Aber sie hatten es ja noch einmal wissen wollen. Er und Hanno, der alternde Punk, mit seinen lila Strähnen im angegrauten Haar. Aber vor allem er selber. Allen beweisen, dass man es noch immer konnte. Das Transparent, dass er heimlich nachts, als Frau und Kinder schliefen, in der Garage aus alten Betttüchern zusammengenäht und besprüht hatte, lag schwer in seinem Rucksack. „Wer Tiere quält, wird nicht gewählt" stand in riesigen roten Lettern darauf.

Einmal noch hatte er den Adrenalinkick spüren wollen, wenn er hoch oben am Haus das Transparent auf hing, so dass alle es sehen konnten. In der Wohnung wollten sie Beweisfotos und -filme machen und diese über die digitalen Medien veröffentlichen. Ein Umweltminister, der exotische Tiere in der Wohnung hält, wenn das nicht spektakulär ist.

„Ich hab's grad gegoogelt, Mann. Luftschloss ist als Beatmungs-WG aufgeführt. Angeblich sollen hier sechs Menschen wohnen, wenn man das so nennen kann. Es gibt Fotos von gemütlich eingerichteten Zimmern, vielen bunten Bildern und Pflanzen und freundlichen Krankenschwestern. Angeblich ist ein gemeinnütziger Verein der Träger. He, hörst du noch zu?"

„Ja, Mann, ich hab's gehört." Er schließt die Augen und lehnt sich an die Wand. „Eine Freundin meiner Frau hat mal in so einer Beatmungs-WG gearbeitet. Die sind alle im Wachkoma und nicht mehr heilbar. Verstehst du. Krass, ne? Möchte wirklich wissen, was daran Wohngemeinschaft sein soll. Die sind doch mehr tot als lebendig." Hannos Stimme überschlägt sich fast.

„Ja, krass, aber hier sind doch viel mehr Leute, ungefähr dreißig. Was ist das hier bloß? Ich komme gleich raus, Mann. Warte auf mich." Er tritt in den leeren Flur. Hier ist es kühler und die Luft ist deutlich besser. Er atmet tief ein.

Weit entfernt hört er das Brummen der Pflegemaschine. Das ist gut. Er wendet sich in die entgegengesetzte Richtung und betritt das Zimmer, aus dem der Roboter gekommen ist. Die Schienen, an denen sich die Maschine durch alle Räume bewegt, enden oder beginnen hier an der Zimmerdecke. Ansonsten ist der Raum leer. Fast leer.

An der rückwärtigen Wand sind zwei Öffnungen. Vorsichtig tritt er näher und schaut hinein. Es scheinen Versorgungsschächte zu sein oder vielleicht sind sie auch zur Entsorgung gedacht. Sie sind jeweils circa einen mal einen Meter groß.

„Ob hier vielleicht, nein, nicht weiterdenken."

Ihm wird eiskalt. Vor seinen Augen entstehen Bilder, die er nicht sehen will. Aber sie lassen sich nicht wegdrängen.

Er sieht den Roboter, wie er einen Menschen in seinen Greifarmen vor sich her trägt und ihn in den Schacht schiebt. Er schüttelt und reckt sich, um die Bilder los zu werden.

„Ich muss mich auf den Ausgang konzentrieren."

Er sucht die Wände ab, aber es gibt keine Vertiefungen, nichts, was auf eine irgendwie geartete Tür schließen lässt. Sein Blick fällt wieder auf die beiden Schächte. Ist das der vielleicht einzige Ausgang?

Das Handy vibriert in seiner Tasche.

„Was ist denn los, ich warte auf dich. Wo bleibst du? Komm schnell raus hier. Hab dein Video bekommen. Was ist denn da los? Sieht ja krass aus, wie im Horrorfilm. Komm raus, Mann", Hannos Stimme klingt drängend.

„Ich finde keinen Ausgang. Es gibt nirgendwo eine Tür. Ich weiß nicht, was ich machen soll. Notfalls muss ich doch noch mal raus und über den Nachbarbalkon", presst er hervor und spürt seinen tiefen Widerwillen.

Aus dem Flur erklingt das Rattern und wird langsam lauter. Das fehlt jetzt noch, dass dieser Scheißroboter zurück kommt. Er läuft zur Tür und schaut in den Flur. Die Pflegemaschine biegt gerade geräuschvoll um die Ecke.

„Der schaut mich an, der verdammte Roboter schaut mich an." Er bleibt wie angewurzelt stehen. Seine Beine lassen sich nicht mehr bewegen.

„So ein Quatsch, Maschinen können nicht schauen, jetzt los, Junge. Mach hinne."

Aber der Versuch ist sinnlos. Das Einzige, was sich bewegt, sind die Gedanken in seinem Kopf. Und die Maschine kommt immer näher. Die zwei Lampen an der Vorderseite des oberen Kastens sehen tatsächlich wie Augen aus.

„Es sind Lampen, Mann, Lampen, scheiß-gottverdammte Lampen." Mit ganzer Kraft konzentriert er sich auf seine Beine und spürt, wie die Erstarrung sich auflöst. Langsam und mühsam setzt er den ersten Fuß in den Flur.

Die Maschine ist stehen geblieben. Um in den Raum mit dem geöffneten Fenster zu gelangen, muss er um sie herum. Er spürt, wie die eiskalte Angst wieder in ihm hochsteigt. „Und wenn er mich töten will, der gottverdammte Roboter." Bei diesem Gedanken beginnen seine Beine zu schlottern.

„Schluss jetzt mit dem Unsinn. Zuviel Stephen King gelesen, Junge. Hier das ist die Realität. Da tun Maschinen das, was der Mensch ihnen sagt."

Er bewegt sich vorsichtig auf die Maschine zu. Diese steht

wie ein Bollwerk im Flur und rattert und brummt vor sich hin. Wie Rivalen stehen sie sich gegenüber, die Maschine und er und schauen sich an.

„He Mann, was ist jetzt?" Hannos Stimme holt ihn abrupt in die Realität zurück.

„Dieser verdammte Roboter versperrt mir den Rückweg." Seine Stimme zittert.

„Roboter?" Hanno klingt erstaunt. „Mach ein Foto, das glaubt doch sonst keiner."

„Ok." Mit zitternden Händen schaltet er die Kamera ein und drückt mehrmals auf den Auslöser. Dann schickt er das Foto an Hanno.

„Eh, wie krass Mann, sei bloß vorsichtig", flüstert Hanno in sein Ohr, als hätte er Angst, dass die Maschine ihn hören könne.

„Hanno, versuch ins Haus und in die Wohnung reinzukommen. Bitte. Ich weiß nicht, was hier vor sich geht. Ich hab Angst, dass ich hier nicht mehr rauskomme", seine Stimme zittert.

„Ruhig Mann, ich komme. Ich klingele überall. Hab meine ganze Hand auf den Klingeln. Ok, Mann, ich bin jetzt im Hausflur. Bleib am Telefon, ich hole dich." Hanno klingt unsicher.

„Danke, Mann, danke." Er wispert ins Mikro. Seine Hände sind schweißnass. Die Maschine steht immer noch mitten im Flur. Sie scheint zu warten. Die beiden Lampen, die wie Augen aussehen, leuchten in seine Richtung.

„Ich bin im Aufzug, Mann. Fuck, er hält nicht in der siebten Etage. Er fährt einfach durch. Was ist da los, Mann? Ich steige in der achten Etage aus und versuche es übers Treppenhaus. Halt durch Mann, ich hole dich, versprochen." Hanno klingt atemlos. Der Schweiß läuft ihm in Bächen über den Rücken.

Er würde gerne seine Jacke ausziehen. Ein Blick auf sein Handy, das Akku zeigt 40 %. Scheiße, das kann eng werden. Warum hatte er es vorher bloß nicht aufgeladen. Er hatte sich voll auf Hanno verlassen und der war irgendwo da draußen vor der Tür.

„He Mann, wo bist du, bist du drin, melde dich", er hört die Resignation in seiner Stimme und spürt, dass er sich fallenlassen möchte. Schlafen, einfach nur schlafen.

„Bin im Treppenhaus vor der Tür zu siebten Etage. Die ist zu. Ich komm nicht rein, Mann. He, was ist das für eine Scheiße. Ich brech sie auf Mann, ich hol dich, versprochen." Hannos Stimme zittert. „Ich krieg die Tür nicht auf, Fuck. Ich hab dagegen getreten, mit dem Brecheisen draufgeschlagen, aber ich krieg sie nicht auf, Mann. Die haben Sicherheitsglas, Mann. Fuck eh, ich krieg die Scheißtür nicht auf." Hannos Verzweiflung dringt unerträglich laut in sein Ohr.

Das Rattern der Maschine hört sich jetzt näher an. Anscheinend hat sie sich wieder in Bewegung gesetzt.

„Hanno, ich höre dich nicht mehr. Beeil dich. Bitte. Das Ding kommt immer näher. Ich komme hier nicht mehr weg. He, Hanno bist du noch dran?"

„Ja, bin ich, Mann. Halt durch. Ich bin jetzt im Flur. Ich brech gleich die Haustür auf. Dann hol ich dich, Mann. Ich lass dich nicht im Stich. He, sag was." Hannos Stimme dringt aus weiter Ferne an sein Ohr. „Ich ruf die Polizei. Scheißegal, Mann. Aber ich hol dich da raus. Sag was, Mann, he sag doch was." Hannos Stimme wird immer leiser in seinem Ohr. Er spürt, wie sein Kopf nach vorne sinkt. Dann wird alles dunkel.

Wo bin ich?

Sein Bewusstsein arbeitet sich mühsam durch die zähen Schichten in seinem Kopf. Als es ihm endlich gelingt, die Augen zu öffnen, trifft ihn die Helligkeit wie ein Schlag ins Gesicht. Sein Blick schwankt vor und zurück, als ob er gezoomt würde. Seine Gedanken sind verwirrt. Er hat keinerlei Orientierung. Ihm ist speiübel. Schnell schließt er seine Augen wieder.

„Marie", ruft er und immer wieder „Marie".

Seine Frau antwortet nicht. Er versucht erneut, die Augen zu öffnen und dieses Mal gelingt es ihm, seinen Blick fest auf einen Punkt zu richten. Langsam erschließt sich ihm das Bild, das vor ihm auftaucht. Er sieht eine Zimmerdecke, über die eine Schiene führt, die sich in verschiedene Richtungen verzweigt. In seinem Bewusstsein blitzt kurz ein Erkennen auf. Dann taucht es ins Dunkel zurück.

„Marie", ruft er noch einmal. Alles bleibt still. Er hört keine Antwort. Und er hört auch sein eigenes Rufen nicht.

Aus weiter Ferne hört er ein leises Zischen und Piepen.

„Ob Marie schon Frühstück macht?", denkt er. „Das wäre ja mal was ganz Neues. Aber was sind das für gottverdammte Geräusche und wie kommt diese komische Schiene an die Schlafzimmerdecke?"

Sein Kopf schmerzt. Es pocht und dröhnt in seinem Schädel, als hätte er gestern das eine oder andere Bier zu viel getrunken.

„Kann vielleicht mal jemand das verfluchte Piepen abstellen", ruft er und wieder hört er seine eigene Stimme nicht. Er räuspert sich und versucht es noch einmal. „Mann, Marie, mach mal das Piepen aus, das nervt."

Aber auch jetzt bleibt es still. Er öffnet die Augen und schaut wieder auf die Zimmerdecke. Von ganz weit unten arbeitet sich ein Gedanke in sein Bewusstsein. Bilder schieben sich nach vorne und kippen wieder weg.

Mit großer Anstrengung versucht er, seine Pupillen zu bewegen. Er sieht den Raum mit den Betten und den reglosen Menschen. Er hört das unentwegte Zischen und Piepen, spürt die feuchte Wärme auf seiner Haut. Als er zur Seite schaut, sieht er einen Monitor und Kabel und Schläuche. Er lässt seinen Blick daran entlang wandern und sieht, dass die Kabel und Schläuche in seinem eigenen Körper stecken.

„Ist das mein Körper? Wieso liege ich denn nackt hier herum?" Ganz langsam kehrt die Erinnerung zurück. „Hanno, der Einbruch, die reglosen Menschen. Aber wieso liege ich hier? Ich bin doch gar nicht krank. Oder doch? Oder ich träume oder bin bekifft. Genau, ich bin bekifft."

Er kichert und schließt die Augen.

Ein lautes Rattern dringt in seinen Kopf. Als er die Augen öffnet, sieht er einen metallenen Greifarm über seinem Bett schwingen.

„Oh, Scheiße, was ist das? Das kann nicht sein. Im Leben nicht. Das gibt es nur im Film. Wachwerden, Mann", redet er sich zu.

Der Greifarm schwingt tiefer, knapp über seinem Gesicht. Seine Kopfhaut kribbelt und Angst füllt seinen Körper aus. Ein Schrei hallt in seinem Innern wieder. Ein endloser Schrei. Dann ist der Greifarm weg. Er zittert am ganzen Körper.

„Wo ist diese verdammte Maschine? Was will sie?" Sein Blick gleitet über seinen nackten Körper, der auf dem Rücken liegend auf der Matratze liegt und weiter in den Raum.

Die Pflegemaschine hat sich dem Nebenbett zugewandt und schiebt ihre Greifarme unter den dort liegenden Körper und hebt ihn hoch. Dann fährt sie langsam an seinem Bett vorbei.

Er schaut in das bleiche Gesicht, das an ihm vorbeigleitet. Die Augen sind geöffnet und schauen ihn an. Sie sind ausdruckslos. Es ist die Frau, mit der er vorhin gesprochen hat. Die Maschine fährt rückwärts zwischen den Betten entlang. Die Frau liegt wie eine Puppe auf den Greifarmen. Jetzt verlässt die Maschine den Raum und das Rattern wird leiser und leiser. Er muss an die Entsorgungsschächte denken. Wieder drängt sich das Horrorbild in sein Bewusstsein. Er sieht die Maschine, wie sie die Frau zu den Schächten trägt.

„Mann, hör auf jetzt, bloß keine Panik. Das kann alles doch gar nicht sein. So was gibt es nicht", versucht er sich zu beruhigen. Aber es gelingt ihm nicht. Ein Gedanke schiebt sich nach vorne in sein Bewusstsein, der sich nicht mehr zurückdrängen lässt. „Ich bin der Nächste. Der holt mich, der Scheißroboter." Was er wohl mit ihm machen wird? Das gibt doch alles gar keinen Sinn. Seine Gedanken verwirren sich.

Das Rattern und Brummen der Pflegemaschine kommt wieder näher. Langsam schiebt sich das Ungetüm ins Zimmer.

„Das war's jetzt", denkt er. „Er holt mich, dieser verfickte Roboter holt mich."

Von weit weg hört er Stimmen vermischt mit splitternden Geräuschen. Das ist Hanno, er kommt. Er hat es versprochen.

„He Mann, was ist los?", Hannos Stimme ist ganz leise. „Wir sind in der Wohnung nebenan. Die glauben nicht, dass du da drin bist. Bullen, weißt du. Sag was, Mann."

Das Handy, die blöde Maschine hat das Handy vergessen.

Es muss irgendwo im Bett liegen. Und es tut noch. Aber wie lange?

„Hanno", ruft er und hört sich nicht. „Hanno, ich bin hier, ich höre dich." Das Krachen und Splittern wird stärker und kommt näher.

„Sie brechen die Tür auf", denkt er erleichtert, „gleich sind sie da. Hanno holt mich."

„Falls du mich hörst, Mann. Der Geschäftsführer kommt grade rein." Hanno ist kaum zu verstehen. „Hörst du, wie der tobt? Warte mal."

Hannos Stimme ist nicht mehr zu hören. Er spürt wie die Angst in seine Kehle kriecht. „Weitermachen, ihr müsst weitermachen. Keine Zeit." Er hört sich innerlich schreien. „Die hören mich nicht, verdammt, die hören mich nicht. Macht weiter, bitte." Er spürt Feuchtigkeit zwischen seinen Beinen. Das auch noch, Mann. Ich hab in die Hose gepinkelt. Vor Scheißangst. Hab gar keine Hose an. Seine Gedanken verwirren sich.

Die Schiene an der Decke beginnt wieder zu rattern. „Der kommt. Der holt mich. Beeilt euch." Die Angst erstickt seine innere Stimme. Er spürt sein Zittern. Mit aller Kraft versucht er, seinen Arm zu bewegen. Nichts. Es tut sich einfach nichts.

„He Mann", Hannos Stimme dringt leise zu ihm durch.

„Lass mich in Ruhe", denkt er, „er ist gleich hier. Nimmt mich. Tu mir nicht weh. Bitte."

„Weiß nicht, was du machst, aber wir sind gleich drin. Der Kerl hat den Schlüssel. Hat der sich aufgeregt, weil die Bullen die Tür aufgebrochen haben. Gefahr im Verzug, verstehste. Die testen hier Pflegeroboter. Wo ich bin, die Wohnung hier, das ist für die Familien. Wenn die zu Besuch kommen, weißte. Alles legal, sagt der. Also, Ohren steif halten. Wir sind gleich drin."

Hannos Stimme klingt freudig erregt.

Die Maschine steht jetzt genau vor ihm. Sie fährt ihre Greifarme aus und legt sie unter seinen Körper. Dann hebt sie ihn hoch und fährt langsam mit ihm zur Zimmertür. Die Betten sind leer. Am anderen Ende des Flures dreht sich ein Schlüssel im Schloss.

Sarah Schönfeld
DU BIST LUFT FÜR MICH

Als wir uns trafen, waren wir wie Kinder. Ich habe damals niemanden getraut: dir nicht, denen nicht und vor allem mir selbst nicht. Oft habe ich dir schreckliche Dinge unterstellt und geschrien: „Wenn du jetzt gehst, bist du Luft für mich!"

Du bist immer geblieben und mein Vertrauen wuchs. Zuerst baute ich auf dich und dann auch auf mich. Diese beiden festen Säulen in meinem Leben sorgten für unzählige erfüllte Momente. Doch dann kam er in unser Leben. Ich habe schon lange gefühlt, wie sehr du dich nach ihm sehnst. Dein starkes Verlangen, nachzugeben und alles hinter dir zu lassen, erfüllt schon länger den Raum zwischen uns. Und du hast gefühlt, dass ich dich nicht gehen lassen will. Ich wollte dich ihm nicht kampflos überlassen. Alle mir verfügbaren Waffen habe ich aufgefahren und doch nichts bewirkt. Am Ende gab es da immer etwas, dass nur er dir geben konnte.

Ich weiß noch genau, wie du in dieser einen Nacht wieder zurück zu mir kamst. Mit diesem Glanz in den Augen und dem kleinen Lächeln auf deinen Lippen. Eine Leichtigkeit umgab dich und trug dich einen kurzen Moment durch das Zimmer.

Als sich unsere Blicke trafen, versteinerte deine Miene. Alles wurde plötzlich unerträglich schwer. Deine ganze Gestalt sackte in sich zusammen. Dein Körper sank einem Ertrinkenden gleich in die sterilen Laken. Und dann ist es wieder da. Dieses gequälte Lächeln und die matten Augen, die mehr sagen als tausend Worte. Der schäbige Versuch, mir eine heile Welt vorzugaukeln.

„Du warst bei ihm, nicht?" Meine Worte zerschneiden die Luft zwischen uns.

„Ja", hauchst du zuckersüß und herzzerreißend zugleich.

„Und du willst wieder hin?" Ich versuche die Fassung zu bewahren und atme schwer ein.

Dein unschuldiges Nicken lässt alle Beherrschung zerschmelzen und ich drücke mich an deinen matten Körper. Alles fällt von mir ab und eine innere Ruhe, die ich vorher noch nie gespürt habe, macht sich breit. Meine dunklen Begleiter der letzten Monate: Die unzähligen Tränen, die zerstörerische Wut und vor allem die schwarze Ohnmacht in grausam hellen Räumen rücken zur Seite. Sie machen Platz für die einzig richtige Entscheidung. Alles war getan und gesagt. Nichts hätte etwas ändern können.

„Geh ruhig zu ihm. Ich werde dich immer lieben."

Und dann bist du gegangen.

Der Alarm rief sie alle herbei. Zuerst rannten die Schwestern und Pfleger ins Zimmer, dann der eine Arzt mit dem weichen Blick und ein wenig später auch der Andere mit den vielen Stirnfalten. Aber schnell erkannten sie alle, dass es diesmal kein Zurück gab. Du hast dich ihm hingegeben und ich hoffe inständig, dass der Tod hält, was er dir versprochen hat.

Als ich auf dem leeren Parkplatz der Uniklinik auf das Taxi warte, bist du plötzlich wieder da. Du lässt die fallenden Kirschblütenblätter in der warmen Sonne tanzen und meine Haare wippen im Takt dazu. Du fegst die dunklen Gedanken einfach weg und lässt mich tief Luft holen.

Was wir waren, ist vorbei. Was wir sind, wird immer sein. „Du bist gegangen und jetzt bist du Luft für mich", denke ich, als ich befreit einatme.

Anke Breuer

ÜBER DEN WOLKEN

„Glaubst du an ein Jenseits?", fragt er mich und nimmt einen Schluck Leitungswasser. Kaffee trinkt er derzeit nicht. Mag nicht, dass das Koffein Macht über ihn hat. Ihn kontrollieren kann. Ich kenne das. Kenne ihn. Immer wieder wird dieses oder jenes verschmäht, weil jenes oder dieses Dinge auslöst. Vor ein paar Wochen noch war es der Zucker, von dem er glaubte, dass er ihn ohnmächtig werden ließ.

Ich antworte, aber ich beantworte ihm nicht seine Frage. „Ich gehe davon aus, dass du deinen Apfelkuchen nicht essen magst."

Er nickt kaum wahrnehmbar. Der Zucker also auch. Ich lege mir beide Stücke, seins und meins, auf meinen Teller und schenke mir ordentlich Kaffee nach.

Er ist wieder in diesem Schwebezustand, der mich immer schlagartig auf den Boden zurückholt. Er ist der Heliumballon, der zarte, der in der Luft baumelt; fast zieht er an der dünnen Schnur, an die er gefesselt ist.

Und ich bin der Stein am Ende der Schnur, der den Ballon davon abhält, gänzlich abzuheben. Ich sorge mich um ihn, wenn er so schwebt. Streng genommen sorge ich mich immer um ihn. Sorge mich auch um mich, weil mir die jahrelangen Mühen, den Ballon am Boden zu halten, mehr und mehr die Kraft nehmen.

So bin ich zumindest gerade sehr froh über die Macht, die das Koffein und auch der Zucker über mich haben. Dass mich beides kontrolliert. Ich sehne mich geradezu nach etwas, das mich glauben lässt, hellwach, aufgeregt, lebendig zu sein.

Dass ich ihm nicht antworte, bemerkt er nicht.

„Ich mag daran glauben, dass nach dem Tod etwas ist. Du etwa nicht?", fragt er weiter.

Nein, ich etwa nicht. Seltsamerweise ist es mir egal, was nach dem Tod ist. Ob da etwas ist. Ich möchte ihm am liebsten sagen, tot ist tot, was schert es mich, aber schaue ihn nur an. Irgendwie kommt mir da, passend oder gar unpassend, meine Ferienfreizeit in den Sinn. Ich war zwölf. Und zum ersten Mal verliebt. In unseren Betreuer. Jeden Abend saß er mit uns am Lagerfeuer und spielte Gitarre. Wenn er „Über den Wolken" von Reinhard May dazu sang, schmolz ich dahin. Ich muss lächeln. Damals sprachen wir sicher nicht über das Jenseits. Ich schwebte einfach, sehr lebendig, über den Wolken. Im Hier und Jetzt. Dort.

„Was denkst du, was danach sein wird?" Er nippt wieder an seinem machtlosen Wasser. „Ich schreibe ja gerade ein Sachbuch über dieses Thema. Es beschäftigt mich sehr."

Natürlich, denke ich und summe in Gedanken wieder das Wolken-Lied, über welches Thema auch sonst. Als gäbe es im Leben keine anderen Themen als den Tod.

„Ich möchte das Jenseits von allen Seiten beleuchten. Wusstest du, dass sich nahezu unzählige Philosophen mit dem

Jenseits befasst haben?"

Nein, das wusste ich nicht. Ich bin nie sonderlich philosophisch veranlagt gewesen; ich bin pragmatisch, gegenwärtig, sehr lebendig.

„Habe die Nase voll von der Trivialliteratur. Ich will keine Teenager-Romane über meine Drogenexzesse mehr schreiben. Ich will das alles hinter mir lassen. Alles." Er schließt kurz die Augen. Plötzlich ist er blass. Noch blasser. Fast sieht er aus wie …

„Glaubst du nun an das Jenseits?" Er hat offenbar doch bemerkt, dass ich mich um Antwort drücke. Öffnet die Augen wieder. Und ich sehe zum ersten Mal, dass seine Augen rot geädert sind. Er hat vielleicht geweint, bevor er zu mir gekommen ist. Und ich, ich habe nichts bemerkt.

Ich schäme mich, hole Luft, antworte: „Weißt du", ich streiche über seine Hand, sie ist trotz der warmen Temperaturen ungewöhnlich kalt, „über den Wolken, da muss die Freiheit wohl grenzenlos sein."

Kurz sehe ich, dass ein Lächeln, das erste heute, über sein Gesicht huscht. „Und daran glaube ich. Ganz fest. Seit ich zwölf bin." Füge ich hinzu und bin froh, dass mir das in den Sinn gekommen ist, und es ist noch nicht einmal gelogen.

„Das hat deine erste Liebe damals am Lagerfeuer gesungen. Du hast mir davon schon einmal erzählt."

Ja, damals.

Im Jetzt kommt etwas Farbe zurück in sein Gesicht. Ich vergesse immer wieder, dass er nie vergisst. Er sagt noch:

„Die Geschichte ist wunderschön."

Und trinkt wieder von seinem Wasser. Sein Glas ist jetzt halb leer. Mein Kaffeebecher auch. Nur schenke ich mir einfach nach. Gebe einen Schuss Milch hinzu. Das wird eine schlaflose Nacht. Für uns beide vermutlich.

„Mir geht zur Zeit sehr viel im Kopf herum. Möchte morgen an meinem Buch über das Jenseits weiterschreiben. Dann werde ich nicht zu dir kommen wie heute. Sei mir nicht böse."

Ich mag ihn schütteln, ihm sagen, dass er im Diesseits ist, und das Jenseits warten kann. Dass das Glas halbvoll ist, nicht halbleer. Und dass über den Wolken irgendwie immer noch auf Erden ist. Aber ich lasse ihn gehen.

Als ich ihn am nächsten Morgen anrufe, geht er nicht ran. Den Tag darauf auch nicht. Ich vermute, sein Buch über das Jenseits erscheint im Diesseits nicht. Der zarte Ballon hat sich losgerissen.

Am Himmel sehe ich Wolken. Vielleicht spiele ich heute Abend mal wieder Gitarre.

Agnes Decker
SOMMERHIMMEL

Du über alles Geliebte,

vor ein paar Tagen wärest du 108 Jahre alt geworden. Wie gerne hätte ich diesen Geburtstag mit dir gefeiert. Ich hätte dir deinen Lieblingskuchen gebacken. Obststreusel. Es gab ihn mit Kirschen, Äpfeln oder Pflaumen, Stachelbeeren, Aprikosen oder Rhabarber. Das Obst stammte aus dem eigenen Garten oder von Nachbarn oder Verwandten. Gekauftes gab es nicht. Oft sind wir Mädels, meine Schwester und ich, mit dem Vater in den nahen Wald gegangen und haben Erdbeeren, Himbeerenoder Brombeeren gepflückt. Und du hast dann abends für uns alle die leckersten Pfannkuchen gebacken. Ich sehe dich noch vor mir, du hast deine Schürze an und sitzt im Hof am Tisch und entkernst und schnibbelst Obst oder putzt Gemüse. Das Haus hat immer nach den leckersten Gerichten geduftet, die du für uns gekocht hast. Denn du warst die Köchin der Familie und, wie der Vater oft schmunzelnd sagte, das Familienoberhaupt.

Am meisten verbinde ich den Frühling mit dir. In dieser Zeit tut es besonders weh an dich zu denken. Ich bin ein Schwellenkind, hast du gesagt, geboren auf der Schwelle vom Winter zum Frühling. Und so war auch dein Charakter. Du warst nicht strahlend wie die im Sommer geborenen, die Sonnenkinder. Nein, dein Lachen war etwas verhaltener, zögernder, noch nicht ganz sicher, ob es schon Frühling oder noch Winter ist. Aber optimistisch, dass es auf jeden Fall einen Frühling geben wird.

Gestorben bist du im Winter. Es war eiskalt. Als ich es erfahren habe, wollte ich zu dir. Du warst schon im Leichenhaus auf dem Friedhof.

„Das geht nicht", soll ich gerufen haben, „sie hat doch Angst, sie war noch nie alleine und es ist so kalt."

Eine Decke wollte ich dir bringen, wurde mir erzählt. Ich weiß es nicht mehr genau. Meine Trauer war so groß, dass sie alles überschwemmt hat. Selbst jetzt, wenn ich daran denke, ist sie fast so groß wie damals. Vor 18 Jahren.

Leer ist es geworden ohne dich. Du warst der Fels in der Brandung, die Seele der Familie. Ohne dich blieben nur Bruchstücke zurück. Gebrochene Seelen, die sich noch nicht einmal aneinander klammern konnten. Jeder trauerte für sich. Einsam. Deine Tochter, meine Mutter, ist ganz tief in ihre Trauer gesunken. Allein mit der Pflege des todkranken Mannes, meines Vaters, der kurze Zeit später dann auch verstorben ist.

Wie habe ich dich da vermisst, deine Ratschläge, deine trockenen, kühlen Hände in meinem Gesicht, deine Wärme und Geborgenheit. Aus dem Nest hast du mich geworfen, alleine gelassen. Wie sollte ich das schaffen, ohne dich?

Und wie habe ich deine Geschichten von früher vermisst. Von deiner Zeit des Liebens und Leidens. Wie stolz du von deinem Mann gesprochen hast. Wie er Flugblätter gedruckt hat, heimlich. Wie er immer wieder verhaftet wurde. Wie du mit den anderen Frauen kilometerweit zu Fuß gegangen bist, dorthin, wo er gefangen gehalten wurde. Wie die Menschen auf der Straße euch verhöhnt haben. „Da kommen die Kommunistenfrauen", haben sie gerufen. Wie du mit stolz erhobenem Haupt durch die Menge gegangen bist, mit der ganzen Liebe. Diese stolze Kopfhaltung hattest du dein Leben lang und deine Unerschrockenheit und Respektlosigkeit vor Autoritäten. Dafür habe ich dich bewundert. Weißt du das eigentlich, wie sehr ich dich bewundert habe? Ich bin mir nicht sicher, ob ich es dir gesagt habe.

Gearbeitet hast du, dein ganzes Leben lang. Ich habe dich nie ruhen sehen oder krank erlebt. Doch, ein einziges Mal, habe ich dich so gesehen. Das war in der Woche, bevor du gestorben bist. Da hast du im Nachthemd auf dem Sofa im Wohnzimmer gelegen, in deinem Bettzeug, und warst ganz blass. Da habe ich gewusst, dass du gehen wirst. Ich habe dich zur Toilette geführt, dir die Windel gewechselt. Das war dir ein bisschen peinlich. Aber du warst auch dankbar. Ich bin froh, dass ich dir wenigstens das noch geben konnte. Auch in diesen letzten Tagen warst du stark. Hast dir nicht anmerken lassen, ob du Angst hast vor dem, was kommt. Hast du dich vielleicht ein bisschen gefreut, heimzugehen zu deinem geliebten Mann und zu deiner Schwester, die ein paar Jahre zuvor gestorben waren? Ihr beiden Schwestern habt immer zusammen gesteckt. Vielleicht hat euch auch der Krieg zusammengeschweißt, den ihr alleine mit euren Kindern meistern musstet. Bei euren täglichen gegenseitigen Besuchen, habt ihr häufig über früher gesprochen.

Über die Zeit, in der ihr nichts zu essen hattet und aus Nichts eine Mahlzeit zubereitet habt. Diese Fähigkeit hast du beibehalten und perfektioniert. Aus wenigen Zutaten hast du die leckersten Gerichte gekocht. Ich erinnere mich gerne an Milch- und Puddingsuppen, Dampfnudeln, Kartoffeln mit Milchsoße und Arme Ritter. Das sind nur ein paar der Lieblingsgerichte meiner Kindheit. Die koche ich heute für meine Mutter, deine Tochter, die in diesem Jahr so alt wird, wie du vor achtzehn Jahren, als du gegangen bist.

In den Erzählungen von früher gab es viele Andeutungen. Ich habe mich oft gefragt, ob du vergewaltigt worden bist im Krieg. Denn immer wieder hast du erzählt, wie das war, als die Russen und Amerikaner kamen. Du hast meine Mutter in einen Kinderwagen gesteckt, obwohl sie schon neun Jahre alt war, damit die Soldaten denken, sie sei ein Baby. Meine Fragen hast du nicht beantwortet. Du hast mir gesagt, ich soll froh sein, dass es uns so gut geht und nicht über die alten Zeiten nachdenken. Auf jeden Fall hast du nie mehr geheiratet. Obwohl du noch sehr jung warst, als dein Mann vermisst wurde. Du warst gerade 29 Jahre alt. Oder war deine Liebe so groß, dass du keinen anderen mehr wolltest? Du hast lange gewartet und gehofft, dass er wiederkommt. Erst, als du selber schon eine alte Frau warst, hast du ihn für tot erklären lassen und das hat dich in große Trauer versetzt.

Am schlimmsten waren für dich die Luftangriffe. Dieses Trauma hast du nie überwunden. Es waren nicht die Luftschutzbunker, vor denen du Angst hattest. Du hattest Angst vor den Geräuschen und den Blitzen. Der Tod kam vom Himmel, Nacht für Nacht. Jeden Abend habt ihr gewartet und gehofft, wenn sie bis jetzt nicht da sind, kommen sie nicht mehr. Und habt zum Himmel geschaut. Ob die Geschwader kommen und ihre Bomben auf euch werfen. Alles vernichten. Diese Angst bist du nie mehr los geworden. Bei Gewitter und Feuerwerk bist du in den Keller gegangen. Du konntest es nicht ertragen. Deine Erinnerungen wurden wach. Du wärest auch nie mit dem Flugzeug geflogen. Für dich war zeitlebens alles, was aus der Luft kommt, bedrohlich.

Gerne hätte ich dir die Kraniche an der Ostsee gezeigt, wenn sie am Abend ihre Schlafplätze aufsuchen. Der Himmel ist dann mit Vögeln bedeckt und ihre Schreie übertönen jede Geräusch. Das ist wunderschön. Vögel gegen Kampfbomber. Ob es dir geholfen hätte? Gegen die Angst. Wie gerne hätte ich mit dir über alles gesprochen. Dich gehalten, wenn du Angst hattest. Dich gestreichelt. Gefühlt, wie du dich anschmiegst. Dir das Dunkel weggenommen, das erlittene Leid.

Deine Haut spüren, deinen Duft tief einatmen, uns aneinander festhalten und in den Himmel schauen. In einen Himmel, der den Sommer bringt, nicht den Tod.

Angela Hoptich
ZUGVOGEL

Herr und Frau Fein lehnen sich zurück in ihren eleganten Stühlen, als die Kellnerin das opulent beladene Frühstückstablett auf den Tisch stellt. Es ist Sonntag. Sonntags gibt es Rührei mit Speck, weiße Brötchen und Croissants mit roter Marmelade. Sie sind noch warm. Trotz der Scheibe zwischen uns streicht der volle Duft der feinblättrigen Gebäckstücke um meine Nase. Spucke sammelt sich auf der Zunge. Frau Fein schaut in meine Richtung, durch die Scheibe und mich hindurch. Es wird kalt. Ich ziehe meinen Mantel enger und weiter.

Der Wind treibt mich durch den Park. An dem großen Springbrunnen ist eine Bank in der Sonne frei. Sonne – wie gemacht für Sonntage. Sie kitzelt meine Nase, bis ich niesen muss.

„Gesundheit."

Meint er mich? Neben mir hat sich ein Mann niedergelassen. Im Sonntagsstaat. Weißes Hemd, dunkler Mantel, die Schuhe blank poliert. Ein Blutstropfen hängt an seinem Hals. Wohl frisch rasiert. Ja, das Kinn ist glatt, der Blick scharf wie ein Messer. Sein Wolfsgebiss grinst mich an. Schnell stehe ich auf und gehe meines Weges.

Nach dem Park wäre eigentlich der Spielplatz dran. Doch wochenends ist es dort zu voll. Also laufe ich einfach weiter bis zur Hauptstraße. Dort, wo die Discounter werktags ihre Angebote über den Gehweg verteilen. Heute nicht. Heute habe ich die ganze Breite für mich. Kein Slalom um Hosenstapel oder Gießkannentürme. Einen Moment lang bleibe ich stehen und genieße die endlichen Weiten.

Ein Blick auf die Uhr sagt mir, dass ich weiter muss. Gleich ist es Mittag. Mittags gönne ich mir ein Restaurant. Nur eine Querstraße von hier habe ich die Wahl zwischen japanischen Fischhäppchen, italienischer Pizza, mexikanischen Enchiladas und türkischem Drehspieß. Meine Bank ist frei und mir knurrt der Magen von den Düften, die mir aus den Küchen zurufen:

„Nimm mich!"

Ich schließe die Augen und lasse mich von ihren Verführungskünsten betören.

Als ich die Augen wieder öffne, ist mir ein wenig schlecht von all den fremden Köstlichkeiten. Ich streiche meinen Mantel glatt und wende mich nach Westen. Dort gibt es ein ganz reizendes Café, nicht weit von hier. Ein Mokka oder ein Espresso – ach, das täte jetzt gut. Ich mache mich auf den Weg.

Das Café ist voll. Natürlich. Es ist Sonntagnachmittag. In der Vitrine drehen feiste Torten auf papiernen Tutus Pirouetten.

Nein, so einen Zuckerschock vertrage ich jetzt nicht. Ich lasse mich auf der Kante eines großen Pflanzkübels nieder und genüge mich, Tante Mielchen zuzusehen, die einem fetten Stück Frankfurter Kranz den Garaus macht.

„Kann ich Sie zu einer Tasse Kaffee einladen?"

Vor Schreck lasse ich meine Tasche fallen. Ich springe ihr hinterher. Er aber auch. Der weiße Kragen hat jetzt einen kleinen, roten Fleck. Seine Finger sind flink, als er meine Dinge zurück in die Tasche stopft. Ich reiße ihm die Tasche aus der Hand. Sie ist grün, nicht neu, aber mir umso lieber. Er sieht mich fragend an und winkt nach der Bedienung. Doch da bin ich schon weiter, schon weg. An der Ecke bleibe ich stehen und schaue zurück. Er schaut auch. Allerdings auf die Bedienung, die ihm ihren appetitlichen Ausschnitt darbietet.

Was soll ich nun tun? Es ist eine Lücke entstanden. Meine Zeit in dem Café war noch nicht um. Es ist zu früh fürs Abendessen, auch für Kino oder Konzert. Für ein anderes Café ist es schon zu spät. So. Jetzt stehe ich hier, die überzählige Zeit wie ein Mühlstein auf dem Rücken. Der zwingt mich in die zitternden Knie und keine Bank ist in Sicht. Ich halte mich an der Wand fest und lasse Frau Eilig vorüberhasten. Trotz Sonntag sieht sie geschäftig aus.

Mich sieht sie nicht.

Dafür sieht mich Herr Ungeschickt. Er steht plötzlich neben mir, stützt mich und den Mühlstein. Ich reiße meinen Ellbogen los und versuche, zurück in meine Unsichtbarkeit zu sinken. Aber er hält mich auf.

„Sie sollten unbedingt etwas essen", sagt er. „Sie sind ja völlig unterzuckert."

Er reicht mir ein kleines, Zellophan-knisterndes Päckchen. Es ist eines dieser winzigen, eingeschweißten Gebäcke, die mit dem Mokka oder Espresso einhergehen – als willfährige Geste. Sein glattes Kinn nickt mir zu und ich bin versucht, die Geste anzunehmen. Doch das Nachbild seiner Finger brennt in stummem Schmerz auf meiner Haut. Ich drehe mich weg und gehe.

Stakse auf unsicheren Beinen. Herr Hartnäckig läuft neben mir. Er hält Abstand, hat etwas verstanden. Nicht alles, längst nicht alles. Seine Hände behält er für sich. Nicht so seine Worte. Die falschen Worte.

„Ich habe in der Zeitung darüber gelesen. Schrecklich, so etwas in der Nachbarschaft. Ich würde Ihnen gerne helfen. Sie sind so jung. Und allein. Bitte, lassen Sie mich helfen."

Ein Krampf in meinem Bauch zwängt meine Eingeweide durch ein Nadelöhr. Ich krümme mich dem Schmerz entgegen, doch wie immer hilft es nichts. Seine Worte stecken fest.

Jetzt ist mir glatt der Appetit vergangen, obwohl es Zeit zum Abendessen wäre. Die schönste Zeit des Tages, die Neige – ruiniert. Mein Kopf schüttelt sich, kann nicht mehr aufhören. Es ist zu viel, zu viel, alles zu viel. Der Abend soll die Ruhe bringen. Doch dafür muss er gehen, der Herr Lästig.

Ich sehne mich nach sanften Kerzenschein, der sich in Fenstern bricht, und weißem Porzellan auf weißen Damasttischdecken. Nach Frauen mit Perlenketten und Männern mit ordentlichen Krawatten, wie in einem Film. Ich sehne mich nach meiner ruhigen Bank am Fenster. Doch Herr Lästig lässt mich nicht.

„Wie wär's mit einer Pizza?"

Ich will seine Hilfe nicht. Ich schreie ihn an, doch kein Ton verlässt den aufgerissenen Mund. Nicht mal ein Hauch. Nichts ist mehr übrig. Alle Schreie sind geschrien, alle Hilferufe gerufen, alles Flehen gefleht. Selbst die Wut hat ausgewütet. Geblieben ist die Angst. Mein ständiger Begleiter. Und der Wunsch nach Stille. Die Stille nach dem Sturm. Ich schließe alles – Mund, Augen, Ohren – und lasse ihn stehen.

Es ist spät. Die letzte Bank wartet auf mich. Nicht mehr weit, nicht mehr fern. Herr Aufdringlich hat aufgegeben. Er verfolgt mich nicht. Lässt mich ziehen.

Die Haustür starrt mich an. Ich sehe weg, hinauf zu dem Fenster im dritten Stock. Die Wohnung ist ein russisches Gefängnis, jede Nacht Folter an der nackten Seele. Der eine Sessel dort in der Ecke, der ist leer, doch voll mit Erinnerungen, die wie Nagelbombensplitter in mich eindringen. In dieses Zimmer setze ich keinen Fuß. Überhaupt kann ich keinen Fuß bewegen, nicht vor, nicht zurück. Gefangen in Zeit und Raum. Seitdem.

Erst war die Welt in Ordnung. Danach wurde sie es nie mehr. Messer an der Kehle, Haut knirscht an nasser Haut, wieder, immer wieder. Verwüstet, was ich einmal war. Fetzen von mir liegen überall herum – rot und nass wie meine Wangen. Der Schmerz hat keinen Ort, ist einfach überall. Mein

Hals ist wund von hunderttausend Schreien. Keiner kommt, keiner hilft. Nur er ist da, der Mann. Kapuzenmann. Sieht aus wie der Tod. Ich dachte, er wär's. Ach, wär er's doch gewesen!

Zu viel, zu viel, viel zu viel Erinnerung. Ich halte meinen Kopf, der sich schütteln will. Die Luft ist dünn und flutschig. Sie entwischt, weigert sich, in die Lunge zu fließen. Ich atme, keuche, hechle, bis der Atem sich beruhigt. Die Augen kann ich nicht mehr schließen. Schatten haben hinter den Lidern ein Heim gefunden, tanzen bis zum Morgengrauen. Aus den Tiefen bricht ein Seufzer stumm hervor, mit ihm die Sehnsucht nach der Ruhe. Leise ist die Nacht herangeschlichen und hat die Zeit verdrängt. Drängt mich zu einer Entscheidung.

Nein, heute nicht. Heute bleib ich hier.

Ich bette den Kopf auf meine Tasche, die Füße auf die Bank. Gleich neben die Dämonen. Ein letzter Gedanke gilt Herrn Hilfsbereit. Er hat es ja nur gut gemeint. Doch trägt er zuhause heimlich die Kapuze?

Katja Winter
LEBENSATEM

Fluchend gebe ich auf, mir meine Locken aus dem Gesicht streichen zu wollen. Der Sturm bläst sie mir immer wieder vor die Augen, wirbelt sie mir um die Nase, spielt mit ihnen wie ein rabiates Kind. Mein Spiegelbild in einer Schaufensterscheibe zeigt mir, dass alle Mühen, meine Haare zu bändigen, umsonst gewesen sind. Stundenlange Arbeit daran vom Winde verweht. Ich rolle mit den Augen und krame einen Haargummi aus meiner Tasche. Dann eben wieder Pferdeschwanz.

Alexandra öffnet direkt nach dem ersten Klingelton. Oben angekommen, empfängt sie mich freudestrahlend und fällt mir um den Hals. Sie ist die Einzige, die mich so begrüßen darf. Stefan, ihr Freund, ruft mir ein „Hallo" hinterher, als ich an der Küche vorbeikomme.

„Ach, hätt ich fast vergessen."

Ich reiche Alexandra zwei Flaschen Wein. Wie jeden zweiten Freitag im Monat. Jeden zweiten Freitag, seit ich vor einem Jahr in Alexandras Heimatstadt gezogen bin, in der ich niemanden außer ihr und ihrem Freund kannte. Anfangs sträubte ich mich dagegen, ließ mir Ausreden einfallen, die Alex nicht gelten ließ.

Bis ich mein Schicksal akzeptierte und es zu genießen begann, Freunde zu finden. Freundschaften zu schließen hat nie zu meinen Stärken gezählt.

Im Wohnzimmer ist der Tisch schon eingedeckt, wie immer farblich aufeinander abgestimmt und stilvoll von der Stoffserviette bis zum Blumenbouquet. Alexandras Werk. Die großen, bodentiefen Fenster zum Balkon bieten einen atemberaubenden Blick auf den über uns tobenden Sturm. Vor ihnen steht Vincent und genießt die Aussicht. Etwas flirrt in meiner Brust, lässt mich meinen Hunger auf Stefans Essen nicht mehr spüren und zieht mich in seine Nähe.

„Hey", bringe ich leise heraus.

Er wendet sich mir zu und strahlt augenblicklich über das ganze Gesicht. „Hey."

Seine Augen funkeln, lassen mich nicht mehr los. Eine gefühlte Ewigkeit stehen wir so da, dann erhellt ein Blitz den Raum, Sekunden später ein harter Donnerschlag. Draußen stemmen sich die Bäume gegen die Kraft, die sie mal dorthin reißt und mal dahin, tanzen nach dem Takt, den der Sturm ihnen vorgibt. Dass Luft solch eine Wucht entfalten kann, soviel Gewalt hat über alles Greifbare und gleichzeitig Leben ohne sie undenkbar ist.

„Ich habe dir was mitgebracht", reißt mich Vincent aus meinen Gedanken. Als ich mich zu ihm drehe, streckt er mir einen kleinen Kerzenhalter hin. Er ist weiß, schlicht, unscheinbar auf den ersten Blick und winzig kleine, blaue Blüten ranken sich um die Mitte.

„Du sollst mir doch nichts mitbringen", entgegne ich ihm verlegen, betrachte den Kerzenhalter von allen Seiten. Auf dem Boden sind zwei sich kreuzende Schwerter eingebrannt,

Meißner Porzellan. Unscheinbar, aber wertvoll und doch wunderschön in seiner Schlichtheit.

„Das sagst du mir jedes Mal, gib es auf."

„Vielen Dank."

Ich weiß nicht, was ich Anderes sagen soll. Ich würde ihn gern umarmen oder einen Kuss auf die Wange geben. Aber diese Nähe ertrage ich nicht. Vincent kennt mich. Er war fast von Beginn an Teil der Freitagsrunde, hat mich verschüchtert am Anfang erlebt und mich in immer vertrauter werdender Gesellschaft aufblühen sehen, hat mir Zeit gegeben und ist mit seinen Avancen trotzdem hartnäckig geblieben. Und hatte Erfolg. Seit kurzem zieht es jedes Mal angenehm in meinem Bauch, wenn sich unsere Blicke kreuzen. Seine ruhige Art hat mich aus meinem Schneckenhaus gelockt.

Draußen donnert es noch ein weiteres Mal, entfernter. Der Sturm hat auch das Gewitter in seiner Macht. Wir setzen uns einander gegenüber. Normalerweise sind wir mehr als vier, für heute allerdings habe ich Alexandra gebeten, die Anderen nicht einzuladen. Ich will mich endlich mehr trauen, aber Schritt für Schritt.

Als Alex sich neben mich setzt, zeige ich ihr mein Geschenk.

„Hast du auch einen bekommen? Wunderschön, nicht? Ein Pärchen. Und perfekt zu meiner Tischdeko passend."

„Ich habe sie letzte Woche von einer älteren Kundin bekommen. Als Dankeschön, weil ich ihr einige Arbeiten nicht in Rechnung gestellt habe", sagt Vincent.

Ich schmunzle. Ganz Gentleman. Die Gastgeberin hat er natürlich nicht vergessen.

Kurz darauf serviert uns Stefan sein Drei-Gänge-Menü. Es schmeckt wunderbar, was bei ihm nicht anders zu erwarten war.

Wir trinken ein paar Gläser Wein dazu, außer Vincent, den ich noch nie einen Schluck Alkohol habe trinken sehen, und reden über Gott und die Welt. Seelig beschwipst balancieren wir erst das Geschirr in die Küche und versacken dann im Sofa. Alex ruft „Singstar", und wir brüllen in die Mikrofone, dass mir die Nachbarn fast leidtun. Die beiden Flaschen Wein sind schnell leer, Alex verschwindet wieder in der Küche und kommt mit drei Cocktails zurück.

„Ich glaub, für mich ist hier Schluss", winke ich ab. Ich hasse es, nicht mehr Herrin meiner Lage sein zu können.

„Bleibt mehr für mich", erwidert Alex und gibt Stefan einen langen Kuss.

Es ist spät, der Abend war schön, aber ich bin hundemüde und will nur noch in mein Bett.

„Soll ich dich mitnehmen?", fragt Vincent. Eine einfache Frage. Für jeden Anderen, nur nicht für mich. Bei der Vorstellung allein mit ihm zu sein, eingesperrt in seinem Auto, ihm meine Adresse verraten zu müssen, krampft sich alles zusammen.

„Ich muss kurz auf die Toilette", presse ich hervor und schlage die Tür hinter mir heftiger zu als gewollt.

Ich muss mich auf dem Waschbecken abstützen, lasse mir kaltes Wasser über die Handgelenke laufen, atme tief ein und aus. Ich will mich ändern, ich will nicht länger in dieser Zerrissenheit verharren, Gefangene meiner selbst sein. Alles in mir schreit nach einer Veränderung.

Der Schwindel verfliegt langsam, der Griff um mein Herz lockert sich. Es ist Vincent, nicht Paul.

„Alles ok?", kommt es gedämpft von draußen.

Ich öffne die Tür wieder. „Ja, mir war nur kurz schlecht."

Ich lächle. Alex runzelt die Stirn, versteht. Sie umarmt mich innig. „Wenn was ist, meld dich", verabschiedet sie sich. „Bis zum nächsten Freitag." Ein Luftkuss folgt.

Vincent steht wie angewurzelt, während ich schon die Wohnungstür öffne.

„Kommst du?"

Verblüffung huscht über sein Gesicht, dann bekomme ich sein strahlendstes Lächeln geschenkt.

Im Auto ist alles gut, ich rede über den Abend, bin beschwingt, vom Alkohol und Vincents Anwesenheit. Es wird warm in meiner Mitte, für einen kurzen Moment bin ich unbeschwert. Bis wir uns meiner Wohnung nähern. Alles in mir sträubt sich dagegen, dass er weiß, wo mein Zuhause ist, mein Rückzugsort, mein Augapfel. Diese Adresse kennt bisher nur Alex. Ich schlucke schwer.

„Kannst du mich hier rauslassen? Ich würde gern den Rest zu Fuß gehen", überwinde ich mich zu sagen. Die Luft im Inneren des Autos scheint dünner zu werden. Nur mit Mühe kann ich mich davon abhalten, schneller zu atmen.

Er mustert mich, ich versuche meine Gesichtszüge zu entspannen.

„Kein Problem, so ein Spaziergang wirkt wahre Wunder, wenn man ein bisschen beduselt ist."

Er lächelt. Ich auch, während eine Felslawine von meinem Herzen fällt.

Aus einem Impuls heraus, küsse ich ihn, nur ganz kurz.

Ich steige aus, bedanke mich und gehe wie auf Wolken über den mit abgebrochenen Zweigen gepflasterten Weg.

Am nächsten Morgen klingelt das Telefon. Durch den Schleier des Halbschlafes dringt Panik meine Luftröhre hinauf. Bis ich realisiere, wo ich mich befinde, rast mein Herz schon im Sprint in meiner Brust. Ich schließe kurz meine Augen und meine Atmung normalisiert sich schneller als erwartet.

Als ich Vincents Stimme am anderen Ende höre, steigen Erinnerungen an den gestrigen Abend in mir auf, wie Luftblasen, die mir das Atmen erleichtern.

Er würde mich gern zum Mittagessen einladen. Heute soll es nach dem vergangenen Sturm nur Sonne geben. Mein Bauch stimmt zu, überrollt meinen Verstand mit der Leichtigkeit, die mich seit gestern beseelt. Vor allem seit diesem Kuss. Ich sage ja.

Wir treffen uns in seinem Lieblingsrestaurant, reden viel, genießen die Sonne. Später spazieren wir am Rheinufer entlang, erfreuen uns an der Anwesenheit des Anderen, bis es immer später wird. Zum Ausklang des Abends zieht es uns in eine Bar. Mein Innerstes ist so erfüllt von äußerer und innerer Wärme, dass ich mutiger werde. Ich bestelle ein Glas Wein, bald darauf ein weiteres. Und will mehr, mehr von diesem Gefühl, normal zu sein, zu flirten, sich zu verlieben, als hätte ich keine Vorgeschichte, als wäre die Welt rosarot.

Als der Abschied naht, bin ich noch nicht bereit, dieser neuen alten Leichtigkeit Lebewohl zu sagen.

„Ich kenne deine Wohnung gar nicht", sage ich zu ihm und der Alkohol hilft, die Bedenken in die hinterste Ecke davon zu spülen.

„Das können wir gerne ändern." Er lächelt mich an.

„Heute Abend noch?"

Er stutzt kurz, sieht zu seinem Wasser, dann wieder zu mir.

„Auf jeden Fall."

Er wirkt fast ein wenig verlegen, während er das sagt.

Alles in mir kribbelt, als wir vor seiner Wohnungstür stehen. Hin- und hergerissen zwischen Fluchtreflex und Abenteuerlust, kann ich mich nicht entscheiden, was mein Körper mir sagen will. Vincent nimmt meine Hand und ich fühle keine Panik, keine Schwere, die sich auf meine Brust legt, kein Warnsignal, die falsche Entscheidung getroffen zu haben.

Seine Wohnung ist aufgeräumt, sehr spartanisch, aber geschmackvoll eingerichtet. Nirgends steht etwas Unnützes, rein Dekoratives. Selbst für einen Mann ist auffallend wenig Persönliches zu sehen.

Seine Hand liegt immer noch warm in meiner. Ich streiche über Spuren handwerklicher Arbeit. Atme seinen Geruch ein. Versinke in unserem lautlosen Beisammensein. Die Berührung seiner Lippen auf meinen weckt Begierde. Ich erwidere seinen Kuss, drücke mich an ihn, genieße das Gewolltwerden und lasse mich fallen.

Irgendwann in der Nacht wache ich auf. Orientierungslos taste ich mich durch das Dunkel, finde mein Handy nicht sofort. Meine Kehle schnürt sich zu. Es rauscht in meinen Ohren, mir bleibt die Luft weg. Im nächsten Moment erhellt eine Popup-Nachricht mein Handy. Ich drücke es an meine Brust, meinen Rettungsanker, und schalte die Taschenlampe ein. Die Nachricht ist unwichtig, nur ein Meme im Gruppenchat. Im Lichtkegel erkenne ich Vincent neben mir.

Ich stehe auf und sammle meine Sachen zusammen. Ich muss nach Hause, ehe mir alles zu viel wird. Auf dem Weg zur Tür erscheint mir das Wohnzimmer im Licht der Handylampe noch karger, fast klinisch rein. Was mir am Abend noch aufgeräumt und modern erschien, wirkt nun abweisend und leer. Nicht einmal Fotos hängen an den Wänden. Nur ein einziges steht auf seinem Schreibtisch, auf dem sonst nur noch sein Handy liegt. Es ist mir vorher nicht aufgefallen. Als ich es näher betrachte, erkenne ich Vincent, jünger, lächelnd. In seinem Arm eine ebenso junge und hübsche Frau. Sie schaut zu ihm auf.

Sein Handy erwacht. Eine Nachricht leuchtet auf.

„Vincent, ich bin tief getroffen, dass du solch harsche Worte gegenüber meiner Bitte äußerst. Dein Vater liegt im Sterben und du hältst es nicht für wichtig, bei ihm zu sein. Schäme dich. Dass du ihm selbst jetzt nicht vergeben kannst. Ich erwarte eine Entschuldigung und dein baldiges Erscheinen hier. Deine Mutter."

Irritiert lege ich das Handy weg. Es geht mich nichts an, aber ein Zweifel bleibt.

Am nächsten Morgen schwelge ich wieder im Hochgefühl der letzten Nacht. Der restliche, erholsame Schlaf in meiner eigenen Wohnung hat Zweifel und dunkle Gedanken beiseite geweht.

Wenn ich an Vincent denke, tanzt mein Herz, als wäre es nie gestolpert. Und mein Atem fliegt so selbstverständlich in mich hinein und wieder hinaus, als wäre es nie ein Problem gewesen.

Alles in mir giert nach dieser Unbeschwertheit und Leichtigkeit. Also schreibe ich ihm, bedanke mich für den tollen Abend und erfinde eine Notlüge zu meinem Aufbruch ohne Abschied. Die Hummeln in meinem Bauch lassen mir keine

Ruhe. Immer wieder checke ich mein Handy. Um mich abzulenken, gehe ich erst zum Bäcker, besorge mir Frühstück und schreibe dann weiter an meiner Bewerbung für die Assistenzarztstelle im hiesigen Krankenhaus. Das schiebe ich schon seit Ewigkeiten vor mir her. Die Frühlingssonne gibt meiner Seele Wärme und streichelt mein Gesicht durch die Fensterscheibe. Gedankenversunken summe ich mit geschlossenen Augen ein Lied vor mich hin und genieße die seltene Ruhe in meinem Inneren. Einatmen, ausatmen, so unerwartet einfach.

Es klingelt an der Tür. Von einem Moment auf den anderen ist der Frieden wie weggeblasen. Mein Herz krampft sich zusammen, die Angst ist so schnell wieder da, als wäre sie nie weggewesen, lässt mich starr verharren, fegt alles Wohlgefühl hinweg wie ein beißender Wintersturm. Mein Verstand rattert alle möglichen Personen durch, die hinter der Tür auf mich warten könnten. Aber niemand fällt mir ein. Außer einem. Unmöglich. Dieser Gedanke, so surreal er auch ist, raubt mir fast den Atem.

Es klingelt noch einmal und dann kurz darauf wieder. Ich schleiche zur Tür. Kein Spion, durch den ich sehen könnte.

„Emma? Alles in Ordnung?"

Die gedämpfte Stimme Vincents dringt durch die Tür und der Boden wird mir unten den Füßen weggezogen. Meine Beine fühlen sich plötzlich an, als könnten sie das auf ihnen lastende Gewicht nicht mehr tragen. Ich fasse mir an die Kehle. Kein Laut, kein Sauerstoff dringt hindurch. Mir wird schwarz vor Augen und ich rutsche an der Wand hinunter, reiße das Zierregal mit den vielen Kerzenhaltern darauf mit mir. Der Rest meines Verstandes, der noch arbeitet, schreit mir zu, dass man an einer Panikattacke nicht sterben kann. Das habe ich mal irgendwo gelesen.

Ich schließe die Augen, versuche mich zu beruhigen, zu atmen, warte darauf, dass wieder Luft in meinen Körper kommt oder die Ohnmacht mich erlöst.

Jemand berührt mich an der Schulter und ich gebe einen Schrei von mir. Reiße die Augen auf und blicke in das Gesicht eines Rettungssanitäters.

„Emma, hören Sie mich? Tut Ihnen irgendetwas weh?"

Ich schüttle den Kopf. Die Konzentration auf eine rationale Bestandsaufnahme meines Körpers und seiner Befindlichkeiten wirkt wie ein beruhigender Schauer.

„Ihr Puls ist ziemlich hoch. Ansonsten kann ich momentan nicht viel mehr feststellen. Haben Sie sonst irgendwelche Beschwerden?"

Mein Verstand nimmt langsam Fahrt auf.

„Nein, ich, … ich bin gestolpert, als ich zur Tür wollte, und habe wohl das Regal mit mir gerissen. Dann war ich wahrscheinlich kurz benommen. Aber jetzt geht es wieder", versuche ich zu beschwichtigen.

Hinter dem Sanitäter steht Vincent. Er sieht besorgt aus, seine Stirn liegt in Falten.

„Emma, ich habe bestimmt zehn Minuten auf den Rettungswagen gewartet. Du hast nicht auf mein Rufen reagiert. Warst du die ganze Zeit bewusstlos?"

Ich nicke und er kommt näher. „Zum Glück wohnt dein Vermieter mit im Haus. Er hat uns aufgeschlossen."

Langsam stehe ich auf, ignoriere Vincents Hand, die er mir helfend reichen will. Kein Rauschen, kein Kribbeln, es ist, als wäre nichts gewesen, als hätte ich mir die Atemnot nur eingebildet. Klassische Symptome einer Panikattacke.

„Danke. Auf Wiedersehen", verabschiede ich den Sanitäter.

„Hoffentlich nicht", erwidert er und verlässt meine Wohnung.

Ich bin mit Vincent allein. Er sieht mich an, immer noch besorgt, aber auch misstrauisch. Ein Schatten verdunkelt seine blauen Augen. Er kennt nun meine Adresse, schießt es mir durch den Kopf. In mir streitet die Angst, dass er mir so nah ist, mit der Sehnsucht nach Geborgenheit und Zuneigung.

„Soll ich gehen?"

Er berührt mich an der Schulter, ich zucke zurück. Mein Blick wandert zur Tür, die immer noch offensteht.

„Ok, ich lass dir deine Ruhe. Entschuldige, dass ich nicht vorher angerufen oder geschrieben habe."

Er wendet sich zum Gehen.

„Aber ich wollte uns etwas zum Frühstück holen und sah dich dann über die Straße gehen und in diesem Hauseingang verschwinden. Ich habe nach dir gerufen, aber du hast mich nicht gehört. Ich ...", er dreht sich wieder zu mir.

„Du kennst meinen Nachnamen überhaupt nicht, woher solltest du wissen, wo du klingeln musst."

Ich sehe ihm starr in die Augen. Er stockt, ist offensichtlich irritiert über die Heftigkeit meiner Reaktion.

„Der alte Mann unten im Haus, der sich später als dein Vermieter herausstellte, hockte am Fenster. Ich habe ihn einfach gefragt." Vincents Brauen ziehen sich zusammen. „Ganz ehrlich. Du scheinst ein riesiges Problem mit Nähe zu haben, du hast schon hundert Mal in Richtung Tür geschaut und siehst dabei aus wie ein Reh, das versucht, dem Wolf zu entkommen. Ich verstehe, dass du darüber nicht reden willst, aber du musst mich deswegen nicht so angehen."

Ich verschränke die Arme vor der Brust, versuche meinen Blick weg von der Tür zu lenken, um seine Annahme zu widerlegen.

Aus dem Augenwinkel sehe ich, wie er meine Wohnung verlässt. Der Knall der Tür reißt mich aus meiner Starre. Ich hole mir ein Kehrblech und widme mich dem Scherbenhaufen auf den Dielen. Die Scherben sind überall, in jeder Ritze, manche groß, manche klein. Auch der weiße Kerzenhalter, den Vincent mir geschenkt hat, ist dabei. Ihn stelle ich zur Seite, in der Hoffnung, dass man ihn wieder reparieren kann.

Als ich aufstehe, um den Staubsauger zu holen, sehe ich auf dem Tisch eine große Tüte meines Lieblingsbäckers, direkt daneben meine kleine.

Abends klingelt das Telefon. Alexandra ist dran. Sie erkundigt sich nach meinem Befinden, spricht den Vorfall heute Morgen an und ahnt, dass mehr dahinter steckt.

„Was ist denn eigentlich passiert? Vincent war vorhin hier. Er war verärgert, aber auch total verwirrt. Hat mich gefragt, ob du ein Problem hast, über das du nicht reden willst."

Ich lasse mir Zeit, überlege wie ich das Geschehene in Worte fassen soll, ohne mich lächerlich zu fühlen.

„Er stand plötzlich vor meiner Tür, obwohl ich ihm nie meine Adresse gegeben hatte. Da sind mir alle Sicherungen durchgebrannt. Keine Ahnung. Ich hatte plötzlich Panik. Im Grunde kenne ich ihn ja gar nicht. Zumindest nicht richtig. Da sind alle möglichen Schreckensszenarien durch meinen Verstand gelaufen. Mann, das klingt so bescheuert", sage ich und kann einen Schluchzer nicht mehr unterdrücken. Tränen schwimmen in meinen Augen. Ich muss mich räuspern und kann nicht weitersprechen.

„Ich glaube, ich verstehe, was du meinst. Nachdem, was du

durchgemacht hast ... aber glaube mir, ich kenne Vincent schon ewig. Er ist ein toller Freund, immer hilfsbereit, nett, jemand zu dem man geht, wenn man ein Problem hat oder reden will, egal zu welcher Tages- und Nachtzeit."

„Das glaube ich dir ja. Ich habe mir einfach zu viel zugemutet."

„Lass dir doch einfach noch ein bisschen Zeit und dann denkst du noch einmal darüber nach."

„Ja, du hast Recht." Dann kann ich mir doch die Frage nicht verkneifen: „Sag mal, weißt du, woher er meine Lieblingsbäckerei kannte? Die bei mir gleich um die Ecke?"

„Ja klar. Er hat auch mal in deinem Viertel gewohnt, hat uns immer vorgeschwärmt, wie toll dort die Muffins und Donuts schmecken. Genau wie du."

Das klingt nach einer plausiblen Erklärung.

Der Vollmond erhellt mein Zimmer, ich brauche kein Licht um mein Handy auf dem Nachttisch zu finden und greife danach. Der Schlaf will heute einfach nicht kommen. Zu viel kreist durch meine Gedanken.

Ich gebe auf und öffne Facebook, erstelle ein Fantasieprofil, mit dem ich nach meiner Freundin suche. Alex ist hier mit Vincent verbunden. Nach kurzer Recherche kenne ich somit seinen Nachnamen. Er besitzt eine Firma, die sowohl eine Internet- als auch eine Facebookseite hat, „Sonntags Handwerkerservice". Auf mehreren Bildern seines privaten Feeds sieht man ihn beim Karaoke singen im Jameson Pub. Früher bin ich dort mit Alex auch oft gewesen. Ein ganzes Fotoalbum mit Beschreibungen zeigt seine Rundreise durch Irland. Er hat ein Talent für Naturaufnahmen. Und vor vier

Jahren hat er seine Katze namens Lucy verloren. Ich bin noch nicht einmal eine halbe Stunde im Internet und habe schon das Gefühl, ihn unerhört gut zu kennen. Aber wie sonst soll ich mein Bild von ihm komplettieren, auch wenn es nur ausgewählte Informationen sind, die er hier veröffentlicht?

Als ich seine Freundesliste durchgehe, begegnet mir noch einmal das Foto von ihm und der hübschen Frau aus seiner Wohnung. Ein Stich durchzuckt meine Magengrube. Die beiden sehen so glücklich zusammen aus. Eine „Lisa Träumt" hat darunter vor kurzem kommentiert: „Du bist mein Fels in der Brandung. Happy B-Day."

Die Lust, mehr über diesen Mann herauszufinden, erlischt, ich schalte mein Handy aus, und das Gedankenkarussell dreht sich wieder.

Die beiden Abende mit Vincent gehen mir nicht aus dem Kopf. Für kurze Zeit fühlte ich mich nicht mehr zerbrochen, fühlte ich mich von der Leichtigkeit wieder zusammengesetzt, die unsere gemeinsamen Momente erzeugten. Ich will das Gefühl noch nicht loslassen. Vielleicht muss ich es nur langsamer angehen.

Also lasse ich es darauf ankommen und schreibe Vincent: „Es tut mir leid. Danke für die Muffins, das sind einfach die besten. Wünsch dir eine gute Nacht."

In den nächsten Wochen folgt Nachricht auf Nachricht. Wir versöhnen uns, geben uns Zeit, finden wieder zur Leichtigkeit des Anfangs zurück. Die Tage sind erfüllt mit romantischen und dann alltäglichen Treffen, Geborgenheit, Hochgefühl und Angekommensein. Und mit der Sicherheit einer neuen

Beziehung schleicht sich die Angst, dieses Glück zu verlieren, das so schwer erkämpft wurde, wieder in mein Leben.

„Hey, geht's dir gut? Du starrst schon seit fünf Minuten regungslos auf die letzten Eiswürfel in deinem Glas." Alexandra reißt mich aus meinen Gedanken. Der Lärm um mich herum holt mich ins Hier und Jetzt zurück.

„Er hat mir immer noch nicht geschrieben, obwohl wir eine Abmachung haben." Ich tippe immer wieder auf die Home-Taste meines Handys, als würde im nächsten Moment eine Nachricht von Vincent darauf erscheinen.

„Aber er ist doch mit seinen Freunden was Trinken gegangen, da wird er nicht die ganze Zeit daran denken dir zu schreiben. Die haben bestimmt eine Menge Spaß zusammen. Solange Stefan morgens wieder nach Hause kommt, rechne ich erst gar nicht damit, dass er sich zwischendrin meldet. Mach ich ja auch nicht, also versuch dir keine Sorgen zu machen." Alex trinkt aus ihrem Cocktail und sieht mich lächelnd an.

Wenn es nur so einfach wäre.

Zwei Monate waren meine Ängste und Sorgen wie begraben unter einer dicken Schicht Glücksgefühl. Jetzt pustet der Wind des Alltags sie langsam weg und es kommen neue zum Vorschein. Was, wenn ihm etwas passiert? Was, wenn er jemand neuen kennenlernt? Was, wenn ich ihm zuviel werde? Was, wenn? Meldet er sich, ist das Angstmonster still, für einen Moment und ich kann wieder meinem Leben nachgehen. Wenn nicht, dreht sich alles im Kreis und ich komme zu nichts.

„Du verstehst das nicht. Wir haben eine Abmachung. Wenn er unterwegs ist, meldet er sich ab und zu, damit ich weiß wo er ist und was er macht. Wenn er das nicht tut, heißt das, …"

„… dass er Spaß hat und eben gerade nicht daran denkt",

unterbricht mich Alex mitten im Satz.

„Nein, es heißt, dass er unsere Abmachung und damit mich nicht ernst nimmt. Was soll das? Was ist so schwer daran, sich mal zu melden?"

Entnervt schaue ich aus dem Fenster. Irgendjemand hat die Musik noch lauter gedreht. Die Bar ist voll bis oben hin.

„Ganz schön stickig hier drin", brülle ich. „Ich glaub, ich muss mal an die frische Luft."

Ohne Alex' Antwort abzuwarten, nehme ich meine Jacke und trete hinaus auf die Straße. Auch hier sind viele Menschen unterwegs. Der asphaltierte Gehweg ist gepflastert mit alten Kaugummis und weggeworfenen Zigarettenkippen. Gelallte Gesprächsfetzen ziehen an mir vorbei und kalter Rauch steigt mir in die Nase. Plötzlich will ich nur noch weg. In meine Wohnung, wo mir Betrunkene nicht die Luft zum Atmen nehmen und ich mich setzen kann, ohne von der bloßen Vorstellung schon einen Ausschlag zu bekommen.

„Alles in Ordnung mit dir? Bei ihm wird schon alles gut sein. Versuch, nicht dran zu denken."

„Hör auf damit! Du fragst mich heute schon zum zweiten Mal, ob alles in Ordnung ist. Nein, ist es nicht, er meldet sich nicht und ich mache mir Sorgen. Und nein, ich kann meine Gedanken nicht so einfach abstellen. Schön, dass du das anscheinend kannst."

Ich verschränke die Arme vor der Brust und versuche, Alex nicht anzusehen. Das kam wütender heraus, als ich erwartet und beabsichtigt hatte. Ich greife mir an den Hals, zerre am Ausschnitt meines T-Shirts herum.

„Ok, ich verstehe. Das heißt aber noch lange nicht, dass du mich derart von der Seite anfahren kannst. Ich meine es doch nur gut. Wie würdest du dich fühlen, wenn du jede Minute Rechenschaft ablegen müsstest, wo du bist, mit wem und was du machst, wenn …", sie schluckt schwer, wird blass, als ihr klar wird, was sie gerade gesagt hat. „Scheiße! Tut mir leid! Ich …"

Ein Faustschlag trifft meine Magengrube, mir wird augenblicklich übel. Ich sehe in Alex verzerrtes Gesicht, registriere, wie sie die Arme nach mir ausstreckt und sie dann doch wieder sinken lässt. Die Luft wird dünner, bis sie meine Zellen nicht mehr zu versorgen scheint.

„Du kannst mich mal", kriege ich noch erstickt aus mir heraus. Ehe ich zur wenige Meter entfernt liegenden Haltestelle stolpere. Mein Glück, dass gerade eine Straßenbahn einfährt. Die Massen der Feiernden schieben mich mit in die Bahn, in der ich auf dem nächsten Sitzplatz zusammensinke.

Ich schließe die Augen, um nicht im Vorbeifahren ihr Gesicht sehen zu müssen. Wie konnte sie so etwas sagen? Damit hat sie eine klare Grenze überschritten.

Eine Erinnerung krallt sich in mein Bewusstsein. Mein Exfreund mit wutverzerrtem Gesicht, der mich fragt, wo ich gewesen sei, der an meinen Sachen herumzieht mit einem angeekelten Zug um den Mund, für den die Ausrede, ich hätte mein Handy vergessen, nicht zählt, als ich mich kleinlaut für die fehlenden Nachrichten entschuldigen will. Dem die Hand ausrutscht. Ausrutscht, als hätte nur für einen Moment ein böser Geist von ihm Besitz ergriffen. Und im nächsten Augenblick wirft er sich mir zu Füßen, bettelt um Vergebung, nennt seine Sorge um mich als Grund für seinen Ausraster.

Ich schrecke auf, es fühlt sich an, als würde ich das Klatschen seiner Handfläche auf meiner Wange immer noch spüren.

Tränen steigen mir in die Augen. Schwere liegt auf meiner Brust und lässt mich mühsam atmen.

Die Bahn hat mich bis zum Neumarkt gebracht. Von hier aus wäre ich schnell zuhause oder auch an dem Ort, wo ich Vincent vermute. Ein Gefühl der Beklommenheit treibt mich in die nächste Bahn zum Jameson Pub. Dort angekommen dränge ich mich durch die herumstehenden Massen und in die Nähe der Bühne. Meine Vermutung ist richtig, er ist hier, aber nicht allein. Die junge Frau vom Foto in seiner Wohnung und bei Facebook ist bei ihm. Sie kuschelt sich an ihn, sieht ihm immer wieder in die Augen und flüstert in sein Ohr.

Unsichtbare Gewichte ziehen mich nach unten, dorthin, wo keine Luft mehr an meine Lunge kommt. Meine Wut stellt sich der Panik entgegen. Ich will eine Erklärung und stapfe los. In diesem Moment kippt die Stimmung zwischen den beiden, die Unbekannte springt auf. Ihr Gesicht spiegelt Wut und Ärger. Vincent hält sie fest, versucht sie zurück auf den Stuhl zu ziehen, aber sie entwindet sich ihm. Mehrere Augenpaare verfolgen das Geschehen. Ich bin wie gebannt und halte inne.

Ohne noch einmal zurückzusehen, bahnt sie sich einen Weg nach draußen, Vincent folgt ihr direkt. Er hat die Stirn in Falten gelegt, die Furche zwischen seinen Augenbrauen ist tief eingegraben. Als sie in meine Nähe steuern, drehe ich mich weg, um kein Risiko einzugehen.

Ich warte kurz ab und dränge mich dann Richtung Ausgang, ihnen hinterher. Zum Glück stehen auch hier viele Menschen, die rauchen oder der Enge des Pubs für ein paar Minuten entkommen wollen. An einem jungen Paar vorbei beobachte ich das weitere Geschehen. Vincent redet erst ruhig auf sie ein, gestikuliert dann immer heftiger. Seine Miene wirkt zunehmend verzweifelter. Als ein Auto neben ihnen hält, zieht er das Mädchen zu sich, hält sie am Arm fest, obwohl sie sich wehrt. Er lässt sie erst los, als sie lautstark „Lass mich los!" brüllt.

Die Fahrertür öffnet sich und heraus steigt ein bulliger Hüne. Er mustert das Mädchen taxierend, wartet ab. Die Miene der jungen Frau ändert sich augenblicklich von wütend in flehend und Vincent lässt sie endlich gehen. Sie steigt ein, der Unbekannte auch und dann sind sie weg.

Zutiefst verwirrt versuche ich mir auszumalen, was hier gerade geschehen ist. Mir schießen tausend Fragen durch den Kopf und doch klingt eine am lautesten. Das war nicht der Vincent, den ich bisher kennengelernt habe, der ruhige überlegte Mann, dem man seine Gefühle nicht sofort ansieht. Das war eine andere Seite von ihm, eine impulsivere, aggressivere Seite, die mir Angst macht, die sogar die verliebte Stimme in mir verdrängt, die traurig und empört darüber ist, dass ich ihn mit einer anderen Frau erwischt habe.

Meine Kehle wird enger, ich drehe mich weg und hole zwei Mal tief Luft. Dann sehe ich zurück, zu Vincent, der immer noch am Straßenrand steht, verwirrt wie ich, verzweifelt. Ein Spiegelbild meines eigenen Gemütszustandes. Diese Zweifel, dieses Misstrauen, habe ich nur einem zu verdanken. In dieser Situation wird mir so klar wie nie, was ich verloren habe, was Paul, mein Exfreund, mir genommen hat.

Ich wende mich zum Gehen und laufe fast in einen Mann, der direkt hinter mir gestanden zu haben scheint.

Paul?

Hier!

Kurz blitzt die Hoffnung auf, ich könnte ihn mir nur einbilden. Als seine Hände meine Oberarme ergreifen, ist mir, als würde der Boden unter meinen Füßen beginnen zu schwanken, zu bröckeln und schließlich nachzugeben. Ich will fallen, weg von diesen Händen, die mir die Luft nehmen und auf meine Brust drücken, wie zentnerschwere Gewichte.

Aber ich bleibe stehen, spüre meine Beine, die nicht unter mir einknicken, die mich halten, stark sind. Ich bin stark. Ich kann mich wehren. Ich stoße ihn von mir, hole Luft, spüre die Energie, die sie mir gibt und schleudere sie in Worte gehüllt zu ihm zurück. Ihm entgegen.

„Hau ab, hau ab! Fass mich nicht an!", meine Kehle schmerzt. Die ersten Worte kommen krächzend, schwer aus mir heraus und werden immer leichter, rauschen wie ein Bach an einem Regentag immer kraftvoller heran und überrollen mich.

„Hau ab, hau ab!", wie ein Mantra erbreche ich diese beiden Worte immer wieder, bis alle Energie, bis alle Luft aus mir herausgeflossen ist.

Seine weit aufgerissenen Augen sehen mich an, versuchen mich zu verstehen, tasten mich ab und ekeln mich an. Meine Beine brechen zusammen, meine Arme sinken nach unten, meine Lider flattern.

Und dann ist er weg, weg aus meiner Nähe, als hätte ihn meine Wortflut hinweggespült, mit- und von mir weggerissen. Für einen kurzen Moment sehe ich Vincents verzerrtes Gesicht vorbeihuschen, sehe seine Fäuste in Pauls Gesicht krachen, ehe die beiden zu Boden fallen und aus meinem Blickfeld verschwinden. Fremde Gesichter beugen sich über mich. Besorgt, anteilnehmend. Eine Berührung an meinem Handgelenk, Sterne vor meinen Augen, Rauschen in meinen Ohren. Erleichtert lasse ich mich fallen und treibe davon.

Ich werde vorsichtshalber mit dem Rettungswagen in die nächste Klinik gebracht. Dort gibt man mir etwas gegen die Schmerzen.

Im nächsten Moment öffnet sich die Tür zu meinem Zimmer. Eine junge Schwester in einem weißen Kittel betritt den Raum.

„Alles gut bei Ihnen?" Ohne meine Antwort abzuwarten, kommt sie näher. „Ich soll bei Ihnen die Vitalzeichen überprüfen, dann können Sie in Ruhe schlafen und morgen früh komme ich dann noch einmal vorbei. Brauchen Sie noch etwas?"

Ich lächle sie an, sicherlich ein wenig benommen aufgrund der verabreichten Schmerzmittel, aber auch beseelt von einem plötzlichen Sehnen tief in mir drin. Die Erinnerungen an eine vergangene Zeit, in der ich glücklich war, immer dann, wenn ich ein Krankenhaus betrat, als würde etwas in mir ausgefüllt, was durch nichts anderes auszufüllen war.

„Alles ok?" Die Schwester schaut mich besorgt an, misst mir währenddessen mit routinierten Handgriffen den Puls und Blutdruck.

„Ja. Ich habe mich nur gerade an meine eigene Zeit im Krankenhaus erinnert. Schmerzen habe ich keine, auch die Übelkeit ist ein wenig zurückgegangen. Vielen Dank."

„Sind Sie auch Krankenschwester?", fragt sie und notiert sich meine Werte nebenbei.

„Nein, ich war Assistenzärztin. Merkwürdig, dass es doch noch so eine Wirkung auf mich hat."

„Warum haben Sie aufgehört?" Sie mustert mein Gesicht aufmerksam.

„Wenn Sie so fragen, ... ich glaube, weil ich zu feige war."

„Ich hätte auch fast aufgehört, ich weiß, was Sie meinen." Sie rückt mein Kopfkissen zurecht, steckt ihren Stift in die Brusttasche und sieht mir in die Augen.

„Aber dann habe ich gemerkt, dass nichts anderes mich glücklicher machen könnte." Ein Lächeln stiehlt sich in ihre Mundwinkel. „Und ich habe es noch keinen Augenblick bereut."

Etwas Schweres legt sich auf mein Herz. Habe ich gerade nicht wichtigere Probleme als darüber nachzudenken, welche Arbeit mich ausfüllen könnte? Aber da ist etwas, etwas, was mich anzieht, was Hoffnung weckt und Energie freisetzt, im unmöglichsten aller Augenblicke. Und dann zieht sein Bild wieder auf, verbunden mit Schmerz, innen wie außen. Und der Funke ist ausgeblasen. Paul. Hier. Und die wichtigste aller Fragen: Wie hatte er mich finden können? Niemandem, nicht einmal meinen Eltern, habe ich meine Adresse gegeben, ich war in keinerlei sozialen Netzwerken mehr aktiv.

„Entschuldigung. Ich wollte Ihnen nicht zu nahe treten. Sie werden Ihre Gründe gehabt haben."

„Nein, keine Sorge. Kein Problem." In meinem Gesicht kann man derzeit scheinbar lesen wie in einem offenen Buch.

Ich lege meine Hand auf ihre. „Wirklich. Vielen Dank, dass Sie sich überhaupt dafür interessieren."

Im nächsten Moment klopft es an der Tür. Ich zucke zusammen, schlucke trocken.

„Könnten", ich räuspere mich, versuche langsamer zu atmen, „könnten Sie bitte kurz nachsehen, wer dort ist?", flüstere ich der Schwester zu.

Mit einem Nicken wendet sie sich zur Tür, an der es ein zweites Mal klopft. Sie öffnet einen Spalt.

Von draußen tönt es: „Guten Abend, ich bin von der Polizei. Ist Frau Sander kurz zu sprechen?"

Die Schwester wendet sich vom Türspalt hin zu mir, runzelt die Stirn fragend.

„Ist ok", ich nicke ihr zu.

Der Polizist erzählt mir, dass Vincent Paul zusammengeschlagen hat. Er sei vollkommen von Sinnen gewesen. Paul liegt im Krankenhaus, auf der Intensivstation. Vincent befindet sich erst einmal in Untersuchungshaft.

Ich sage ihm, dass sich die Männer nicht kannten, dass es keinen früheren Streit gab, der an diesem Abend eskaliert ist, dass Vincent vielleicht davon ausging, dass ich Hilfe brauchte. In meiner Brust baut sich Druck auf, Anspannung, von der ich erst nicht weiß, was sie mir sagen will. Bis die nächste Frage Wunden aufreißt, die sich einfach nicht schließen wollen.

„Warum haben Sie so heftig reagiert, als Paul Manfort Sie angesprochen hat?"

Ich schaue an dem Polizisten vorbei zum Fenster. Draußen ist es dunkel, finster wie in der Nacht, als ich unsere gemeinsame Wohnung verließ, meine Tasche mit meinen wichtigsten Sachen packte und flüchtete. Vor einem Leben, das mir jegliche Kraft nahm, mir die Luft aus den Lungen presste, den Lebensatem nahm. Selbst jetzt noch, selbst nach einem ganzen Jahr später.

Paul hatte mich am Abend zuvor so stark in die Rippen getreten und mich durch unsere gemeinsame Wohnung geschleift, dass mein Körper am nächsten Morgen übersät war mit blauen Flecken jeglicher Farbe und Schattierung. Ich wollte nicht aufstehen, wollte mich nicht dem Schmerz stellen, der auf mich wartet, sobald ich mich bewegen würde.

Innen wie außen. Und in diesem Moment wusste ich nicht, was schwerer wog. Meine Eltern hatten ihn zur Rede gestellt, hatten gefragt, was denn bei uns los sei, dass wir uns trennen wollten. Damit hatte ich nicht gerechnet. Aber jeder war auf Paul hereingefallen. Niemand, niemand außer mir, kannte das Ich, das zu allem fähig war, wenn es sich bedroht fühlte, wenn sein Ego infrage gestellt wurde, wenn ich es auch nur wagte darüber nachzudenken, über ihn die Schmach des Verlassenen zu bringen. Da war er sogar unvorsichtig geworden, hatte härter zugeschlagen als sonst, hatte es riskiert, dass Beweise sichtbar wurden und blieben.

An diesem Morgen, als Paul neben mir aufstand, mich dieses Mal nicht fragte, ob alles in Ordnung sei, ob ich ihn denn noch liebte und nicht einmal mehr beteuerte, dass es ihm leid täte. In diesem Augenblick wusste ich, dass eine Grenze überschritten war. Eine Grenze, die mir gefährlich werden könnte, entweder durch ihn oder durch mich. Ich sah mich wie von außen, sah, was ich mit mir hatte machen lassen, sah die blauen Flecken an meinen Rippen, so schwarz wie die Nacht, die verschmierte Mascara unter meinen blutunterlaufenen Augen, sah, dass nichts mehr von mir übrig wäre, wenn das weiterhin mein Weg sein würde. Ich schämte mich unendlich für jede weitere Entscheidung, die mich bei ihm hatte bleiben lassen. Und ich hatte mich für stark gehalten, selbstbewusst und aufgeklärt.

Stunden hatte ich an diesem Tag vor dem großen Spiegel im Schlafzimmer gesessen, apathisch, regungslos. Die Schatten auf dem hellen Teppich wanderten, bis sie schließlich ganz verschwanden, bis es draußen dunkel war, so dunkel wie in meinem Herzen.

Ein Geräusch vor der Wohnungstür ließ mich zusammen-fahren, riss mich aus dem Dämmerzustand, in dem ich mich befand. Als klar wurde, dass es nicht Paul war, der zurückkam, hatte mein Adrenalin und die unbändige Angst vor einem nochmaligem Zusammentreffen mit ihm dafür gesorgt, dass ich die Energie aufbrachte, meine Tasche zu packen. Mit dem Nötigsten, was mir in die Hände fiel oder an das ich zu denken schaffte. Als ich fertig war, zog ich Kapuzenpulli und Jogginghose an, trat vor die Tür und rannte. Ich rannte so schnell, wie meine Füße mich trugen. Wie von Sinnen, gejagt, kopflos. Der Busbahnhof kam in Sicht und mich traf die Erkenntnis, dass ich nicht wusste, wohin ich sollte. Meine Eltern lehnten es ab, mich aufzunehmen. Sie befürchteten, ich würde mein Studium abbrechen, dabei wollten sie mich nicht unterstützen, insgeheim hatte ich nichts anderes erwartet. Für meine Eltern hatte stets der nachvollziehbare Erfolg in einer leistungsorientierten Gesellschaft vor Freunden oder einer sinnvollen Tätigkeit gestanden, das Ansehen mehr gezählt, als das, was dahinter verborgen lag.

Panik krampfte mein Herz zusammen. Ein Teil von mir begann bereits damit, die Vergangenheit heller zu malen, die Dunkelheit der letzten Tage und Monate bis in den hintersten Winkel meines Bewusstseins zu drängen.

Und dann klingelte mein Telefon. Alexandra war dran. Es war wie Schicksal. Sie zögerte nicht einen Moment und stieg sofort in ihr Auto, um mich abzuholen. Niemand, nicht einmal meine Eltern, war jemals so bedingungslos für mich da gewesen wie sie.

Ich bin mir nicht sicher, ob sie es nach unserem Streit noch einmal sein wird.

Ich vermisse sie.

„Frau Sander?" Der Polizist sieht mich fragend an. Er wartet immer noch auf meine Antwort.

„Paul ist mein Exfreund. Wir sind nicht im Guten auseinander gegangen. Deshalb war ich nicht froh ihn zu sehen."

Ich kann nicht, kann nicht ausdrücken, was mir angetan wurde. Ich hätte Paul auch damals nicht anzeigen können. Etwas in Worte zu fassen und es in die Welt zu tragen heißt, ihm Macht zu geben über mich, heißt, es als Realität zu akzeptieren, es unleugbar werden zu lassen. Das hat mich bisher auch davon abgehalten einen Therapeuten aufzusuchen. Das und der Umstand, dass meine Eltern das unerhört, zum Schämen, fänden. Ich kann nicht aus meiner Haut, noch nicht.

Am nächsten Morgen wecken mich meine Kopfschmerzen. Mein Schädel schmerzt dort, wo ich auf dem Pflaster aufgekommen bin. Die Sonne strahlt in mein Zimmer und sticht in meinen Augen.

Ich quäle mich hoch, denn von allein werden die Schmerzen so schnell nicht besser. Ein kurzer Blick auf mein Handy, das ich auf dem Weg zur Tür mühsam aus meiner Tasche krame, verrät mir, dass der Akku leer ist. Ein Ladegerät habe ich natürlich nicht dabei.

Im Bad entdecke ich einen Bademantel des Krankenhauses und ziehe ihn über meine Unterwäsche von gestern, ehe ich auf den Flur hinaustrete. Auf dem Gang vor meinem Zimmer treffe ich eine Krankenschwester, die ich um eine Schmerztablette bitten kann. Mit der weißen Pille in der Hand, schlurfe ich zurück ins Zimmer und schlucke sie mit einem Zug aus der bereitstehenden Mineralwasserflasche. Das Bett sieht so einladend aus, dass ich nicht widerstehen kann und lege mich noch einmal hin.

Als ich wieder aufwache, scheint die Sonne aus einer anderen Richtung in das Zimmer. Auf dem Nachttisch neben mir steht ein Tablett mit Essen. Ein paar Sachen sind weggeräumt. Die Schmerzen verschwunden. Leichtigkeit umhüllt mich, wie nach einem schönen Traum. Die Enge des Zimmers dämpft das gute Gefühl, deshalb dusche ich mich schnell und fühle mich fast wie ein neuer Mensch. Die gestrigen Klamotten riechen zwar etwas, aber ich habe nichts anderes, also müssen sie genügen. Draußen ist es nun ruhiger. Ein Blick auf die Uhr verrät, dass es schon vier Uhr Nachmittag ist. Eine Schwester kommt stirnrunzelnd auf mich zu.

„Ihr Verband ist noch nicht gewechselt wurden. Haben Sie ihn schon selbst entfernt?"

„Ja, vorhin beim Duschen, hat auch nur ein wenig nachgeblutet."

Sie sieht sich die Stelle kurz an. „Das sieht gut aus. Ich komme gleich und mache Ihnen einen neuen Verband. Nach der Visite gibt es noch ein kurzes Gespräch mit dem Arzt und dann können Sie nach Hause, wenn nichts weiter ist."

„Ich bin nur kurz mal draußen. Ein bisschen frische Luft schnappen."

„Ok, dann weiß ich Bescheid, melden Sie sich, wenn Sie zurück sind. Und bitte nicht allzu lange wegbleiben, ja?"

Ein Nicken meinerseits als Bestätigung und die Erkenntnis, dass die Übelkeit sich gelegt hat.

Mein Weg führt mich zum Haupteingang. Der schöne Tag draußen lockt mich, aber da ist noch ein anderes Drängen in mir. Eines das meine Schritte wegführt vom Sonnenschein, hin zu meiner inneren Dunkelheit. Er könnte hier liegen, die Wahrscheinlichkeit ist groß. Ich melde mich als Freundin von Paul Manfort am Empfang an und frage nach, wo ich die Intensivstation finde und in welchem Zimmer er liegt. Die Dame dort nimmt meine Daten auf und weist mir den Weg. Vor den Flügeltüren zur Station bleibe ich stehen, zögere, bin mir nicht sicher. Ich desinfiziere meine Hände und Unterarme, schiebe jeden Zweifel zur Seite und klingele. Eine Schwester in lila Arbeitskleidung öffnet und erfragt noch einmal, zu wem ich wolle. Dann lässt sie mich durch und zeigt mir sein Zimmer. Die Schiebetür steht offen. Näher brauche ich nicht heranzutreten, traue ich mich nicht. Auch wenn er dort schlafend liegt, kann ich nicht an gegen die Angst, die er in mir hervorruft. Er sieht schlimm aus, der Polizist hat nicht übertrieben. Soviel Brutalität hätte ich Vincent niemals zugetraut.

Noch vor ein paar Monaten hätte ich mir nichts sehnlicher gewünscht, als ihm das Gleiche anzutun, was mir durch ihn widerfahren ist. Ich hätte erwartet, dass es mir Genugtuung verschaffen würde, zu wissen, dass er vielleicht, ein ganz kleines bisschen Reue empfinden könnte, dadurch, dass er nun wusste, wie es sich anfühlte. Aber da ist nichts. Keine erfüllte Rache, die mir Erleichterung verschafft. Es stimmt, man heilt nicht dadurch, dass man seinen Peinigern Schmerzen zufügt oder sieht, wie sie ihnen zugefügt werden. Der Schmerz bleibt, krallt sich nur noch fester in das Fleisch der Seele, weil man nun um die Gewissheit reicher ist, dass es keine andere Linderung als die Zeit für ihn gibt. Nichts, was man ansonsten dagegen tun könnte.

Ich wende mich zum Gehen, habe genug gesehen. Ein wenig bin ich doch erleichtert. Ich habe mich überwunden, habe nicht einem ersten Impuls nachgegeben und mich geweigert, ihn mir anzusehen. Habe den Mut aufgebracht, mich ihm zu stellen, ja, auch wenn er es nicht mitbekommen hat, auch wenn da nicht viel war, dem ich mich stellen konnte, es war ein Anfang.

Meine Mundwinkel heben sich, kaum wahrnehmbar. Ich bin in einem Sturm aus Gefühlen gefangen, in dem Versuch zu begreifen, dass sich etwas ändert. Als ich im nächsten Augenblick gegen einen Körper stoße.

Ich hebe meinen Kopf, um mich zu entschuldigen, und blicke in das Gesicht des Mädchens aus dem Pub und von dem Foto in Vincents Wohnung. Sie wartet meine Entschuldigung nicht ab, geht einfach weiter. Ich kann nicht anders, folge ihr, bis zu einem weiteren Zimmer hier auf der Intensivstation. Die Tür steht offen. Gerade ist Visite, die Schwestern und Ärzte sind mit anderen Dingen beschäftigt. Ich bleibe und lausche.

„... Mama, ich habe keine Ahnung, warum Vincent das getan hat. Ja, er ist wieder über die Stränge geschlagen, aber vielleicht hatte er auch einen guten Grund dafür", höre ich die Stimme einer jungen Frau.

„Das ist ja mal wieder typisch, du nimmst ihn in Schutz, nach allem, was er deinem Vater angetan hat, uns angetan hat. Vielleicht gab es auch keinen Grund, vielleicht wollte er sich im Suff mal wieder abreagieren. Das wäre ja nicht das erste Mal." Eine ältere Frau ist bei ihr.

„Mama, das liegt doch schon ewig zurück. Und wenn du mal ehrlich zu dir wärst, müsstest du dir eingestehen, dass es immer Gründe gab, dass es auch jetzt einen Grund gibt, warum er nicht hier ist."

„Ja, weil er uns hasst, so sehr, dass er nicht einmal jetzt bei uns ist. Unser eigener Sohn." Dem Satz folgt ein unterdrückter Laut, kurz darauf putzt sich jemand die Nase.

„Ist es nicht irgendwann einmal gut? Kann man nicht irgendwann mal vergeben? Das verstehe ich einfach nicht. Wir wollten ihn damals schon unterstützen, ihm heraushelfen aus diesem Teufelskreis. Ich meine, das hat er ja nicht von ungefähr. Sein Vater hat sich ja auch viel geprügelt, aber dass er auf ihn losgegangen ist, damals …"

„Jetzt reichts aber. Du weißt genau, warum er das getan hat. Immer wieder dieselbe Leier. Versuch doch mal, der Wahrheit ins Auge zu sehen. Vater hat nicht irgendwen verprügelt, er hat dich verprügelt, wenn er mal wieder blau und wegen irgendetwas genervt war."

Ein Stuhl wird zurückgeschoben.

Schritte, die näherkommen.

Ich haste Richtung Ausgang. Sie ist seine Schwester. Er hat sie nie erwähnt, wollte es scheinbar nicht. Warum? Auch seine schwierige Kindheit hat er mir verschwiegen. Das kann ich ihm allerdings nicht vorhalten. Ich habe ihm auch nichts von meinen Problemen erzählt. Aber dass er zur Gewalt neigt, zum Alkoholismus. So nah war ich ihm, ich kann kaum glauben, dass mir all das entgangen ist.

Paul habe ich auch vertraut.

Am Abend werde ich entlassen. Der Verdacht der Gehirnerschütterung hat sich nicht erhärtet. In meiner Wohnung angekommen, lade ich mein Handy. Lese gefühlt tausend Nachrichten von Alexandra. Ich nehme all meinen Mut zusammen und rufe sie an, berichte ihr was passiert ist, lade sie morgen bei mir zuhause zum Kaffee ein. Die eine Frage nach Vincent verschiebe ich auf morgen. Darüber muss ich mir erst selbst klar werden. Stattdessen schwärme ich von einem Neuanfang. Vielleicht von einer Therapie in näherer Zukunft.

Erleichtert sinke ich in mein Bett.

Am nächsten Morgen steht meine Entscheidung fest. Ich will Vincent mit dem Herausgefundenen konfrontieren. Ich weiß, dass ich ansonsten keine ruhige Minute mehr hätte, und will ihm noch eine Chance geben, das Ganze aufzuklären.

Als ich mittags vor seiner Haustür stehe, ist die Angst wieder da, die Euphorie eines Anfangs verflogen und ich halte wie gelähmt inne. Meine Brust wird eng, die Luft dünner. Es sind Stimmen zu hören hinter der Tür. Jemand schreit so laut, dass ich fast jedes Wort verstehen kann. Dann höre ich auch die Stimme seiner Schwester, ein wenig leiser.

„Nein, nein, nichts und niemand bekommt mich dazu, diesen Menschen zu besuchen." Vincent brüllt. „Was willst du hören? Dass ich wieder in alte Muster zurückfalle, mich betrinke und unschuldige Leute verprügele?"

„Hör auf damit. Hör auf mich so anzuschreien!", stellt sich ihm seine Schwester entgegen. „Du sollst nur einmal mitkommen. Einmal. Ja, und wenn du mich fragst, genauso sieht es aus. Als ob du in seine Fußstapfen treten willst."

Etwas trifft die Wand, ein Knall, dann das Klirren von Glas und ein kurzer weiblicher Aufschrei. Ich zucke zusammen, mein ganzer Körper ist starr wie eine Statue.

„Spinnst du?" Die Tür wird aufgerissen. Seine Schwester stürmt tränenüberströmt an mir vorbei. Im Rahmen steht

Vincent, die Haare ungewaschen, struppig. Sein Gesicht wirkt älter und farblos, alle Ausstrahlung ist wie weggeblasen. Entsetzen und Verzweiflung stehen in seinen Augen.

Dann sieht er mich. Ich starre zurück, an ihm vorbei, in das Chaos. Auf dem Boden liegen Scherben, Flaschen verschiedener Alkoholika sind überall verteilt, zusammen mit Kleidungsstücken und Verpackungen von Essen. Der Unterschied zur fast klinisch reinen Wohnung vorher könnte nicht größer sein.

Er macht einen Schritt auf mich zu, tritt in eine der Glasscherben. Und ich fliehe. Renne zu meinem Auto und bete, dass er mir nicht folgt, dass ich schneller bin als er. Die Luft wird knapp. Die Faust um mein Herz fest zusammengedrückt. Irgendwie schaffe ich es zurück in meine Wohnung. Schließe ab. Aber ein Gefühl von Sicherheit will sich nicht einstellen. Ich atme tief ein und wieder aus. Versuche mir einzureden, dass es nichts Einfacheres als Atmen gibt.

Ein und aus. Ein und aus.

Ganz einfach.

Als die erste Panik langsam abklingt, sehe ich auf die Uhr. Fast vier. Alex wird gleich da sein. Mein Herz beruhigt sich langsam. Ich setze Wasser auf. Nur beschäftigt bleiben. Mache mir einen Lavendeltee. Die Türklingel surrt. Endlich ist sie da. Pünktlich wie immer. Erleichtert öffne ich die Tür.

Im nächsten Moment ist es, als hätte ein Vorschlaghammer meine Brust getroffen. Vincent steht vor mir. Reflexartig will ich die Tür wieder zuschmeißen, aber er blockiert sie mit seinem Fuß, dem, der vorhin nicht in eine der Scherben getreten ist.

„Ich will wirklich nur kurz mit dir reden. Bitte lass mich erklären, was passiert ist", sagt er müde.

Ich bekomme keine einzige Silbe über meine Lippen, weiche vor ihm zurück in meine Wohnung, fassungslos darüber, wie ich so einen Fehler begehen konnte.

„Alles ok? Du siehst so blass aus. Ich wollte dich nicht erschrecken. Vorhin."

Er kommt mir immer weiter nach, humpelt, während ich verzweifelt versuche, den Abstand zwischen uns zu vergrößern.

„Jetzt bleib doch mal stehen!"

Er greift nach meinem Arm. Das Rauschen in meinen Ohren brandet so laut auf, dass ich den Sinn seiner Worte nicht begreife.

Mein Rücken stößt gegen die Arbeitsplatte der Küche. Weiter geht es nicht. Ich sitze in der Falle. Alles wiederholt sich. Sterne tanzen vor meinen Augen. Mein Herz rast, als würde es versuchen, ohne mich zu fliehen. Ich registriere, wie sein Mund sich bewegt, wie sein Gesichtsausdruck immer besorgter wird, aber durch das Rauschen kann ich nichts weiter hören als den Sturm in meinem Inneren.

Der Überlebensinstinkt übernimmt, meine Hand schnellt zum Messerblock. Noch ehe er mich daran hindern kann, fühle ich den kalten, polierten Holzgriff eines Messers in meiner Hand.

„Fass mich nicht an!", brülle ich und meine Worte vermischen sich mit dem Orkan in meinen Ohren. Wieder bewegen sich seine Lippen. Er macht eine Bewegung nach vorn.

Ich schließe die Augen.

Sehe Paul, der mich gegen die Duschverkleidung stößt. Fühle den kalten Badezimmerboden unter meinen nackten Knien. Im nächsten Moment trifft mich sein Fuß mit voller Wucht am Rippenbogen. Ich keuche auf, rolle mich schützend zusammen. Weiß nicht, wie ich entkommen soll. Ich sitze in der Falle. Wie ein Kaninchen, das der Gnade des Fuchses hilflos ausgeliefert ist.

„Nein! Fass mich nicht an, habe ich gesagt!"

Ein Schritt nach vorn.

Der Griff des Messers fest umklammert.

Ein Zucken meines Arms.

Das Versinken des Metalls in einem Körper.

Ein Keuchen ganz nah an meinem Ohr.

Stille.

Der Orkan ist verstummt, das Zittern weg, keine Faust mehr spürbar, die sich um mein Herz krallt.

Er bricht zusammen.

Sein dreckiges T-Shirt saugt sich voll Rot.

Keine Gefahr mehr. Freiheit. Endlich.

Ein Schrei zerreißt meinen Triumph. Er klingt nach Alexandra. Als ich zur Tür schaue, steht sie dort. Mit weit aufgerissenen Augen, die Hände vor den Mund gepresst. Ihr Anblick wirkt wie eine kalte Dusche, schleudert mich aus meiner Trance und klatscht mir die Realität ins Gesicht. Mein Blick wandert zu dem Gegenstand in meiner rechten Hand. Das Messer, voller Blut. Es ist nicht nur dort. Auch an meiner Hand, an meinem Shirt.

Mit einem metallischen Klirren landet das Messer auf dem Fliesenboden, verteilt feine Sprenkel auf den weißen Küchenschränken und kommt schließlich in einer immer größer werdenden Blutlache zum Liegen. Mir ist speiübel. Gleichzeitig werde ich ruhig, das Wissen aus meinem Studium übernimmt die Oberhand. Ich presse ein sauberes Geschirrtuch auf die Wunde und drücke fest zu. Vollkommen sachlich bitte ich Alexandra den Krankenwagen zu rufen.

„Alles wird gut", sage ich immer wieder, streichle ihm über das Haar, küsse seine Stirn, auf der kalter Schweiß klebt. Alles in mir schreit nach Vergebung. Tränen laufen mir über das Gesicht, vermischen sich mit dem Blut auf dem Boden.

Und Vincent sieht mich einfach nur an, fassungslos, bis seine Augen nach hinten wegrollen und er das Bewusstsein verliert.

Im nächsten Augenblick sind die Sanitäter neben mir, versorgen Vincent, müssen ihn beatmen, weil sein Kreislauf kurz vor dem Kollaps steht. Alex folgt dem Wagen ins Krankenhaus, lässt mich allein.

Die Erkenntnis, dass ich eventuell gerade den Menschen getötet hatte, der mir neben Alex am meisten bedeutet, lässt mich taumeln. Wie konnte es soweit kommen? Ich begreife es nicht und gleichzeitig ist es mir klar.

Widerstandslos lasse ich mich von der Polizei mitnehmen. Ich werde in eine Klinik eingewiesen. Versuche den Neuanfang zu akzeptieren, ihn zu begrüßen.

Auf dem gesicherten Balkon der geschlossenen Abteilung scheint die Sonne in mein Gesicht. Ich genieße die Wärme. Den Atem des Lebens in meiner Brust. Blinzele in die Helligkeit und sehe nach unten in den Schatten, wo gerade zwei Personen den Weg zur Klinik einschlagen. Ein Mann, etwas weißes Längliches in der Hand verborgen, und eine Frau. Mit einem Lächeln im Gesicht stelle ich mir vor, dass es Vincent und Alexandra sind.

DIE AUTOR*INNEN

Ingmar Ackermann

Dr. Ingmar J. Ackermann, Bergliebhaber mit Wahlheimat Köln, Geophysiker mit Liebe zur Sprache und froh darüber, immer noch neugierig zu sein. Nach einer Reise ist immer vor der nächsten Reise, zwischendurch bleibt manchmal Zeit, das Erlebte auch in Worte zu fassen. Daraus entstehen Geschichten über Begegnungen in dieser Welt, fernab von einem Reiseführer (koelnerzeilen.wordpress.com).

Anke Breuer

geboren in Wülfrath, lebt in Köln. Dazwischen Jahre in Bulgarien und der Schweiz. Übersetzerin und Grammatikliebhaberin. Mitglied im Literaturkreis ERA (Ratingen). Hat verschiedene Texte in Deutschland und Österreich veröffentlicht.

Anke Breuers Projekt „Spurwechsel" (Thema: Multiple Sklerose, Texte: Anke Breuer) erhielt 2017 den Hertie-Preis für soziales Engagement und wurde 2018 für den Deutschen Engagementpreis nominiert.

Agnes Decker

ist im Erftkreis geboren, hat in Köln studiert und ist geblieben, wohnt seit 15 Jahren in Köln-Höhenhaus; verheiratet, ein Hund. Sie ist Diplom-Sozialpädagogin, Theaterpädagogin und Kulturmanagerin, hat lange in der freien Theater- und Kulturszene in Köln und mit Menschen mit geistiger Behinderung gearbeitet. In den letzten Jahren hat sie an verschiedenen Autorenworkshops und einer Jahresschreibwerkstatt teilgenommen und ist Mitglied einer freien Autorengruppe. Ihr Genre ist der Krimi, der Thriller, das Abgründige. Ihr Motto: Die Welt ist voller Geschichten, man muss sie nur schreiben.

Norbert Görg

wurde im Ruhrgebiet geboren, in dem die Menschen eine raue, aber herzliche Sprache sprechen und Fußball mit Leidenschaft gespielt wird. Er wuchs in Duisburg auf und machte seinen Magister in Germanistik und Philosophie in Essen. Schriftsteller wollte er schon als Jugendlicher werden. Seit 1999 lebt er in Köln. Er hat bisher einen Roman veröffentlicht und einige Kurzgeschichten in verschiedenen Anthologien.

Angela Hoptich

erblickte am Niederrhein das Licht der Welt, wurde nach Bayern verschleppt, flüchtete nach Hessen und ließ sich schließlich am Nabel der Welt, in Köln, nieder. Ihr Herz schlägt für den magischen Realismus und alle Arten der Phantastik, Mystery und Imagination. Dem Hauch Magie im Alltag ist sie weiterhin auf der Spur. Folgt ihr gerne auf

Facebook, Instagram oder Twitter oder schaut auf der Homepage vorbei: angelahoptich.wordpress.com

Oliver Kreuz

wurde 1970 in Siegen geboren. Als Diplom-Sozialpädagoge ist er beruflich hauptsächlich in der Migrantenhilfe tätig. Oliver Kreuz schreibt seit vielen Jahren Kurzgeschichten. In T. C. Boyle sieht er sein großes Autorenvorbild. Oliver Kreuz ist außerdem Musiker, spielt Gitarre und Schlagzeug und hat diverse Lieder musikalisch und textlich kreiert. Im Oktober 2016 gewann er den ersten Platz beim Kurzgeschichtenwettbewerb „Lesesport".

Anna Rudy

wurde in einem Staat geboren, der nicht mehr existiert, hat in einer Stadt gelebt, die heute einen neuen Namen trägt, studierte Kommunikationsdesign und Philosophie in Deutschland und kann sich mittlerweile als Kölnerin bezeichnen. Zum Schreiben kam sie früh, etwa mit vier Jahren, und seitdem hinterlässt sie auf dem weißen Papier gerne schwarze Krickel, die sie für Buchstaben hält. Sie ist die Autorin von einigen Romanen und Geschichtensammlungen, die sich auf der Suche nach einem passenden Verlag befinden.

Sarah Schönfeld

Jahrgang 1983, ist attestierte Philosophin und wohnt in Neunkirchen-Seelscheid. Ihre Texte verschwinden meist ohne Umwege in der berüchtigten Schublade. Dort fristen sie ein einsames Dasein. Nur wenige Texte haben es mit der Hilfe von Außenstehenden zurück ans Tageslicht geschafft. Die Leser dieser Anthologie haben die Möglichkeit sich selbst ein Bild von zwei dieser scheuen Kreaturen zu machen.

Nina Weber

Jahrgang 1969, zog von Krefeld nach Niedersachsen ins Bergische Land. Seit jungen Jahren lebt und arbeitet sie in Köln. Das Schreiben ist seit vielen Jahren ein Hobby, an dem sie besonders das Eintauchen in die Welt der Vorstellung liebt. Sie verfasst Kurzgeschichten und arbeitet derzeit an einem größeren Werk, in dem Pflanzen eine wesentliche Rolle spielen.

Katja Winter

wurde in der DDR geboren und kam neun Jahre nach der Wende nach Bergisch Gladbach, das sie nun als ihr Zuhause bezeichnet. Sie hat in ihren Jugendjahren geschrieben und erst vor kurzem wieder zur Feder gegriffen – als Ausgleich zu ihrem sehr rationalen Beruf in einem Steuerbüro. Beim Lesen liebt sie es, in phantastische Welten abzutauchen und dem Alltag zu entfliehen.

Die Elemente-Reihe Teil 1: Wasser
JAHRHUNDERTFLUT

Wasser ist überlebenswichtig. Doch es besitzt auch eine dunkle Dimension – jene, die nicht nur Umwelt und Leben zerstört, sondern die Untiefen in Herz und Seele aufrührt.

Es schickt die Gedanken auf Reisen, entzweit Liebende, verleitet zu unüberlegten Taten, schürt Bruderzwist, dient als letzter Ausweg und zerrt Dinge ans Tageslicht, die lange im Inneren schlummerten. Es berührt Schicksale auf unerwartete Weise. Acht spannende Geschichten erzählen von der Macht des nassen Elements.

Jahrhundertflut
Hochwassergeschichten aus Köln

von Norbert Görg, Angela Hoptich, Oliver Kreuz, Gisela Kruyer, Sandra Rochaz

192 Seiten, als Ebook und Taschenbuch erhältlich
ISBN 978-3-74316-180-1

Die Elemente-Reihe Teil 2: Feuer
FLAMMENSPIEL

Feuer spendet Licht und Wärme, ist pure Energie, steht für
Begeisterung, für Aktivität, für Reinigung und jede Art von
Wandel. Das Spiel der Flammen fasziniert und zieht uns an. Es
glüht, es züngelt, es lodert, hoch und heiß, bis es erlischt – Glut
und Rache, Leidenschaft und Zorn. Dreizehn Geschichten von
Feuerteufeln und Brandwunden, die niemand sieht, von Flam-
mentanz und bewusstseinswandelnden Ritualen, vom lebens-
langen Brennen der Liebe, von Verlangen und Verlust, vom Weg
zur Hölle und zurück.

Flammenspiel
Geschichten über das
heiße Element

von Ingmar Ackermann,
Norbert Görg, Angela
Hoptich, Oliver Kreuz,
Sandra Rochaz, Anna Rudy,
Nina Weber und Katja
Winter

220 Seiten, als Ebook und
Taschenbuch erhältlich
ISBN 978-3-75283-253-2

Anna Rudy

FREMDE HEIMAT

In den 15 Kurzgeschichten erleben Sie Menschen, die sich in einer fremden Welt orientieren, die mit der komischen, traurigen oder absurden Erfahrung von Fremdheit zurechtkommen müssen.

Jede Geschichte steht für ein persönliches Schicksal, ist wie ein kleiner Mosaikstein. Zusammengewürfelt durch die Migration, vermischt in der neuen Umgebung, vermitteln diese Schicksale die Vielfalt, die ein so multikulturelles Land wie Deutschland heute auszeichnet.

Fremde Heimat
Anna Rudy

210 Seiten, Kurzgeschichten, als Ebook und Taschenbuch erhältlich
ISBN 978-3-74940-713-2

Anke Breuer und Oliver Kreuz

HIER UND DA, DANN UND WANN

Durch Köln fließt der Rhein, das ist bekannt. Er trennt die Stadt in eine linke und eine rechte Seite. Die beiden sind sich nicht recht grün. Unerheblich. Kleine Animositäten beleben, auch das ist bekannt. Hier und da, dann und wann, entstehen wunderbare Geschichten, die das Leben nicht schöner schreiben kann. Über Menschen und Menscheln. Real wie surreal.
Die Wülfrather Autorin Anke Breuer, Linksanrheinerin, Südstädterin, und der Siegener Autor Oliver Kreuz, Rechtsanrheiner, Schälsicker, betrachten das Leben in Köln aus ihrer jeweiligen Perspektive. Herausgekommen sind siebzehn Kurzgeschichten. Skurril, kurios, animos.

**Hier und da,
dann und wann**
Südstadt/Schälsick.
Kurzgeschichten.

Anke Breuer
und Oliver Kreuz

124 Seiten, Kurzgeschichten,
als Ebook und Taschenbuch
erhältlich
ISBN 978-3-73479-933-4

Die stillsten Worte sind es,
welche den Sturm bringen.

Friedrich Wilhelm Nietzsche